틀어막혔던 입에서

안지영

서울대학교에서 문학 박사 학위를 받았다.
2013년 『문화일보』 신춘문예를 통해 문학평론가로 등단했다.
『천사의 허무주의』를 썼고, 『부흥문화론: 일본적 창조의 계보』를 함께 옮겼다.
현재 청주대학교에서 조교수로 재직 중이다.

ARCADE 0009 CRITICISM 틀어막혔던 입에서

1판 1쇄 펴낸날 2020년 9월 20일
지은이 안지영
펴낸이 채상우
디자인 최선영
인쇄인 (주)두경 정지오
펴낸곳 (주)함께하는출판그룹파란
등록번호 제2015-000068호
등록일자 2015년 9월 15일
주소 (10387) 경기도 고양시 일산서구 중앙로 1455 대우시티프라자 B1 202호
전화 031-919-4288
팩스 031-919-4287
모바일팩스 0504-441-3439
이메일 bookparan2015@hanmail.net

ISBN 979-11-87756-74-3 03810

값 20,000원

틀어막혔던 입에서

안지영

인간에 대한 예의

*

이렇게 참담한 마음으로 서문을 시작하게 될 줄은 생각하지 못했다. 문단에서의 경력이 쌓일수록 무력감과 열패감만 늘어 가는 것 같다. 2015년 표절 사태와 2016년 10월 #문단_내_성폭력 해시태그 운동, 2018년 2월 미투 운동을 통해 한국문학계에도 일정 정도 자정의 계기가 마련되었으리라 예상한 것은 오판이었던 모양이다. 2020년 2월, 이상문학상의 불합리한 저작권 계약 관행에 문제를 제기한 윤이형 작가가 절필을 선언하고, 7월에는 당사자의 동의를 받지 않은 창작으로 문제가 된 김봉곤 작가의 「그런 생활」과 해당 작품을 출간한 문학동네와 창비의 부적절한 대응이 논란을 일으켰다. 이렇게 이슈화된 일련의 사태들이 아니더라도 나는 문단 내 적폐가 청산되지 못한 현실을 순간순간 체감하였다. 성폭력 가해자를 옹호하고 지지하는 세력들이 의외로 적지 않았고, 문학·출판계의 잘못된 '관행' 역시 쉽게 바뀌지 않았다.

이 때문에 비평 활동을 하는 내내 나도 모르게 내가 비판하는 비윤리적 구조에 연루되어 버리는 건 아닌가 하는 공포감과 싸워야 했다. 2014년 등단할 당시 나는 세 명의 시인을 묶어서 주제론을 발표했는데, 그중의 한 시인이 2016년 성폭행을 시도했다는 폭로 이후 문단을 떠났다. 이 시인뿐만 아니라 너무나도 많은 남성 작가, 평론가들의 이름이 언론과 SNS에 오르내렸고, 문단에서는 피해자가 전면에 나서지 않은 이들 가운데도 곤란할 사람들이 있을 것이라는 소문이 무성했다. 특정인의 문제가 아니라 문단 전반의 반성과 변화가 필요한 것이 분명해 보였다. 하지만 문제를 제기한 피해자 및 피해자와 연대한 이들이 문학을 버리고 떠난 이후에도 가해자들은 여전히 문단 근처를 배회하고 있다. 가해자를 옹호하며 2차 가해를 하거나 슬슬 주변의 눈치를 보며 가해자를 다시 문단에 불러내려는 이들로 인해 잡음이 끊이질 않는다. 시효 만료된 문학을 붙들고 과거로 역행하려는 세력은 공고하고, 무엇보다 어디까지를 적으로 돌려야 하는지 알 수 없는 상황에 지쳐 간다. 그 모든 연대와 선언과 투쟁에도 불구하고 한국 문단의 백래시(backlash)는 현재진행형이다.

*

2020년 7월은 공교롭게도 한국 사회 전반의 분위기 역시 한국문학의 그것과 별반 다르지 않음을 보여 준 시기였다. 7월 6일 아동 성착취물 사이트 '웰컴투비디오' 운영자 손정우의 미국 송환이 불허된 날은 안희정 전 충남도지사 모친상 빈소에 정치인들의 근조 화환이 늘어선 풍경을 마주해야 했던 날이기도 하였다. 이날만 해도 정신을 온전히 붙들고 있기가 어려웠는데, 고작 삼 일 후에 박원순 전 서울시장이 성추행 피소 후 죽음을 택했다. 이후 무슨 일이 벌어졌는지는 모두가 아는 사실이다. 리트머스 시험지라도 되는 양 이 사태에 대한 반응을 통해 여성 문제에 대해 시대착오적이고 그릇된 태도를 지닌 일군의 세력을 확인할 수 있었다. 고인이 소속된 민주당의 대표는 성추행 의혹 대응 여부를 묻는 데 '예의'가 아니라며 도리어 화를 냈고, 50만 명을 훌쩍 넘긴 청와대 청원 동의와 코로나 19 전염병 사태에도 불구하고 강행된 대규모의 추모 의례는 죽은 후에도 지속되는 위력을 실감케 했다. 성범죄에 대한 미온적인 처벌과 가해자 감싸기가 반복되면서 안전하고 인간답게 살아갈 최소한의 권리조차 부정당했다는 모욕감과 분노, 절망감은 한국 여성의 공통감각이 되었다.

이 나라는 여성들이 지르는 비명이 들리지 않는 모양이다. 2016년 강남역 살인 사건과 2018년 미투 운동에도 불구하고 한국 사회에서 민주주의는 지극히 선별적이고 차별적으로 작동한다. 'K방역'에 대한 외신의 보도에는 우쭐하면서 이 땅에서 살아가는 여성들이 '코로나'가 아니라 '성폭력' 팬데믹을 조심해야 할 판이라고 비판하는 목소리에는 귀 기울이지 않는다. 1980년대 민주화 투쟁의 역사에서 여성의 존재가 삭제된 것과 마찬가지로, 박근혜 정권을 탄핵하고 '촛불 민심'을 기반으로 만들어졌다고 자임하는 문재인 정부도 여성에게 '인간에 대한 예의'를 갖추지 않는 것 같다.[1] 현 정권을 주도하

---

1 한국 근현대사에는 여성들이 혁명에 동참하였다는 사실은 까맣게 잊히고 혁명의 공과를 논하는 자리에 낄 수 있는 것은 오로지 남성들일 뿐이라는 인식이 팽배해 왔다. 여성들의 정치 참여가 공적 기록에 기입되지 못하거나 축소, 배제됨으로써 혁명이 남성적으로 젠더화되는 양상에 대해서는 다음 논문을 참고할 수 있다. 김주현, 「'의거'와 '혁명' 사이, 잊힌 여성의 서사들」, 『여성문학연구』 23, 한국여성문학회, 2010. 이에 따라 1990년대 386 여성들의 후일담에는 혁명운동에 동참한 여성들의 서사를 복원하면서 속물이 된 남성들과 차별화하려는 시도가 나타난다. 대표적으로 공지영의 『고등어』, 「인간에 대한 예의」 등에는 혁명운동의 과정에서 그 성취를 인정받지 못했던 여성 주체가 혁명 이념의 계승자로서 정체화하는 인상적인 장면이 나타난다. 이는 혁명 과정에서 여성들의 성취가 얼마나 인정받기 어려운 것인지를 대변해

고 있는 이들이 1980년대 민주화 투쟁의 기억을 '훈장'처럼 달고 있는 장본인들이라는 점을 떠올려 보면, 어째서 이런 일이 벌어지고 있는지 납득이 되기도 한다.

소위 586이라 불리는 1960년대생 엘리트 남성들은 한국 사회에서 도덕적 헤게모니를 장악하고 있을 뿐더러, 한국 자본주의가 고도화되는 과정에서 가장 많은 수혜를 입고 "학력과 전문지식, 직업, 경제적 지위가 맞물린 테크노크라트에 가까운 집단을 대규모로 창출"한 상태다.[2] 이들은 자신들이 가진 계층 시위를 자식들에게 세습하는 데 부끄러움이 없다는 점에서 '불평등한 민주주의'라는 불가능한 이상향을 지향하고 있다. 또한 이들은 1980년대적 진정성은 진정성대로 폐기 처분하지 않으면서 성공과 치부(致富)를 추구하는 이중적 면모를 보인다. 김은하는 이들이 "공적인 자기와 사적인 자기의 괴리를 좁힐 수 없어 위장과 가면 쓰기에 능하거나, 속으로는 깊은 분열을 겪는 병리적 인간의 계보에 속한다"고 지적한다.[3] 특히 "'성'은 1980년대라는 이념의 시대가 추방했던 욕망 혹은 억압된 무의식이 귀환한 증거"[4]로, 이들 세대가 여성 혹은 여성성을 신성한 대의를 위협할 수 있는 세속적 욕망으로 분류하면서 감시 혹은 억압의 대상으로 삼아 왔던 까닭을 설명해 준다.

주는 한편으로, 그 성취를 인정받기 위해 다시 남성 주체에게 의지할 수밖에 없는 딜레마를 보여 준다.

2 조귀동, 『세습 중산층 사회』, 생각의힘, 2019, p.211.

3 김은하, 「386세대 여성 후일담과 성/속의 통과제의—공지영과 김인숙의 소설을 대상으로」, 『여성문학연구』 23, 한국여성문학회, 2010, p.53.

4 김은하, 「386세대 여성 후일담과 성/속의 통과제의—공지영과 김인숙의 소설을 대상으로」, p.63.

*

　분열적 양상을 띠는 진정성 레짐이 한국문학을 지탱해 온 주요 기제였다는 사실은 불행한 진실이다. 김홍중에 따르면, 1980년대적 진정성은 "개인의 충분한 성찰에 근거한 사회운동이라기보다는 역사적 책무나 책임의식이 선행하면서 개인들을 도덕적으로 동원하는 양상을" 띠었고,[5] 이에 따라 권위주의적 나르시시즘에서 벗어나지 못한 주체들을 대량으로 양산해 냈다. 이는 문학사를 통해 확인할 수 있듯 비단 1980년대에 한정된 문제는 아니다. 문학사를 리얼리즘과 모더니즘의 이분법으로 구분해 온 오래된 '관행'은 다분히 도덕적으로 선한 '우리'와 그렇지 않은 '저들'로 이분화하여 후자의 잘못을 지적하는 식으로 귀결시켜 온 유구한 이분법적 세계관에 근거한다. 마찬가지로 1990년대 문학사를 '내면으로의 침잠'이 두드러진 '여성문학'이 융성한 시기라는 점을 강조하는 이들 중에는 여성을 '비정치적 주체'로 단정 지으며 '여성문학'을 비하하려는 의도를 은연중에 표명하기도 한다.

　우리가 이런 유의 문학(사)과 작별할 수 있게 된 것은 주지하듯 '페미니즘 리부트'의 영향 덕분이다. 2010년대 중반 이후 여성주의적 시각에서 문학사를 탈구축하는 기획들이 활발하게 진행되면서 한쪽으로 지나치게 기울었던 문학의 정치성에 대한 시각을 교정할 수 있게 되었다(이 책 역시 이들 기획에 엄청난 빚을 지고 있다). 근대문학의 종언을 외쳤던 이들은 이런 식으로 한국문학(사)의 부흥이 가능하리라고는 상상조차 하지 못했을 것이다. 가령 최근에 읽은 최은영의 「몫」

---

5 김홍중, 『마음의 사회학』, 문학동네, 2009, p.38.

(2018)은 배제되었던 여성들의 투쟁의 역사를 불러오면서 여성에 대한 폭력이 폭력으로 인식되지도 못했던 시절의 지난한 싸움을 그려내고 있다. 1996년 고대생들의 이대 난입·난동 사건, 교수 성희롱 문제, 가정 폭력, 기지촌 여성 문제 등 여성에 대한 폭력이 만연한 현실을 문제 삼으며 해결을 모색한 정치적 주체는 여성이었다. 2010년대 한국문학의 가장 큰 성취는 주변화되었던 주체들의 목소리를 복원시킨 것과 더불어 신성시되었던 문학-문학성에 의문을 품고 재현의 윤리를 재정립하기 위한 논의가 시작되었다는 데 있다. 그런 점에서 "소설의 가치가 한 사람의 삶보다 우선한다고 생각하지 않는다"[6]는 김초엽 소설가의 말은 한국문학이 지향해야 할 가치가 무엇인지를 되새기게 해 준다.

 #문단_내_성폭력 해시태그 운동에서 확인되듯, 피해자와 연대하며 '문학'이라는 이름으로 자행된 폭력에 저항하고자 한 이들은 '가만히 있으라'는 강요를 당하던 이들이었다. 2016년 발표된 고양예고 문예창작과 졸업생 연대 '탈선'의 성명서에는 이런 문장이 등장한다. "고발자와 피해자들의 목소리를 앗아간 '문학'은 어디에 있는가. 가해지목인이 자신이 저지른 폭력을 엮어 시집을 출간할 때, 가해지

---

6 2020년 7월 10일에 올라온 김초엽 작가의 페이스북에서 인용하였다. 김초엽 작가는 「그런 생활」에 문제를 제기한 피해자에게 지지를 표하며 출판사가 합당한 조치를 취할 것을 요구했다. 이를 위해 『창작과 비평』 가을호에 싣기로 한 소설 게재를 거부하고, 차기작 역시 문학동네와 창작과비평에서 출간하지 않을 것임을 밝혔다. 피해자와 연대하기 위해 대형 출판사와 '불편한' 관계가 되기를 마다하지 않은 여러 작가들의 용기와 결단에 지지를 표한다. 하지만 잘못에 대한 사과를 요구하는 이들이 오히려 더 많은 부담을 짊어져야 하는 지금의 구조가 장기적으로 피해자와의 연대를 꺼리게 하는 요인이 될 수 있다는 점에서 이러한 구조 자체를 어떻게 바꿔 나가야 할지에 대한 논의가 시급하다.

목인의 든든한 조력자가 된 '문학'은 어디에 있는가. 문학이라는 이름, 그것이 오로지 가해지목인이 고발자와 피해자들을 성적 착취하는 수단이자 명목으로 다루어졌다. 누가 문학을 자기 목소리의 발현이라고 말할 수 있단 말인가. 문학이라는 이름으로 가해지목인의 목소리는 증폭되었고, 우리의 목소리는 침잠했다. 이에 우리는 분노한다. 왜 우리는 문학성을 정의받아야 하는가."[7] 이들의 용기 있는 고발 덕에 우리는 '문학이라는 이름으로' 자행되었던 폭력을 직시하고 폭력을 용인·은폐·재생산하는 데 기여했던 '문학성'과 단절할 수 있었다.

*

이 책은 지난 몇 년간의 글을 묶은 것이다. 제1부 '문학의 종언 이후'는 활기를 잃어버린 문단에서 시인들이 느끼는 위기의식과 불안감, 그리고 그 속에서 방향을 타개해 보려는 노력들에 대해 이야기했다. 사춘기적 반항, 찌질한 '병맛' 감성, 마니아 혹은 오타쿠적인 것으로 평가절하되는 것들이야말로 망가져 버린 이 세계에서 망해 가는 주체들이 '다른' 세계를 모색하고 있는 증거라는 점을 살펴보았다. 진보에 대한 믿음이 사라져 버린 시대에 '실존하는 기쁨'(황인찬)을 지켜 내기 위해서는 혐오와 불안을 넘어 미지의 취향을 향해 한 발짝 나아가는 태도가 필요하다.

제2부 '가면의 고백'은 강남역 사건 이후 스스로를 여성 평론가로

---

7 탈선, 「문학의 이름으로—#문단_내_성폭력 고발자 '고발자5'에 대한 고양예술고등학교 문예창작학과 졸업생에 대한 연대 '탈선'의 지지문」, 2016.11.11.

정체화하면서 쓴 글들이다. 여성주의적 시각으로 문학 텍스트를 독해한다는 것이 '정치적 올바름(political correctness)'에 구속되거나 '정체성 정치'의 한계에 갇혀 남성에 대한 혐오와 문학에 대한 편견을 표출하는 행위가 전혀 아니라는 사실을 확인했다. 페미니즘 리부트 이후 여성주의적 이슈를 무분별하게, 소모적으로 이용하는 태도를 경계하면서 페미니즘을 통해 정치와 미학의 새로운 연대를 고민하였다. 우리가 젠더 이분법의 해체를 도모하는 텍스트에 대한 지지를 표명해야 하는 근거를 밝히는 한편으로, 피해/가해 이분법으로 해결될 수 없는 폭력의 구조적 측면을 직시하고자 했다. '틀어막혔던 입에서'라는 책의 제목은 제2부에 실린 글에서 가져왔다.

제3부 '고통의 좌표들'은 문학은 고통에 대해서 증언한다는 명제에 충실한 작품들을 쓴 시인들에게 공감과 경의를 표하며 쓴 글들이다. 한국 문단을 든든하게 떠받치고 있는 시인들이 굳어진 관념과 낡은 관습을 갱신하기 위해 치열하게 고투하고 있다는 사실이 경이로웠다. 2018년 세상을 떠난 허수경 시인의 시를 비롯해서, 고독과 죽음의 쓸쓸함에 매료되어 이들의 시를 읽어 내려가다 보면 성속(聖俗)이 교차하는 일상의 순간들과 조우할 수 있었다. 이들 문학의 원동력은 세상과 불화하면서도 냉소적 나르시시즘으로 쉽게 모순을 해소해 버리지 않는다는 데 있다. 세계를 깊이 사랑하기에 가능한 도저한 허무주의는 내가 오랫동안 안고 가야 할 숙제이기도 하다.

제4부 '시가 되지 못한 것들의 시'는 최근의 문학이 어떻게 형질 변환되어 가고 있는지에 대한 생각을 정리한 시론적 성격의 글을 모았다. 2000년대 이후 서정시의 문법을 갱신해야 한다는 당위와 마침내 그 당위를 성취했다는 열광이 한국 시단을 지배했다는 것은 알려진 바와 같다. 나는 과연 이러한 진단이 적절한 것인지를 성찰하

며 '시적인 것'의 의미를 재맥락화해 보았다. 이를 위해 황지우나 김수영의 시론을 다시 읽으며 '시적인 것'이 이동해 온 궤적을 추적하고, 무엇보다 시 쓰기의 수행성에 강조점을 두었다. 시가 정치적일 수 있다면 시가 어떠한 내용을 담고 있는지의 여부가 아니라 그 시를 쓰는 자의 신체에 어떠한 변용이 일어나는지를 논해야 한다는 점을 이야기했다.

이 책에서 자주 인용하고 있는 오혜진의 글에는 "K문학/비평이 없는 세계는 축복이며, 거기에서 21세기의 독자들은 압도적인 행복을 누리기 때문이다"[8]라는 문장이 등장한다. 이 글을 두고 여전히 논란이 많지만, 나는 이 글을 읽고 속이 뻥 뚫리는 것 같은 통쾌함을 느꼈던 독자 중 한 사람이었다. 하지만 K문학은 좀비처럼 되살아났고, 나는 그 좀비에게 물려 K문학 바이러스를 전파시키는 존재가 되는 악몽에 시달려야 했다. 이 악몽에서 벗어나는 길이 문학을 그만두는 것만은 아닐 것이라고 아직까지는 믿고 있다. 문예지를 기반으로 하는 비평 활동을 접게 되는 날이 오더라도, 그것이 글을 읽고 쓰는 페미니스트로서의 삶까지 앗아 가지는 못할 것이다. 그것이 내가 생각하는 문학에 대한 예의다. 사랑하는 딸 수아와 남편, 그리고 가족들, 친구들, 선생님들과 선후배님들 모두에게 고마운 마음을 전한다. 책을 출판할 수 있게 지원해 준 아르코 재단과 파란 출판사에도 감사 인사를 드린다.

2020년 여름, 월계동에서

---

8 오혜진, 「퇴행의 시대와 'K문학/비평'의 종말」, 『지극히 문학적인 취향』, 오월의봄, 2019, p.111.

차례

005   책머리에 인간에 대한 예의

제1부 문학의 종언 이후

019   뒤늦게 찾아온 사춘기—2000년대 시와 근대문학의 종언

036   쓰레기를 사랑하는 마음으로—김승일의 시에게

049   취향의 헤테로토피아—황인찬의 『희지의 세계』 읽기

065   진정성을 대리보충하기—안미옥 시를 경유하는 질문들

083   젊은 예술가의 초상
       —배수연·문보영·장수진의 시와 '예술의 죽음'에 대하여

제2부 가면의 고백

107   2층과 3층 사이에서

117   가면의 고백—'미래파'의 기원으로 여성시 다시 읽기

126   퀴어비평은 어떻게 '클리셰'에서 벗어날 수 있는가
       —황병승과 김현의 시

140   종언, 종말 그리고 미러링

152   틀어막혔던 입에서
       —임승유의 『아이를 낳았지 나 갖고는 부족할까 봐』 다시 읽기

제3부 고통의 좌표들

167 카메라 옵스큐라, 그리고 고독의 냄새들

  —이현승·송재학·김수복의 시

176 역원근법 세계의 풍요로움—홍일표론

188 쓸쓸한, 고통의 신비—유안진·최승자의 시

198 그가 저녁에 이야기하는 것들—고영민의 시

208 인간이라는 악몽에 대한 반성—허수경론

218 참을 수 없는 '돼지'의 불편함—김혜순의 『피어라 돼지』

226 여성, 새하다—김혜순의 『날개 환상통』 읽기

제4부 시가 되지 못한 것들의 시

243 시가 당신을 쓴다

249 눈먼 사람들

258 파편화된 신체와 완성되는 전율

266 시적 언어와 내파되는 상징

276 '슬픔의 근원'을 횡단하기—이수명론

제1부 문학의 종언 이후

뒤늦게 찾아온 사춘기
—2000년대 시와 근대문학의 종언

1.

2000년대 이후에 출현한 소위 '미래파' 시의 특이성에 대해 이야기하기 위해 영화 「벌새」(2019)에 대한 감상을 먼저 꺼내 보려 한다. 1994년도를 배경으로 하는 이 영화에서 1990년대를 바라보는 시선은 '미래파' 시인들의 시에 내재한 정념들을 이해하는 데 적지 않은 단서를 준다. 사춘기 소녀 은희의 성장담을 다루고 있는 「벌새」에는 1990년대 한국 사회의 분위기를 보여 주는 특징적인 장면들이 그려진다. 가령 쏟아지는 주문에 새벽부터 온 가족이 출동해서 방앗간의 떡을 담고 포장하는 데 이어 손이 부르틀 때까지 돈을 세는 장면은 IMF 이전까지 경제적으로 호황을 이뤘던 한국의 상황을 상기시킨다. 하지만 이를 통해 영화는 1990년대가 그다지 행복하지만은 않았던 시대였음을 우회적으로 암시한다. 돈을 벌고 또 쓰느라 정신없이 바쁜 와중에 정작 어떻게 살아갈 것인지에 대한 질문은 미처 하지 못하던 시대는 아니었는가. 1987년 민주화 항쟁 이후에도 일상적 폭력은 이어졌고, 여기에 각자도생하려는 사람들의 경쟁과 차별이 더해져 어떤 면에서 삶은 퍽퍽하고 각박해졌다.

그런데 2000년대 이후의 시들에도 상실과 죽음의 그림자가 길게 드리워져 있다. 이들이 감지한 것은 1990년대를 전후로 제기된 '문학의 죽음'이란 화두였다. 기성세대 시인들이 1980년대까지 문학에 부여되었던 무거운 책임감이 사라진 자리에 생긴 공백에 어쩔 줄 몰라 하고 있을 때(가라타니 고진의 '근대문학의 종언'은 일종의 확인 사살이었을 뿐, 그전에도 이미 문학의 위기는 소문처럼 문단을 떠돌고 있었다), 1990년대 말 등단한 신인들이 세상 물정 모르는 사춘기 소년, 소녀의 목소리를 내기 시작하였다. 세계는 소거되고 자아의 목소리만 남아 있는 이들의 시는 미숙하지만 치기 발랄한 사춘기 소년, 소녀의 우울한 명랑함을 보여 준다. 2000년대 시에서 다양한 양상으로 전면화된 성(性)적인 언술들 역시 사춘기에 이르러 성에 눈뜨기 시작한다는 점과 관련된다. 기존 문학에서 다뤄지지 않았던 소재와 어조, 태도 등을 통해 '가벼움'은 이들 시의 트레이드마크가 되었다.

이들은 어째서 문학의 위기, 종말, 종언에 대한 우려를 사춘기적인 목소리로 되받아치게 되었을까? 그리고 이들이 대면한 '문학의 죽음'의 실체란 과연 무엇이었을까? 이 글은 이러한 질문들에 대한 어설픈 답이나마 구하기 위해 2000년대 문학이 걸어온 길을 되짚어 보려 한다.

2.

사춘기는 세계의 부조리에 눈뜨게 되는 시기다. 이미 질서 지어진 것에 대한 불신과 불안감, 어딘가에 안정되게 소속되기를 거부하며 끊임없이 경계에서 흔들리는 이들의 감수성은 예민하고 위험하다. 2010년대 시인들이 위악적인 아이의 세계로 퇴행하여 상징계가 거의 무너지다시피 한 불안정한 세계의 단면을 연출한다면, 2000년대 시인들은 공고한 상징계와 맞부딪혀 상처투성이가 된 서툰 문장들을 훈장처럼 가지고 있다.[1] '미래파'라는 카테고리에 한데 묶인 시인들의 속성을 단숨에 정리해 버리는 것이 너무 방만한 해석을 불러올지도 모른다는 우려에도 불구하고 이러한 해석이 엄청난 오독은 아닐 것이다. 이 부분을 특별히 강조하고 싶은 것은 사회·정치적 문제에 대해 대체로 무관심한 2000년대 시의 태도가 '시와 정치' 논쟁의 발단이 되었다는 비난과 관련해서 조금이나마 논의의 여지를 남겨 두고 싶기 때문이다. 이들의 정치성을 과도하게 추켜세우고자 하는 것은 아니지만, ('시와 정치' 논쟁을 시작한 진은영이 아무리 노력해도 1980년대 민중시같이 쓸 수 없었다고 고백한 것을 떠올려 보았을 때)[2] 2000년대 시를 1980년대 시의 정치성과 일률적으로 비교

---

[1] 2000년대 시에서 주목할 것은 아이도 어른도 아닌 사춘기적인 것이다. 강조컨대, 아이와 사춘기의 미성년을 뒤섞지 않는 것은 꽤나 중요하다. 양자는 모두 미숙한 존재이지만 자아와 세계에 대한 자의식을 지니고 있는지를 기준으로 뚜렷이 구분된다. 아울러 시에 나타난 발화자의 목소리와 텍스트에 출현하고 있는 대상 역시 엄밀히 구분되어야 한다. 텍스트에 아이나 소년, 소녀가 출현한다고 해서 이를 시적 주체와 혼동해서는 안 된다. 당시의 평론들을 보면 이 두 가지 사항이 종종 혼동되어 혼란을 야기한다.

[2] 진은영은 2000년대 시의 정치성에 대해 의문을 표하던 이들에게 다음과 같이 일정 부분 동조하고 있다. 오해를 피하기 위해 해당 부분을 옮겨 본다. "유아론적 주체의 자폐적인 언어일 뿐이라는 비판이 2000년대의 새로운 시인들 머리 위로 빗물처럼 쏟아진 걸 보면, 이 정치적 시도는 크게 성공적이었다고 볼 수는 없을 듯하다. 시인은 지나가는 소나기를 보며 자책한다. '기묘한 감성적 충격을 생산하는 데 몰두했던 시들에서는 정치적 의미의 가독성이 사라지고 정치적 의미의 가독성을 최대화한 시들에서는 기묘함이 실종되는구나!' 이중효과의 적절한 생산은커녕 견디기 힘들 만큼 어정쩡한 상황이 발생하는 것이다." 진은영, 『문학의 아토포스』, 그린비, 2015, p.32.

하기에는 무리가 있다.

그렇다면 애초에 '미래파'로 호명된 시인들에게 이러한 비난이 쏟아지게 된 이유는 무엇일까. 2000년대 당시 이들은 '다른 서정'(이장욱)이나 '진화하는 서정'(김수이), '환상적 서정'(김진수), '뉴웨이브'(신형철) 혹은 '분열증과 아나키즘'(이광호)으로 호명되었다. 이처럼 완곡하게 새로운 서정의 출현을 알리려는 의도나 2000년대 이후의 특징적인 면모를 부각시키려는 명명법보다 "이들의 작품이 가까운 미래에 우리 시의 분명한 대안이라는 것을 인정할 날이 올 것"[3]이라는 신념에 가까운 강한 근거를 든 권혁웅의 명명('미래파')이 살아남은 것은 돌이켜 보면 꽤나 징후적이랄 수 있겠다. 이 명명 자체에 2000년대 이후의 시에 어떠한 '미래'를 부여하고자 하는 욕망이 투사되어 있을지도 모른다는 합리적인 의심을 제기할 수 있기 때문이다.[4]

'미래파' 시를 못마땅해하는 이들에 대한 반박의 근거를 마련하기 위해 권혁웅을 비롯한 당시 평론가들은 그것이 어떤 새로움인가에 대한 논의를 이끌어 나갔다. 이에 따라 전에 없이 활발하게 주체, 대상, 언술을 비롯해 시학의 개념들에 대한 논의가 이뤄진 것은 2000년대 시문학사에서 부수적이랄 수 없는 주요한 성과가 되었다. 특히나 '미래파' 시가 이전의 서정시와 구분되는 지점을 논의하기 위해

---

3 권혁웅, 『미래파』, 문학과지성사, 2005.
4 김홍중 역시 '미래파' 시가 "비평이라는 담론과 결합할 때 비로소 하나의 문학사적 의의를 지닌 사건으로 발발하게" 되었음을 지적한 바 있다(김홍중, 『마음의 사회학』, 문학동네, 2009, p.425). 근대적 예술을 가능하게 한 것이 '실재에의 열정'이라면 신자유주의 시대에 들어 예술의 사회적 위상이 근본적으로 변화하면서 '실재의 열정'이 불가능한 시대가 되어 버렸다. 그럼에도 불구하고 지식인들은 실재의 열정을 활성화하려는 '실재의 열정에 대한 열정'이라는 역설적인 전략을 펼치게 되는데, 미래파 시를 둘러싼 평론가들의 수다한 담론이 그 증거다.

부상된 개념이 바로 '주체'다. 권혁웅은 '미래파' 시의 출현에 고무받아 완성한 『시론』(2005)의 「서문」에서 "새로운 시론의 필요성을 절감"했음을 밝히면서 그 첫 번째 장에서 '주체'의 문제를 다루고 있다.[5] 그는 '화자=자아=시인=실체'라는 도식에 따라 시를 일인칭 독백의 형식으로 간주해 온 기존의 시학과의 결별을 선언하며, 정신분석학과 하이데거, 푸코, 레비나스, 데리다, 들뢰즈의 주체 개념을 가지고 와서 "단일한 화자로 환원하기 어려운 복수적인, 비의지적인 목소리"를 '주체'라 부를 것을 제안한다.[6]

  2000년대 이후의 시를 논한 평론가들 역시 공통적으로 지적하는 것이 바로 발화 주체의 문제이며, 화자에서 주체로의 전환을 성사시켰다는 점이야말로 '미래파'의 가장 큰 공로로 인정받아 왔다. 하지만 2000년대 시가 화자에서 주체로의 전환을 이뤄 냈다는 평가에 대해 다음과 같은 비판이 야기되기도 하였다.

  미래파들은 자신들의 새로운 주체가 정체성이 있는 확고한 주체가 아닌, 분열적이고, 비인칭적인, 혼종의 주체이며 따라서 비주체라고 생각할 수도 있다. 주체를 소수자에게서 발견한 것이 아니라 주체 자체를 폭파시킨 것이라고 말이다. 하지만 비주체도 주체이다. 발화자라면 모두 주체이다. (중략) 발화하면서, 싸우면서, 주체가 편리하게 없어질

---

5 권혁웅, 『시론』, 문학동네, 2010, p.5.
6 권혁웅이 시작법이 아니라 시론을 정립하려 했다는 점도 특기할 부분이다. 그의 저서는 창작이 아니라 비평에 필요한 개념을 정립하기 위해 쓰였다. 이에 따라 '주체'에 대해서도 그는 "단선적인 화자 개념보다는 복합적인 주체 개념이 시의 의미론적 국면을 더 풍요롭고 정치하게 살필 수 있으리라는 판단"(권혁웅, 『시론』, p.59)을 했다고 설명한다.

수는 없다. 어떤 복잡한 텍스트를 내장한 발화이든 상관없이 발화가
이루어지는 순간 그것은 주체인 것이다.

　우리는 우선적으로 제거해야 할 대상으로 질서를 상정하는 경향이
있다. 이 가정의 문제점은 우리들 자신이 질서를 보충하고 있고, 질서
와 동승하고 있다는 데 있다. 젊은 시인들이 전복하길 바라는 것은 바
로 그들 자신이었음을 깨닫는 데는 얼마 걸리지 않을 것이다. 그들이
바로 주류이다. 사회적이고 정치적인 장에는 비주류가 있지만, 삶에는
비주류가 없다. 인생에서는 모두가 주류이다. 그리고 모두 비주류이다.
우리는 주인이면서 손님이다. 우리는 제도이면서 동시에 제도를 무화
시키는 인간이다. 아니, 인간은 주류, 비주류를 넘어서 그 자체가 파괴
적인 존재이다. 그리고 제도와 질서는 인간에게 억압적일 뿐 아니라
허약하다.[7]

　사실 이수명은 주체의 개념을 오해하고 있다. "분열적이고, 비인
칭적인, 혼종의 주체"는 "비주체"인데, 그 "비주체" 역시도 결국은
"주체" 아니냐는 질문은 애초에 '주체' 개념을 잘못 이해한 데 따른
것이다. 애초에 '미래파' 시에 대한 논의에서 발화 주체는 '비주체'와
대립되는 개념이 아니라 '시인'과 동일시된 시적 화자와 변별되는 것
인 만큼 비주체와 주체를 대립항으로 내세우며 비판하는 것은 그다
지 설득력 있는 접근법은 아니다. 그럼에도 불구하고 위의 글은 '미
래파' 시에 대한 비평이 빠져 버린 함정을 정확하게 건드리고 있는
데, 그것이 이 글에서는 비주류에 대한 지향으로 정리된다. 사회에
서 비주류에 속한 소수자의 분열증적 언어로 발화한다고 해서 그것

---

7 이수명, 「미래파를 위하여」, 『횡단』, 문예중앙, 2011, pp.118-119.

이 곧 질서를 파괴하고 전복하는 정치성을 지니는 것은 아니다. 미래파 시가 기존의 질서에서 소외되었던 존재들을 시적 발화 안에 기입함으로써 자동적으로 전위의 기치를 확보할 수 있다는 도식은 미래파 자신들이 주류가 되어 버릴 때 기각되어 버린다.

군데군데 지나치게 비약적인 부분이 눈에 띄기는 하나,[8] 이수명은 '시와 정치' 논쟁이 본격적으로 벌어지기 이전에 2000년대 이후의 시의 '정치성'의 정체가 무엇이냐는 발본적인 질문을 제기하고 있다. 우리가 익히 알고 있는 것처럼, 이 논쟁은 미래파 시가 소통 불능의 자폐적인 세계에 갇혀 있다고 비난한 이들이 시대착오적이거나 협소한 '정치성'의 자장 안에서 사유하고 있으며, 직접적으로 정치적인 사안에 대해 발화하지 않더라도 시(예술)의 정치성에 대해 논의할 수 있는 통로로써 '감각적인 것'이 있음을 뒤늦게나마 확인시켜 주었다.[9] 무엇보다 이 논쟁은 진은영이 랑시에르의 이론을 가져와 정리한 대로 "문학을 비롯한 예술 전반의 문제는 '감각적인 것을 분배하

---

[8] 가령 본인의 주장을 강조하기 위한 것이라 해도 다음과 같은 문장에는 아무래도 동의하기 어렵다. "순수하고 지고한 이성애를 다룬 시나 영화에 사람들이 몰리는 것은 이 작품들이 통념에 호소하기 때문이 아니다. 이것이 오히려 그로테스크한 희귀본이 되었기 때문이다. 아무도 믿지 않는 이성애, 질서, 평범한 주류들, 이것이 신선해 보이는 것이다." 이수명, 「미래파를 위하여」, p.120.

[9] 부연하면 이러한 간극은 미시 정치에 대한 두 시인의 견해차에서 비롯한다. 이수명은 "비주류들을 들여다봄으로써 세계와 역사를 다시 구성하는 것은 푸코 류의 철학"(이수명, 「미래파를 위하여」, p.119)이 이미 제출한 것으로, 이러한 미시정치학에서 소재를 추구하는 태도 자체가 이미 '낡은' 것이라고 주장한다. 이에 비해 진은영이 가져온 랑시에르의 개념은 그야말로 '초미시적인' 감각이 세계를 변화시킬 수 있다고 보는 입장이다. 이에 따라 진은영은 "세계를 변화시키는 의지이며 삶의 형식을 예술적 실천과 연결시키는 형식으로서의 모더니즘"이야말로 "오늘날 예술적 아방가르드를 자임하는 예술가들에게 열려 있는 길"이라고 말한다(진은영, 『문학의 아토포스』, pp.33-34).

는' 문제이며 그런 한에서 예술은 필연적으로 '정치'와 관계한다"[10]
는 한 문장으로 갈무리되며, 이를 통해 '미래파' 시는 뒤늦게 자신의
정치성을 항변할 수 있는 무기를 얻었다.

하지만 여전히 진은영의 답변이 불충분하게 느껴지는 지점이 있
다면 랑시에르의 미학이 2000년대 시의 특수성을 해명해 주는 것은
아니기 때문이다.[11] 예술의 보편적 정치성이 아니라 그것의 특수한
정치성에 대해 논하기 위해 '미래파' 시가 왜 특정 시공간에서 출현
했는지에 대해 이야기해야 한다.[12]

3.

이쯤에서 나는 영화 「벌새」의 시선을 다시금 상기해 보고 싶다. 표
면적으로는 호황을 구가하던 시기에 일상을 어른거리는 죽음의 그
림자를 감지할 수 있었던 것은 이 영화가 사후적으로 과거의 기억
을 재구성하고 있기 때문이다. 이는 트라우마를 일으키는 폭력을 직

---

10 진은영, 『문학의 아토포스』, p.18.
11 그래서인지 진은영은 랑시에르의 개념을 적용하여 '미래파' 시가 2000년대라는 구
체적 세계에서 어떠한 정치성을 지니는지를 각론으로써 해명하지 않는다. 진은영이
자신의 논의를 적용하여 해석하고 있는 것은 '미래파' 시에 대한 논의와는 다소 동떨
어져 있었던 심보선과 김소연의 시이다.
12 이는 미래파에 대해 사회학적으로 접근해야 한다는 것은 아니다. 이미 미래파의
시와 시학이 IMF 이후의 징후로 볼 수 있다는 지적은 함돈균과 김영찬, 진정석, 김
홍중 등에 의해 제기된 바 있다. 이들은 미래파 시를 사회를 변화시킬 수 있는 전망
을 상실한 고립된 개인의 등장이나 사회적 상상력의 빈곤을 보여 주는 징후로 해석한
다. 하지만 이러한 접근은 자칫 문학적 성취를 사회학적으로 환원하는 역사주의의 오
류를 반복하는 것일 수 있다. 함돈균, 「이 시대의 혁명, 이 시대의 니힐리즘」, 『문학과
사회』, 2007.가을, p.313; 김영찬, 「좌담: 우리 문학의 현장에서 진로를 묻다」, 『창작과
비평』, 2006.겨울, p.168; 진정석, 「사회적 상상력과 상상력의 사회학」, 『창작과 비평』,
2006.겨울, pp.208-209.

시하는 영화 속 시간이 선형적으로 흘러가지 않는 까닭이기도 하다. 영화에는 1990년대를 살아가는 중학교 2학년인 은희의 시선과 2019년을 살아가는 감독의 시선이 양립한다. 이를 통해 은희의 시선만으로 포착할 수 없었던 폭력과 화해의 순간들이 생생하게 명멸한다. 한데 2000년대 시에도 이와 유사하게 과거와 현재를 오가는 분열적 시선이 나타난다. 이와 관련해 다소 길지만 여러모로 음미할 만한 문장을 옮겨 본다.

저의 소견으로는 뉴웨이브의 핵심은 '나'에 대한 발본적 반성에 있습니다. (중략) 이를 두고 '주체의 분열' 혹은 '주체의 해체'라고들 합니다. 그러나 이런 말들은 쓰기에 빈곤하고 읽기에 지루합니다. (중략) 주체란 본래 분열되어 있는 것이고 애초 해체되어 있는 것입니다(**우리가 그 많은 '포스트' 담론들을 헛 읽은 것이 아니라면 말입니다**). (중략) 누구 말마따나, **내가 누구인지 말할 수 있는 자 누구입니까**. 저는 동일한 사태를 '상투적인' 서정시들에서 봅니다. 허다한 시편들이 '나'의 목소리를 실어나릅니다. 나만의 체험, 나만의 이미지, 나만의 깨달음, 나만의 화법…… 그러나 그 시들은 스스로 믿고 있는 것보다 훨씬 더 비슷합니다. 시인들의 역량 부족 때문이 아닐 것입니다. 그것은 서정적 '자아'라는 메커니즘 자체의 문제입니다. **가장 단독적이고자 하는 몸부림이 외려 시스템을 더 완강하게 고착시키는 악무한이 거기에서 발생합니다.**

이 악무한을 끊고자 하는 부류들이 뉴웨이브들입니다. 그들은 문장의 주어인 '나'와 그 문장을 쓰는 '나' 사이의 간극을 인식하고 그 틈을 힘껏 벌려 놓습니다(라캉이라면 언표와 언표 행위 사이의 간극이라고 했을 것입니다). 그 틈에서 무언가가 출현합니다. 또 그들은 '나'의 단독성을 보증해주지 못하는 세계에서 '자아'라는 헛된 정체성(동일성)과 작별합니다. 세계 여기저기에서 '나'를 재확인하는 서정적 여행을 그만두고, '나'의 진실을 찾아 비서정적·탈서정적 여행을 떠납니다. **'자아'라는 화사한 인공정원이 아니라 '주체'라는 끔찍한 폐허입니다.** 분열의 세계, 흔적들의 세계, 부조리의 세계인 그곳이 목하 무대화되고 있는 것입니다. (중략) 또한 그들은 그 무슨 분열과 해체를 '유희'하고 있는 것이 아닙니다. 분열과 해체의 언더그라운드에서 **진정한(authentic) '나'를 '추구'**하고 있는 것입니다.(강조는 인용자)[13]

이 글은 2000년대 시의 핵심에 주체의 문제가 가로놓여 있음을 지적하면서 그 주체에 대한 문제의식이 '포스트' 담론, 그러니까 1990년대 유행한 포스트모더니즘 이론에서 이미 허다하게 지적된 것이라고 부연한다. 이러한 지적은 본문에서 잠깐 언급되고 넘어가 버리지만, 지금에 와서 왜 2000년대 시가 출현했는지를 상기할 때 간과할 수 없는 부분이다. '미래파' 시는 아무런 필연성 없이 급작스럽게 출현한 것이 아니라 1990년대 포스트 사조의 유행 이후 '내가 누구인지 말할 수 있는 자는 누구인가'라는 무수히 제기된 질문에 답하기 위해 나타났다는 것이다. 1990년대 한국문학 담론장에는

---

13 신형철, 「전복을 전복하는 전복」, 『몰락의 에티카』, 문학동네, 2008, pp.274-275. 여기에는 다음과 같은 각주가 붙어 있다. "우리는 여기서 정신분석 임상과정의 논리를 참고하고 있다. '자아'라는 자기-이미지가 붕괴하면 '주체'라는 해체와 분열의 세계가 모습을 드러낸다. 그러나 그 해체와 분열의 세계 속에는 각자에게 고유한 어떤 진실이 잠재돼 있다. 그 진실에 '진정한 나'가 존재한다. 그러나 그 '진정한 나'는 애초의 그 자아가 아니다."(p.276.) 그렇다면 '자아'가 붕괴한 이후에 찾아온 '진정한 나'란 무엇이며, 그는 어떠한 '진실'과 마주하게 된다는 것인가? 이들의 '자아'는 무엇을 계기로 붕괴하게 된 것일까?

소위 '87년 체제' 이후 무거운 역사적 굴레를 벗어던지고 '나'에 대한 탐구가 전방위적으로 이뤄지기 시작했다. 하지만 1990년대에 동시대적으로 수용된 포스트모더니즘 담론은 즉각적으로 이러한 '나'가 허위적인 것임을 증명하는 담론이었다. 포스트 담론이야말로 "가장 단독적이고자 하는 몸부림이 외려 시스템을 더 완강하게 고착시키는 악무한"을 비판한 것이기 때문이다.[14]

1990년대 문학은 비로소 '나'에 대해 이야기할 수 있게 되었지만, 동시에 그 '나'란 허위에 다름아님을 직면하면서 딜레마에 봉착하게 된다. 1990년대 들어 문학의 위기니 죽음이니 하는 과격한 예언들이 난무했던 것도 이러한 딜레마와 무관하지 않을 것이다. 2000년대 이후의 시는 이러한 가운데서 탄생했다.[15] 하지만 이들이 무슨 "진정한 '나'를 '추구'"하고 있는 것 같지는 않다. 라깡의 주체 이론으로 온전히 포섭되지 않는 2000년대 이후 시의 독특성은 그들이 이제 막 세계의 부조리에 눈을 뜬 사춘기적인 시선으로 세계를 바라보고 있다는 점이다. '미래파' 시를 대표하는 김행숙과 황병승의 첫 시집에

---

14 2000년대 시 가운데 일부는 포스트모던적 '나'의 악무한을 끊지 못하고 정확히 그 악무한의 덫에 빠져든 것처럼 보인다. 이에 대해서는 신해욱 시에 대한 신형철의 해석을 참조할 수 있다. 신형철, 「가능한 불가능」, 『창작과 비평』, 2010.봄.

15 김행숙은 정확히 이 지점을 지켜보고 있었다. 『사춘기』의 표지 뒷면에는 다음과 같이 시인의 말이 적혀 있다. "그리고 2003년, 나는 이렇게 중얼거린다. **'위기'니 '죽음'이란 말은 '이동'과 '탄생'을 우울하고 과격하게 예언한다. 문학이 사라지는 곳에서, 문학은 새로운 육체로 또 다른 생을 살기 시작할 것이다.** 나는 이 새로운 육체의 운명과 더불어 나의 생을 실천하고자 한다. 개인적으로 나는 흔들리는 자에 불과할지도 모른다. 나는 '위기'와 '죽음'의 징후만을 드러내는 데서 끝날지도 모르겠다. 그렇다 해도 '죽음' 쪽으로 나는 달려 나갈 수밖에 없다. 내가 사라지는 곳으로부터 나는 더 멀리에서 나타나고 싶다. '주어지지 않는 역사'이므로 내가 아는 건 아무것도 없다. 다만, 내가 알았던 것에 기댈 수 없을 뿐이다. 그리고 다만, 나의 무지의 힘으로 으으으 달릴 뿐이다."(강조는 인용자)

는 그 어떤 전망이 보이지 않음에도 불구하고 세계에 반항하는 태도가 나타난다.[16] 다음의 시들을 보자.

시원스럽게 쏟아지는 빗소리를 들으며 잠에서 깨어났어요
어머니 빗소리가 좋아요
머리맡에서 검정 쌀을 씻으며 당신은 소리 없이 웃었고
그런데 참 어머니는 재작년에 돌아가셨잖아요

나는 두 번 잠에서 깨어났어요
창가의 제라늄이 붉은 땀을 뚝뚝 흘리는 여름 오후

안녕 파티에 올 거니 눈이 크구나 짧고 분명하게 종이 인형처럼 말하는 여자친구 하나 갖고 싶은 계절이에요

언제부턴가 누렇게 변한 좌변기, 에 앉아 열심히 삼십 세를 생각하지만 개운하지 않아요

지독한 냄새를 풍기는 저 제라늄 이파리 어쩌면 시간의 것이에요

사람들과 방금 했던 약속조차 까맣게 잊는 날들

---

16 이들이 아무것도 하지 않을 때조차 거기에는 반항의 의미가 담겨 있는데, 으레 반항할 것이라 가정된 일에 반항하는 것이 '지루한' 것이라고 가정되기 때문이다. 가령 1980년대 시가 그러했듯 문학이라면 당연히 사회문제에 대해 발언해야 한다는 가정조차 너무 '뻔한' 지루한 것이 된다. 이에 대해서는 이 글의 각주 19번에서 김행숙의 시를 예로 들어 설명하였다.

베란다에 서서 우두커니 놀이터를 내려다보고 있노라면

하나 둘 놀던 아이들이 지워지고

꿈속의 시계 피에로 들쥐들이

어느새 미끄럼틀을 차지하는 사이……

거울 앞에 서서 어느 외로운 외야수를 생각해요

느리게 느리게 허밍을 하며……오후 네 시,

바람은 꼭 텅 빈 짐승처럼 울고

살짝 배가 고파요.

—황병승, 「이파리의 저녁 식사」 전문[17]

네겐 햇빛이 필요하단다. 여자는 나를 유모차에 태우고 공원을 산책
했다. 햇빛은 어디 있지요? 난 뭔가 만지고 놀 게 필요해요. 나는 여자
를 올려다보았다. 여자도 어딘가를 올려다보았다.

나는 엄마, 라고 말했다.

애야, 너는 잠시 옛날 생각을 하고 있을 뿐이란다. 그리고 세상은 많
이 변했단다. 여자가 유모차를 밀던 손을 놓았다.

구른 건 바퀴뿐이었을까? ……내 차가 들이받은 나무는 허리를 꺾
었다. 나뭇잎 나뭇잎이 자지러지게 웃는 소리를 나는 들은 것 같다. 아

---

17 황병승, 『여장남자 시코쿠』, 문학과지성사, 2012, pp.31-32.

아아, 내가 처박힌 여기는 어딜까?

　당신, 왜 그래? 헝클어진 당신이 묻는다. 나는 핸들에 머리를 박고 있다. 내가 어디로 가고 있었나요? 멈출 수가 없었어요. 나는 천천히 당신을 올려다본다.

　당신도 어딘가를 올려다본다. 답을 구하는 태도는 누구나 유아적이 군요. 그런데, 구른 건 정말 바퀴뿐이었을까요?

　나는 엄마, 생각을 했다. 나는 방향을 틀기 위해 잠시 후진을 해야 한다. 천천히 핸들에 손을 얹고 뒤를 돌아다보았다.

—김행숙, 「삼십세」 전문[18]

　김행숙과 황병승은 모두 1970년대 생 시인들로 2000년대에 삼십 대를 맞이했을 터이다. 한국의 '정상' 규범대로라면 삼십 대는 법적 으로 '성인'으로 인정받는 이십 대와는 또 다른 의미에서 '어른'으로 서 대접받을 나이다. 하지만 위의 시에는 나이 서른이 되었음에도 아직도 번듯하게 인정받는 삶을 꾸려 가지 못하는 시적 주체가 등장 한다. 우선 황병승의 시에서 시적 주체는 이미 죽어 버린 어머니를 부르며 낮잠에서 깨어나 무료하게 시간을 보낸다. "열심히 삼십 세 를 생각하지만" 결국 그저 시간을 축내며 가벼운 허기[19]를 느낄 따

---

18 김행숙, 『사춘기』, 문학과지성사, 2003, pp.12-13.
19 황병승의 시에 나타난 이 가벼운 허기의 정체는 무엇일까. 다음 시에서도 그렇지 만 『여장남자 시코쿠』에 실린 그의 시에서 허기는 도피와 실패의 감각을 상기시킨다 ("비 내리는 오후 유리창이 침을 흘려댑니다 배가 고파서/사실 가정을 갖는 일에는 늘 실패합니다/책임감은 언제나 그림자의 발뒤꿈치고 달아나고", 「불쌍한 처남들의 세계」). 무언가를 책임져야 한다는 사실로부터 도망쳐 아무것도 하지 않은 채 시간을 보내다 허기가 찾아오는 것이다. 이렇게 그가 '정상 규범'으로부터 도망치는 이유는 그저 불행해지기 위해서라는 점은 의미심장하다. "누구보다 불행에 관한 한 열성적

름이다. 그의 시에는 놀이터에서 하나씩 사라지는 아이들처럼 그를 둘러싼 세계가 조금씩 지워져 이 세계에 오로지 자신 홀로 남겨질 것 같은 불안감이 깊숙이 배어 있다. 김행숙의 시에도 '엄마'라고 불리는 여자와 대화를 주고받는 시적 주체가 등장한다. 답을 구하기 위해 바깥으로 나와 보았지만 무책임하게 내팽개쳐져 어딘가 처박혀 버린다. "세상은 많이 변했"으니 "옛날 생각" 따위 하지 말라는 조언은 들리지만 어떻게 살아야 하는지는 알 수가 없다. 그래서 그는 무턱대고 앞으로 나아가기보다 "뒤를 돌아다보"기로 한다. 한창 사회적으로 활발하게 활동할 '삼십 세'에 느끼기에는 다소 이르다고 할 회한과 더불어 자신을 방치하다 못해 유기해 버린 보호자에 대한 원망마저 깃들어 있다.

그런데 황병승과 김행숙의 시집에는 우울과 회한이 전면화되는 대신 가짜 명랑함이 나타난다. 황병승은 배역시 형식을 차용하여 자신의 직접적인 목소리가 아니라 '이상한 나라의 앨리스'에 나오는 등장인물이나 일본의 B급 하위문화에서 튀어나온 듯한 이름도 낯선 주인공 등이 말하게 한다. 여기에는 '진짜'가 없다. 모두 연기이고 거짓말일 뿐이다. 김행숙 역시 마찬가지다. "완벽한 거짓말을 위해서 나는 수시로 體位를 바꾸었으며 까불대는 풀처럼 명랑했다"(김행숙, 「거짓말을 위해서」)라며 명랑을 가장하는 모습이 시집 전반에 나타난다.

이었다"(「메리제인 요코하마」)는 구절처럼, 그는 행복으로부터 도망치기 위해 일부러 모든 일에 대한 실패를 자처하는 것처럼 보인다.
김행숙의 시에도 "난 달리지 않을 거야. 달려가서 누군가를 만나고 덜컥, 아빠가 되고 싶지 않아"(「오늘밤에도」)라며 섣불리 어른이 되기를 거부하는 태도가 나타난다. 다만 김행숙에게는 "난 오토바이족을 동경하지도 않고 여자애를 엉덩이에 붙이고 싶지도 않아. 나는 무섭게 세상을 쏘아보지 않지. 그런 눈빛은 이제 아주 지겨워"라면서 자기에게 반항이 강요되는 상황에 대한 불편함을 드러내는 태도가 더 두드러진다.

이들의 시에는 동시에 우울을 들키지 않기 위한 안간힘이 있다. 이들은 "진정한(authentic) '나'를 '추구'"하는 것이 아니라 그로부터 가능한 한 멀리 도망치려 하고 있다. 명랑을 가장한 가면의 뒤에는 답을 알지 못해 불안하기만 한 사춘기적 우울감이 깊게 배어 있다.

이들의 가벼움이 상업적으로 팔릴 만한 순종적인 감수성이 아님은 물론이다. 죽음과 성에 대한 이들의 탐닉은 2000년대 시가 타나토스에 의해 추동되었음을 말해 준다. 그렇지만 명랑을 가장한 이들의 위악적인 제스처에는 '가벼운' 문학을 적극적으로 승인하려는 나름의 고민이 반영되어 있다. 문학의 사회적 책무를 강조하던 1980년대 문학의 유효성은 마감되었으며, 1990년대 문학은 본보기가 될 수 없을 정도로 포스트모던적 악무한에 빠져들어 버렸다. 밀레니엄의 떠들썩한 분위기와는 반대로 문학에 종말이 왔다는 흉흉한 소문이 난무하던 시절이었다. 이러한 와중에 이들은 그동안의 한국문학이 결코 가 보지 않았던 길을 열어 보였다. 사춘기에 이르러 자아와 세계에 대해 근원적인 질문을 던지기 시작하는 것처럼, 이들은 기존 문학을 '리셋'하기 위해 한국문학에 뒤늦은 사춘기를 불러온 것은 아닐까.

2000년대 시에 대해 단언할 수 있는 것은 이들의 시가 기존에 '문학'이라 불리던 것을 철저히 부정하고 파괴하려는 운동성을 지니고 있었다는 점일 테다. 이들은 과거에 '문학이었던 것'을 부정하고 새로운 규율로 삼아야 할 문학을 만들어 내기 위한 도약을 감행했다. '미래파'라는 명명법을 생각하면 아이러니한 일이지만, 이들의 시선에 '미래'가 "죽은 지 한 달이 지난 고양이 같은 하늘빛"(황병승, 「사성장군협주곡」)을 하고 있었다는 것은 부정할 수 없는 사실이다. 이들은 세상을 다 아는 듯 문학은 이미 끝났다고 말하는 어른들의 말을 부정하고 자기들만의 세계를 구축하는 데 몰두하였다. 기존 '문학'이 꺼려 하던 모든 것을 전면화함으로써 무엇보다 '문학'에 반항하였다. 2000년대 시의 출현을 문학사적 사건이라 부를 수 있는 이유를 일단은 이렇게 정리할 수 있을 것이다.[20]

---

20 2000년대 이후 한국시를 대표하는 시인들로는 김행숙과 황병승 외에도 이장욱, 이근화, 하재연 등 다수의 시인이 있다. 이들을 이 글에서 모두 다루지 못한 것은 필자의 능력이 부족한 탓이다. 아울러 2000년대 등단한 시인 가운데 '미래파'의 카테고리에 속하지 않는 시인들의 시에 어떠한 정동이 나타나는지, 김행숙과 황병승이 두 번째 시집 이후로, 그러니까 '미래파'가 어느 정도 문단의 주류로 부상한 이후 어떠한 변화를 보이는지 등도 앞으로 풀어 갈 문제로 남겨 둔다.

쓰레기를 사랑하는 마음으로
—김승일의 시에게

쓰레기가 되어 버린 '시'

이 시대는 점점 모든 것을 쓰레기로 만들어 버리는 동시에 순식간에 쓰레기가 되어 버릴 것들이 각광받는 소비자본주의의 첨단화로 나아가고 있다. 문화 영역도 예외가 아니다. 소위 후크 송(Hook Song), 그러니까 부르기 쉬운 특정한 멜로디에 중독성 있는 짧은 후렴구(후크)를 반복하는 대중가요의 유행은 이러한 시대적 흐름을 보여 준다. 공장에서 찍어 낸 것 같은 비슷비슷한 유의 노래들이 연속적으로 등장하여 일순간 소비된 후 쓰레기처럼 버려지는 현상이 반복된다.[1] 일회용품처럼 한 번 쓰고 버려지는 문화적 생산품들의 운명은 현 사회를 살아가는 동시대인들의 현실이기도 하다. "쓰레기가

---

[1] 최근 유행하는 1990년대 문화에 대한 노스탤지어는 현시대의 일회용 대중문화에 대한 반작용일지도 모른다. 내실 있는 문화적 생산물을 만들어 내지 못하는 상황에서 과거의 문화를 소환하여 재활용할 수밖에 없는 것이 오늘날 대중문화가 처해 있는 난국을 보여 준다.

되는 삶들"(바우만)이나 "호모 사케르"(아감벤)와 같은 명명은 이러한 현실과 맞닿아 있다. 쓰고 버려지듯 "여분의, 불필요한 쓸모없는 것을 잘라내 버림으로써 아름답고 조화로우며 만족스럽고 좋은 것들이 나타나게 된다는"[2] 근대사회의 믿음은 자유경쟁을 기치로 내걸며 그 경쟁에서 탈락한 불필요하고 쓸모없는 여분의 생명들을 쓰레기 취급하기에 이르렀다.

이러한 상황 속에서 한때나마 인간이 쓰레기로 전락하는 것을 저지하기 위해 개인적 위험을 '사회화'하려는 노력을 보여주었던 복지국가에 대한 신념은 자유경쟁 이데올로기 속에서 퇴출당하고 있다. 다만 쓰레기 취급을 받으며 노동에 대한 정당한 대가를 받지 못하는 워킹푸어(working poor)와 가진 거라고는 빚밖에 없는 채무자('부채인간[3])들이 대량생산되고 있다. 그러니 힘겨운 하루하루의 삶을 버티기 위해 일회성 소비에 만족하는 이들에게 미학적 아방가르드가 내세우는 모토, 그러니까 정체성의 해체나 금기의 파괴 같은 것들은 어쩌면 이미 '지나치게' 실현된 문제일지도 모른다.

이 시대는 파괴할 금기도 해체되어야 할 정체성 따위도 남아 있지 않은, 그저 쓰레기라고 불리는 잉여 존재들이 점점 더 자신의 존재

---

2 지그문트 바우만, 『쓰레기가 되는 삶들』, 정일준 역, 새물결, 2008, pp.49-50.

3 소비에 주어져 있는 한계를 넘어서게 하는 것은 사람들에게 빚을 지게 함으로써 가능했다. 집에서부터 핸드폰에 이르기까지 빚을 통해서 모든 상품을 그 자신의 '신용'을 통해 구매할 수 있게 되었다. 이는 결국 그 자신의 신용을 빚짐으로써 주체를 영원히 자본주의적 삶의 굴레에서 벗어날 수 없게 한다. 이것이 핸드폰 약정을 '노예 계약'이라고 하는 것의 숨겨진 진짜 의미일 것이다. 빚으로 상품을 구매한 소비자는 그 상품의 노예가 되고 만다. 그런 점에서 소비자본주의는 그야말로 물신주의의 첨단이 구현된 형태라고 할 수 있다. 이에 대해서는 마우리치오 라자라토, 『부채인간』, 허경·양진성 역, 메디치미디어, 2012 참조.

이유를 찾을 수 없게 만드는 연옥과도 같은 시간일 뿐이다. 시도 예외는 아니다. 하상욱의 『서울 시』(2013)를 예로 들어 보자. 페이스북에 2행연 시의 형태를 지닌 글을 묶어서 몇 권짜리 책으로 묶어 낸 그의 시집 중 첫 권은 단기간에 20쇄를 넘게 찍을 만큼 엄청난 반향을 일으켰다. 처음에는 전자책으로 출판되었던 『서울 시 1·2』가 종이책으로 출간된 지 1년도 안 돼 10만 부가 팔려 나갔고, 곧이어 나온 4권의 전자책이 3개월 만에 10만 다운로드를 기록했을 정도다. 하상욱은 '시집'이라는 이름을 달고노 어진히 대중들에게 '팔릴' 수 있다는 것을 보여 준 것이다. 이를 우려한 한 평론가는 "어떤 언어적 모험도 실천한 적이 없"는 "패스티시(pastiche)의 낙서에서 벗어나"지 못한 것이라고 지적하기도 하였지만,[4] 정작 이러한 평에 대해 하상욱 자신은 그다지 기분 나빠 하지 않는 것 같다.

　그 누구보다 자신의 시가 '소비'되고 있다는 사실을 잘 아는 것은 하상욱 자신이다. 하상욱은 자신은 시인이 아니라 시로 먹고사는 '시팔이'일 뿐이라고 말한다.[5] 그러니 자신의 시가 광고 카피와 차별성을 확보하지 못한다고 해도 개의치 않을 것이며(실제로 그는 다수의 광고 작업에 참여했고 모 브랜드의 담배 케이스에 자신의 시를 카피로 제공하고 있

---

4 황현산, 「시의 미래와 낙서의 과거」, 『창작과 비평』, 2014.겨울, p.356.
5 「한줄 시 모음집 '서울 시' 판매 10만부 돌파한 하상욱 씨 "시인이냐고요? 詩로 먹고사는 시팔이일뿐"」, 『한국경제』, 2013.2.4. 기사. 해당 인터뷰 내용은 다음과 같다. "저는 고매한 시를 쓰는 시인이 아니에요. 그냥 시를 팔아먹고 사는 시(詩)팔이예요. 멋있지 않나요. 시팔이." '시팔이'라는 단어는 아마 '감성팔이'라고 하는 기존의 신조어에서 파생된 것으로 짐작되는데, 이는 시의 서정성 혹은 감상성에 대해 '손발이 오글거린다'며 '감성팔이'라는 반응을 보이는 세대가 출현하고 있다는 점에서 흥미로운 부분이다. 게다가 '시팔이'를 발음했을 때 미묘하게 비속어적인 느낌을 준다는 것은 그것의 의미와 더불어 자기 자신을 비하함으로써 웃음을 유발하는 효과를 내기도 한다. 이는 '병맛'에 열광하는 이십대의 시대 정서와 관련되는 것이기도 하다.

다), 오히려 그러한 목적을 위해서 생산되고 유통되었다고 할 수 있다.[6] 이러한 상황 속에서 시를 읽고 쓴다는 것은 무슨 의미를 지닐까. 만물이 쓰레기화되어 버리는 가운데 '시는 쓰레기가 아니다'라는 선언이 면죄부가 되지는 않을 것이다.

2000년대에 출현한 '미래파' 시인들의 시가 다소 때늦은 아방가르드였다고 말할 수 있는 이유도 여기에 있다. 그들은 반드시 와야만 했던 존재들이었지만 그들이 당도한 현실은 이미 그들이 파괴할 만한 것이 거의 남아 있지 않은 쓰레기장이었다. 그렇게 세계의 공통 지반이 이미 파괴되어 버린 한국 사회에서 미래파 시의 정치성은 발휘될 기회조차 잡지 못한 것은 아닌가. 그렇다면 이후의 시들은 어떤 식으로 창작될 수 있는가.

2. 쓰레기가 되려다 망한 시

한 비평가는 김승일의 시집 『에듀케이션』에서[7] 한 편의 시를 인용한 후에 "문학과지성 시인선 410번인 이 시집에는 이런 유의 시가 꽤 된다. 이 시에서 도대체 '시적인 것'은 무엇일까? 일단 운문이 아니라 산문이다. 동시인 것도 같고 청소년 시인 것도 같다. 발랄한 언어유희로 볼 수도 없고 통통 튀는 상상력의 산물도 아니다"라고 하였다.[8] 나도 김승일 시에 '시적인 것'이 결핍되어 있다는 지적에 동의

---

6 더구나 그의 시가 SNS를 통해 전파되면서 유명세를 타게 되었다는 것을 생각해 보면, 그의 '시'를 호명한 것은 즉각적으로 소비할 수 있는 시를 원한 대중들의 욕망 그 자체라고 할 수 있다.

7 이 글은 김승일의 시집 『에듀케이션』(문학과지성사, 2012)과 이 시집 발간 이후 발표된 시들을 대상으로 한다. 잡지명을 따로 표기하지 않은 시들은 시집에 실린 것들이다.

8 이승하, 「독자로서 시를 읽고 비평하는 행위의 허무함과 보람」, 『POSITION』, 2013.

한다. "김승일은 시의 산문화만 꾀하는 것이 아니라 에세이화나 일기화, 동화화를 꾀하"면서 "산문"화되어 가고 있다는 지적은 『에듀케이션』 이후에 발표된 시들에도 해당한다. 장장 세 페이지에 걸쳐 연 구분도 없이 이어지는 「종로육가」(『21세기문학』, 2014.가을)와 같은 시가 대표적이다. 더구나 '시'의 정체성을 의심케 하는 특유의 '황당무계'함은 날로 수위를 더해 가고 있는 것 같다. 다음 시를 보라.

노래다 지금은 우리가 헤어져야 할 시간 다음에 다시 만나요 빠빠빠 빠빠빠 빠빠빠빠 빠빠빠 빠빠빠 빠 빠빠빠 에스컬레이터가 멈춘다 상인들이 점포를 정리한다 노래가 끝난다 청소를 하고 있는 가게 주인에게서 누가 옷을 산다 빠빠빠 빠빠빠빠 빠빠빠빠 빠빠빠 빠빠빠 빠 빠빠 빠 빠빠빠 빠빠빠빠 빠빠빠 빠빠빠 빠 빠빠빠 빠빠빠 빠빠빠 빠빠빠빠 빠빠빠 빠빠빠 빠 빠빠빠 빠빠빠 빠빠빠 빠빠빠빠 빠빠빠 빠빠빠 빠 빠빠빠 빠빠빠빠 노래가 생각난다

　　　　　　　　　　　—「기다릴게」(『문학과 사회』, 2014.여름) 전문

이 시에서 시인 김승일은 시 텍스트의 안과 바깥 그 어느 자리도 '시적 화자'라고 하는 가장의 주체에게 양보하지 않는다. 이는 김승일이 자신의 시에 '김승일'을 등장시키는 방식으로 종종 명확하게 드러난다.[9] 김승일에게 시는 시인의 내면을 투사하는 스크린이 아니다. 미래파 시인들이 적극 활용해 온 배역시에서처럼 시적 주체가 시인의 정체성과 차별화되는 배우로 등장하지도 않는다. 시인 김승

겨울, p.41.
9 『에듀케이션』에 실린 「독일전」이나 「펜은 심장의 지진계」에 달린 각주가 대표적이다.

일은 그 자신의 시와 함께 움직이고 변화하는 주체이다. 그의 시는 '그의' 시다. 이렇게 생각했을 때 위의 '시 같지 않은 시' 역시 독자에게 말을 건네는 시인의 발화는 아닐지 가정해 볼 수 있다. 가령 김승일이 이 시의 제목을 "기다릴게"라고 한 것은, 그가 시의 바깥이자 안에서 독자에게 말을 건네는 것일 수 있다.

　물론 이러한 분석이 김승일의 시가 '좋은 시'라고 말할 만한 충분한 근거는 되지 않는다. 명확한 것은 김승일이 장난을 하듯 시를 쓴다는 것이다. 하지만 이러한 유희가 그저 재미를 위한 것만은 아니다. 위에 언급했듯, 시인 자신이 자꾸 텍스트에 직접 등장하면서 텍스트의 경계선을 흐려 놓고 있다는 것은 도대체 시적인 것은 무엇이고 시적 주체는 어떤 존재인가 하는 심각한 문제를 야기한다.[10] 그런 점에서 김승일의 시가 '일기 같다'는 지적은 반만 옳다. 그것은 과거의 일에 대한 서술이 아니라 지금 벌어지고 있는 시인 자신의 변화에 대해 적고 있는 것이기 때문이다. 이것은 상연되고 있는 일기다. 김승일은 그 자신을 배우이자 연출자이자 작가로 설정해 놓고 초대장을 보내고 있다.[11]

---

[10] 그런 점에서 "서정시의 목소리 문제에 대한 실질적 해법을 모색하기 위해서는 시의 목소리가 발생하는 장소를 작품 안에 두되 그 목소리의 발화자를 작품 이전에 존재하는 부양자의 지위가 아니라 작품 안팎을 넘나드는 다양한 목소리들과의 관계를 통해서 작품 안에서 발생하는 것으로 사유할 필요가 있다"는 조강석의 문제의식이 김승일 시의 뫼비우스 띠와 같은 시적 주체 위상을 통해 문제화된다고 생각할 수도 있다(조강석, 「서정시의 목소리는 누구/무엇의 것인가」, 『현대문학의 연구』 39호, 한국문학연구학회, 2009, p.116). 그러고 보면 김승일의 시 가운데 일부는 일종의 메타적-메타시라고 부르고 싶은 것들이 있다. 그런 시들에서 그는 시적 주체를 시 속에서 만들어지는 주체성의 일종으로 설정하고, 시적 주체의 목소리를 다성적으로 들려줌으로써 텍스트에서 다양한 담론들이 교차하는 양상 자체를 연극적으로 재현하면서 동시에 그것을 재현하는 시인으로서의 자신을 드러낸다.

그렇다면 그는 왜 이러한 무대장치를 설치해 놓고 우리를 헷갈리게 하는 것일까? 어쩌면 그 역시 마지막 손님이라도 놓칠세라 폐점을 하지 못하는 가게 주인의 심정으로 '시팔이'를 하려는 것일까. 시인 김승일의 입장은 그보다 훨씬 다급해 보인다. 이제는 시도 쓰레기가 되지 않고서는 소비되지도 생산될 수도 없기 때문이다. 이제시는 끝났다. 어쩌면 그 자신이 시의 마지막 생산자이자 소비자가될지도 모른다.[12] 한데 김승일의 시가 정말 재밌어지는 것은 바로 이지점부터다. 스스로가 쓰레기가 될 수밖에 없음을 알면서도 도무지쓰레기가 되는 것은 싫어서 쓰레기가 되는 것에 실패하는 지점 말이다. 여기에서 그의 시는 김수영이 말한 '고급 속물'과 같은 차원에서

---

11 『에듀케이션』에 실린 「촛불을 끌 수 없어요」와 「연출 입장에서 고려한 제목들」, 그리고 「남아공 사람이 한국시를 쓰려고 쓴 시」와 「대단원의 막」(『창작과 비평』, 2013. 가을)에 쓰인 무대화 장치들과 상호 텍스트성의 측면은 미래파의 시와의 관계 속에서 파악될 필요가 있다. 가령 무대 위의 촛불을 끄고 퇴장하기로 되어 있던 시적 주체가 촛불이 꺼지지 않으면서 연극을 망치게 되었다는 내용을 담은 「촛불을 끌 수 없어요」에 바로 이어서 실린 「연출 입장에서 고려한 제목들」에는 번호들과 함께 이 연극의 제목으로 고려할 수 있는 말들이 45번까지 나열되어 있는데, 그중에 23번이 '미래파'이다. 어쩌면 김승일은 이를 통해 미래파에서 소거하려고 하는 시인의 존재라는 것이 연극의 촛불과 같이 아무리 끄려고 해도 끌 수 없는 어떤 것임을 말하고자 한 것은 아닐까.

12 이 사실이 믿기지 않는다면, 「의도하지 않았다」(『21세기문학』, 2014.가을)의 다음 구절을 읽어 보시길. "우리들은 인류 최후의 영화관객이 될 것이다 상영을 시작한다 마노 하따 마노 하따 여길 봐달라는 뜻이다 우리가 마지막 영화를 관람하는 모습이 카메라에 담길 것이다 그렇다면 그 영화도 마지막 영화다". 그렇다. 김승일은 그 자신의 시가 마지막 시를 읽는 장면을 담은 마지막 시라고 생각하면서 시를 쓰는 것인지도 모른다. 「펜은 심장의 지진계」의 다음 구절도 읽어 보시길. "문학을 포기한 사람의 시점을 통해. 뭘 말하고 싶은 거니? 용서받을래? 도대체 뭘 용서받고 싶다는 거야./ 위로하고 싶은 거니? 네 선생님을? 재밌어? 재밌으면 지어도 돼? 선생님, 더는 못 쓰겠어요. 더는 못하겠어요. 선생님인 척." 왜 시를 쓰는가에 대한 질문이 그를 끈질기게 괴롭히고 있다.

'고급-쓰레기'가 된다.

'고급-쓰레기론'을 전개하기에 앞서 부연하자면 김승일의 시는 21세기 한국 사회에 출현한 20대 청년층의 주체성 모델 또는 그에 대한 징후로 해석될 수 있다. 자신들을 인간-쓰레기, 혹은 잉여 인간이라고 자기를 비하하며 그것을 즐기는 20대의 루저 문화, 그러니까 '병맛(병신 같은 맛)'이라는 것이 그렇다. 이 용어는 인터넷에 올라온 창작물 중 수준 이하라고 생각되는 것에 조롱조로 달렸던 것이 시간이 지나면서 '딱히 설명할 수 없는' 묘한 매력('병신 같지만 멋있어')을 설명하는 것으로 변화했다. 이 '병맛'의 문법을 이해하지 못하는 이들에게 이들이 생산하는 조야한 창작물이란 그저 쓰레기로 보일 가능성이 농후하겠지만, '병맛'이라는 수식어가 붙은 콘텐츠들이 함의하는 바는 그렇게 간단하지가 않다. 흔히 '병맛 만화'라 분류되는 이말년의 웹툰을 분석한 김수환은 병맛 만화가 유행하게 된 배경으로 삶의 불확실성이 증폭되면서 기승전결 식의 '서사를 가진 삶'이 불가능해지면서 '(거대)서사'에 대한 관심 자체가 상실되었다는 점 그리고 자기 비하적 정서가 냉소적 전망과 결합되면서 병맛 만화에서와 같은 방식으로 패배적인 자기부정을 드러내게 되었다고 설명한다. 잉여들이 '잉여짓'을 통해 만들어 낸 병맛 만화의 냉소 뒤에 어마어마한 무게의 '현실감각'이 도사리고 있다.[13]

---

13 하지만 '일베'와 같이 현실에 대한 왜곡된 망상에 의해 작동하는 냉소와 '병맛'의 냉소는 구분 지을 필요가 있다. 일베는 이 세계가 자본주의라는 합리적 질서에 의해 작동하며, 성공과 실패 역시 개체적 차원의 의지와 노력에 달려 있을 뿐이라는 신자유주의의 경쟁 질서에 철저히 종속된 주체들이다. 그들은 자신보다 약자를 조롱하고 혐오하는 것을 통해 자신들이 노력한 대가를 인정받지 못하는 데 대한 피해의식을 보상받으려 할 뿐, 어째서 자신들이 '루저'로 살아갈 수밖에 없는지는 알려고 하지 않는다. 그리하여 그들 자신이 루저에게 행하는 폭력이 그 자신들을 루저로 만든다는 사

아무리 해도 잉여로밖에 살아갈 수 없는 자조감의 배면에는 그렇게 살아가게 만들 수밖에 없게 하는 거대한 힘에 대한 자각이 자리하고 있다.[14] 그들이 쓰레기가 될 수밖에 없는 것은 이 세상이 이미 쓰레기장이 되어 버렸기 때문이다. 이러한 전환이 중요한 것은 그들 자신을 쓰레기로 만드는 폭력에 대항하여 '그럼에도 불구하고' 그 폭력적 질서에 동참하는 것 외에 자신들이 무엇을 할 수 있는가를 자문하기 때문이다.

3. 쓰레기가 되려다 망해서 재밌어진 시

나는 김승일의 시를 '병맛 문화'의 계보에 놓아 보려 한다. 부모들이 죽어 버린 변기처럼 더러운 사회 속에서 소년들은 "그런 애들이 정말로 네 친구들이니?"(「모래밭」)라고 서로를 의심하며 서로의 머리를 '뜯어 먹어야만' 살아남을 수 있게 되었다(「조합원」). 그들에게는 "식성이 목숨보다 더 강"하고 "동족을 잡아먹지 않"는 사마귀가 신기할 따름인 것이다(「사마귀 박스」). 이러한 상황에서 공유되는 것은 '폭력'의 체험이다. 「같은 부대 동기들」이나 「웃는 이유」는 폭력을 공유하는 공동체가 형성되고 있음을 보여 준다. 하지만 비슷한 유의 폭력을 겪었다는 고백을 공유했다는 것만으로 즉각적으로 서로의 동지가 될 수는 없다. 그들은 '독고다이로' 자신의 운명과 싸우며 "고요한 눈물"(「에듀케이션」)을 흘린다. 쓰레기 같은 시를 지향하는 김승일의 전략이 무언가를 의도한다면, 그것은 그 쓰레기 같은 시를 읽

실 역시 외면해 버린다.

14 김수환, 「너희가 병맛을 아느냐?」, 백소영·엄기호 외저, 『잉여의 시선으로 본 공공성의 인문학』, 이파르, 2011, p.101.

는 사람들과 또 그러한 시를 쓰는 그 자신이 그저 그런 쓰레기가 아니라는 사실을 납득시키는 데 있을지도 모른다.

군대에서 세례를 받은 우리들. 첫 고해성사를 마치고 나서 운동장에 앉아 수다를 떨었다.

난 이런 죄를 고백했는데. 넌 무슨 죄를 고백했니? 너한텐 신부님이 뭐라 그랬어? 서로에게 고백을 하고 놀았다.

우린 아직 이병이니까. 별로 그렇게 죄지은 게 없어. 우리가 일병이 되면 죄가 조금 다양해질까? 우리가 상병이 되면……고백할 게 많아지겠지? 앞으로 들어올 후임들한테, 무슨 죄를 지을지 계획하면서. 우리는 정신없이 웃고 까분다.

웃고 까부는 건 다 좋은데. 성사를 장난으로 생각하진 마. 우리가 방금 나눈 대화도 다음 성사 때 고백해야 돼. 어렸을 때 세례를 받은 동기가 조심스럽게 충고를 하고.

역시 독실한 종교인은 남다르구나. 너는 오늘 무슨 죄를 고백했는데? 우리는 조금 빈정거렸다.

나는 생각으로 지은 죄도 고백하거든. 대부분 끔찍한 것들이라서. 알려줄 수는 없을 것 같아.

팔다리를 잡고 간지럼을 태웠는데도. 너는 절대 고백을 하지 않았고. 그래서 우리는 겁이 났다. 저 독실한 신자 녀석이. 끔찍한 생각을 하고 있어서.

—「같은 부대 동기들」 전문

이 시는 "군대에서 세례를 받은" 치기 어린 주체들의 "수다"로 시작된다. 첫 고해성사를 마친 이들은 자신들의 그것이 죄인지도 모르고 신부님이 아닌 서로에게 자신들의 죄를 고하며 장난을 친다. 누군가는 어른이 된다는 것은 고백할 죄가 많아지는 것이라며 자못 어른스러운 척 말하기도 한다. 일병이 되면 죄가 다양해질까 하는 쓸데없는 걱정도 한다. 그런데 이때 "독실한 신자 녀석"이 성사를 장난으로 생각하지 말라며 갑자기 이들을 꾸짖는다. 하지만 처음에는 그녀석의 말을 빈정대던 '우리'가 겁이 난 것은 그가 "끔찍한 생각을 하고 있어서"만은 아닐 것이다. 오히려 그 녀석은 우리 모두에게 감히 발설할 수 없는 죄가 있다는 것을 그 자신의 죄를 말하지 않음으로써 말하고 있는 것은 아닌가.

『에듀케이션』에 실린 시편들 가운데 하필 이 시를 인용한 것은 이 '말할 수 없음'을 지키려고 하는 것이야말로 김승일 자신의 시적 전략과 관련되기 때문이다. 충격이 진정 "끔찍"하다고 생각된다면 그것은 쉽게 고백되어서는 안 된다. 고백이 유희가 되어 버리는 순간, 그 고백을 통해 발설된 죄는 아무런 의미를 지니지 않는다. 그러므로 진정 용서를 받고 싶다면 그 고백에는 적어도 어떤 상흔이 남아 있어야 한다. 아니면 적어도 발화하지 않음으로써 발화하는 '독실함' 정도는 필요하다. 그러니까 소년들의 자기 고발은 단순히 권위를 부정하는 행위(反에듀케이션 혹은 脫에듀케이션)가 무력한 전략에 불과할 수도 있다는 점을 암시한다. 해서 그의 시에는 "학교에 가지 않는 양아치보다는 학교에 가는 양아치가 더 멋있다"(「부담」)고 이야기하며, 학교에 가면 양아치이고 가지 않으면 양아치가 아니라는 이분법을 해체해 버린다.

그런 점에서 폭력은 김승일의 시에서 빠질 수 없는 소재다. 가령

「웃는 이유」에서 서로 장난삼아 때리는 놀이를 하던 소년들은 "조폭들도 자주 이 게임을 한"다는 대화를 나눈 후 갑자기 약하게 때리기 시작한다. 별 이유도 없이 지속되던 폭력이 걷잡을 수 없이 번지고 이들은 자기들도 그 이유를 알 수 없어 실소한다. 하지만 그들은 불현듯 깨닫는다. 자신들이 게임처럼 하던 폭력이 현실 속의 '진짜' 폭력과 별반 다르지 않다는 것을 말이다. 여기서 폭력을 정지시키는 것은 "그만해라. 위험해 보이는구나"(「웃는 이유」)라는 명령이 아니라 그것이 왜 나쁜지에 대해 각자의 납득이다. 김승일의 시적 전략 역시 이와 다르지 않다. 그는 익숙했던 폭력의 낯설음과 대면케 함으로써 폭력의 진짜 공포를 체험케 한다. 낯설다고 생각하지 않았던 것이 순간 낯설어지는 경험이야말로 충격 이상의 공포를 주는 법이다.

그럼에도 불구하고, 아니 그렇기 때문에 김승일 시에서 눈물을 흘리는 주체의 모습이 반복적으로 등장한다는 것은 문제적이다. 그는 손금이 평범하다고 울기도 하고(「멋진 사람」), 터진 볼이 쓰려서 울기도 한다(「마녀의 딸」). 호객꾼 소녀는 호통을 듣고 눈물을 흘리고(「호객꾼들이 있던 거리」), 치과에 가서 웃는 의사 옆에서 울기도 한다(「치과」). 이렇게 다양한 상황 속에서 울고 또 우는 김승일 시의 등장인물들을 보고 있노라면, 과연 이들이 '쿨한' 주체들인지 의문스러워진다. 어쩌면 이들은 '쿨'해야만 생존할 수 있다는 걸 너무 일찍 알아차려 버렸음에도, 결국 '쿨하지 못해 미안'해 하는 것은 아닌가. 그런 점에서 그가 장난스럽게 쓴 시들은 그 어떤 고백보다 "독실한" 고해성사에 가깝다. "무너진 가슴에다 손을 얹고서"(「펜은 심장의 지진계」) 시를 통해 죄를 고한다. 김승일의 반항이 시간 차로 독자를 공격하는 것은 질문의 재귀성 덕분이다. 그는 부메랑처럼 돌아오는 질문을 다시 던짐으로써 '에듀케이션'을 한다. 그러니까 이것은 에듀케이션의 에듀케이션, 그러니까 계몽을 계몽하는 것이다. 이것은 망가져 버린 세계에서 망해 가는 주체들이 행할 수 있는 최대치의 반항이다.

취향의 헤테로토피아
―황인찬의 『희지의 세계』 읽기

> 진실은 시와 같다. 대부분의 사람은 시를 혐오한다.
> ―워싱턴 DC 어느 술집에서 들려온 말
> 영화 「빅 쇼트(The Big Short)」 중에서

에로스의 종말

한병철은 『에로스의 종말』에서 "고립되어 있는 성과주체들로 이루어진 피로사회에서는 용기도 완전히 불구화된다"라며 신자유주의의 폐해를 지적한다. 그가 정의하는 에로스는 '할 수 있을 수 없음'을 실행하여 자기 계발적 주체가 따르고 있는 '넌 할 수 있어'라는 구호에서 벗어나 타자의 아토피아(atopia)[1]와 만나는 것이다. '할 수 있을 수 없음'이란 강요되는 기존의 선택항에서 벗어나 소유하고 붙잡을 수 없는 새로운 관계항을 만드는 행위와 연결된다는 점에서 플라톤이 『향연』에서 말한 에로스(eros)의 속성과 관련된다. 동일자의 언어

---

1 아토피아의 문자 그대로의 의미는 '장소 없음' '무소성'이며, 분류할 수 없음, 규정할 수 없음, 형언할 수 없음, 탁월성, 유일무이한 독창성 등의 의미를 지닌다. 이는 『향연』에서 사회의 일반적 관습에 적응하지 않고 예기치 않은 방식으로 행동하는 소크라테스를 가리키는 말로 사용되었다. 한병철, 『에로스의 종말』, 김태환 역, 문학과지성사, 2015, p.104.

에 포섭되지 않는 타자와의 관계를 열어 가기 위해서는 신자유주의가 강요하는 '할 수 있음'의 절대적 긍정성을 벗어 버리고 타자의 시간으로서 미래를 열어나가야 한다. 이런 점에서 한병철이 비판의 대상으로 삼는 것은 '안전한' 사랑, 그러니까 타자의 결여에 응답하지 않아도 되는 조건부의 사랑이다.

그런데 사랑을 할 수 있는 최소한의 '조건'마저 보장되지 않는 '헬조선'에서는 조건부의 사랑마저 불가능한 지경에 이르렀다. 'N포 세대'나 '수저계급론'과 같은 신조어의 출현이 함의하는 것은 '사랑 따윈 필요 없게' 된 현실에 대한 극도의 절망과 냉소이다. 신자유주의가 '자유로워져라'라는 역설적 명령을 통해 성과 주체를 우울증과 소진 상태에 빠뜨린다는 한병철의 해석이 불충분한 것은 이 성과 주체를 소진 상태에 빠뜨리는 명령에 따르지 않으면 이 사회에서 인간답게 살아갈 수 없을 것이라는 협박에 대한 물음이 누락되어 있기 때문이다.[2] 다시 말해 신자유주의 시대의 주체들은 지나친 긍정성에

---

[2] 『에로스의 종말』에서 한병철은 푸코를 오독하고 있다. 그는 푸코가 "신자유주의적 자유의 구호를 자유를 가능하게 해 주는 자유로 해석한다"(p.30)라면서, 그가 자유에 관한 신자유주의적 구호에 깔려 있는 폭력과 강제의 기제를 파악하지 못했다고 비판한다. 하지만 푸코의 강연 내용을 보면 푸코가 신자유주의의 폭력성을 인지하지 못했다고 보기 어렵다. 다음 구절을 참고하라. "따라서 새로운 통치술은 자유의 관리자로서 모습을 드러냅니다. 당연히 이것이 의미하는 바는 '자유로워져야 함'이라는 즉각적인 모순을 갖는 명령이 아닙니다. 자유주의가 정식화하는 것은 단순히 나는 당신이 자유롭기 위해 필요한 것을 생산한다, 나는 자유롭게 행동을 할 자유를 네게 부여한다는 것입니다. 그리고 동시에 이 자유주의가 자유의 명령이기보다는 오히려 자유로울 수 있기 위한 조건들의 관리와 조직화라면, 아시다시피 그런 자유주의적 실천의 핵심 자체에 문제를 야기하는 관계가 설정됩니다. (중략) **한편으로는 자유를 생산해야 합니다. 그러나 다른 한편으로는 자유를 생산한다고 하는 그 행동 자체가 제한, 관리, 강제, 협박에 기초한 의무 등의 확립을 함의하고 있는 것입니다.**"(미셸 푸코, 『생명 관리 정치의 탄생』, 심세광 · 전혜리 · 조성은 역, 난장, 2012, pp.101-102. 강조는 인용자.)

버금가는 부정성에 노출되어 있다. 이들은 강요되는 긍정성이 거짓이며 기만임을 누구보다 잘 알고 있지만, 매일 스스로를 소진시키는 과정에서 '할 수 있음'이 아니라 '할 수 없음'을 체험한다.

이러한 와중에 자신의 '찌질함'을 방패 삼아 사회적 약자에 대한 혐오 발언을 정당화하는 이들이 속출하고 있다. 이들은 인터넷상에서 벌어지는 여성, 장애인, 전라도, 성소수자, 이주노동자들에 대한 혐오 발언을 변호하기 위해 자신을 약자의 자리에 위치시킨다. 억눌려 왔던 약자의 목소리를 대변하는 척하며 자신과 같이 '용기 있는' 행동을 하지 못하는 이들을 겁쟁이라고 조롱한다. 자기에 대한 혐오를 타자에 대한 공격적 혐오를 드러내는 방식으로 극복하려는 이들의 행태는 이질적인 것에 대한 극단적인 공포(heterophobia)를 연상시킨다. 미지의 타자가 자신을 공격할지도 모른다는 위험과 불안을 배타적이고 공격적이며 폭력적인 방식으로 해소하는 것이다.

2. 시의 종말과 시인의 존재론

혐오는 한국문학에도 나타나고 있다. 신경숙 사태가 벌어지고 인터넷 댓글 중에는 '그래서 나는 한국 소설(혹은 문학)을 읽지 않는다'라는 반응이 적지 않았다.[3] '취업이 되지 않는' 문과 출신이어서 죄송하다는 의미의 신조어 '문송합니다(문과라서 죄송합니다)'라는 말이 나

---

[3] 신경숙 표절 사태 이후 '순문학'과 '장르문학'이라는 이분법적 도식이 등장하여, 읽히지 않는 한국문학의 위기를 정의가 불분명한 순문학의 탓으로 돌리는 기이한 관점이 나타나기도 하였다. 사태를 단순화시키는 이와 같은 관점의 위험성은 그 이상의 물음을 던질 가능성을 차단해 버린다. 이미 답이 정해진 상태에서 제기된 물음에 대한 답이란 이미 정해진 것이기 때문이다. 애초에 이 물음은 문학과 불화하는 현실을 배제한 질문일 가능성이 높다.

도는 상황이고 보면, 이러한 태도를 문학에 한정할 수는 없을 것 같다. "많은 사람이 쓰지만 아무도 읽지 않는 시단의 기이한 구조"[4]가 오랫동안 계속되어왔던 것도 부인할 수 없는 사실이다. 다만 문제는 이러한 냉소적 발언에 자기혐오적인 측면마저 엿보인다는 것이다. 법철학자 마사 누스바움은 『혐오와 수치심』에서 분노(anger)와 분개(indignation), 그리고 혐오(disgust)를 구별하면서, 혐오가 자신을 오염시킬 수 있는 이질적인 것에 대한 거부의 표현이라면서 이러한 감정이 주체를 대상과 가능한 한 멀리 떨어뜨리는 결과를 가져온다고 했다. 주체와 대상을 마주치게 하는 분노나 분개와는 달리 혐오는 대상에 대한 개입을 방해하여 도피와 방기로 이어진다.

이러한 상황에서 "시에 대한 찬사가 드높아지고 시의 자유가 결사적으로 주장될수록 오늘날 시는 점점 더 아무것도 아니게 되거나, 심지어 (가장) 손쉬운 조롱거리로 전락"[5]할 수 있다. '나는 누구인가'라는 질문을 강박적으로 반복하면서 이질적인 것에 대한 공포를 드러내는 2010년대의 시들을 '시인'이라는 존재의 위상과 관련해 징후적으로 독해할 수 있는 것은 이러한 맥락에서이다. 이들이 던지는 '나'에 대한 물음은 곧 '시'에 대한 물음으로 치환될 수 있다. 그중에

---

4 방민호·김문주·이명원·서영인, 「특집좌담1-한국문학 어디에 서 있나」, 『서정시학』, 2015.겨울, p.34.
5 이강진, 「종말과 형식」, 『문학동네』, 2015.겨울, p.253. 이강진은 이 글에서 이를 "'성스럽게 된(sacer)' 시"라는 맥락에서 해석한다. "이는 결과적으로 시를 희생될 수 없는 것인 동시에 살해되어도 좋은 대상으로 만들어버리게 된다. 그 결과에 대해서라면 구태여 이 자리에서 첨언할 여지가 없을 정도라 할 수 있는데, 이미 우리는 대로의 복판에서 '시(인)의 자유를 걸고' 행해지는 각종의 '정치적' 발언/행위들과 더불어, 정작 음습한 창고에서 죽어가고 있는 까마득한 시집들의 무덤을 동시에 목격하는 데에 익숙해진 지 오래이기 때문이다."

서도 신해욱은 일찍이 「생물성」[6]에서 "얼굴이 없는 불행", 분열된 주체의 발견 이후 나타난 병든 말(言)에 대해 이야기한 바 있다. 신해욱에게 "동시에 두 개의 말"이 나와 "말의 방향"조차 짐작할 수 없는 상황의 무력감은 "턱을 움직여 음식물을 씹을 수도" 없는, 자신의 얼굴에 대한 통제력을 상실한 주체의 모습으로 그려진다. 이러한 '나'의 모습은 "둘이라는 혀를 가진 나"[7]와 연결된다. "서로에게 혼잣말로 같이 가자"라는 이 시에서의 제안에서 알 수 있듯이 소통 불능에 상황에서도 소통하고자 하는 의지를 가지고 자신의 자리를 기꺼이 내주면서 타자를 붙잡는다.

타자와의 소통이 불가능한 상황에서 계속해서 이인칭 '너'의 이름을 부르는 상황들이 발생한다. 황인찬의 「발화」[8]와 안웅선의 「발신(發信)」[9]이 그렇다. 두 작품 모두 이인칭('너', '당신')을 호명하지만 "발신될 뿐 영원히 수신되지 않"는 혼잣말의 세계가 이어진다.

혼잣말을 하는 누이에게, 누이야. 그만 그쳐라.
혼자라는 성질만 가지고 가서 스스로 벼랑이 되어라. 하고
둘이라는 혀를 가진 나에게
내가 그토록 그리워한 것이 다른 네가 아니라 입속 다른 형식인
나라는 것을 중얼거리다 보면
건강한 묘지로 가 무덤을 핥아대는 입은
나처럼 내 입인가, 나와 멀어질, 나 같은 네 입인가.

---

6 신해욱, 『생물성』, 문학과지성사, 2009.
7 박성준, 「혀의 묘사」, 『몰아 쓴 일기』, 문학과지성사, 2012.
8 황인찬, 『구관조 씻기기』, 민음사, 2012.
9 『문장웹진』, 2011.6.

―「혀의 묘사」 부분

찌개가 혼자서 넘쳐흐르고 있다
불이 혼자서 꺼지고 있다

나는 너에게 전화를 걸어야겠다는 생각을 지나친다
―「발화」 부분

당신, 흔적이 아닌 적 있었던가 웃거나 화내지 않음으로 야만의 박
동이 된다 간신히 무채색을 꿈꿀 수 있다 덧칠을 덜어낸 화가의 자리
웃자란 가지들이 시야를 벗겨내고 있어요 입술이 붙었다가 간신히 떨
어지는 순간을
　새벽의 공중전화 숨어 울기 좋은 크기로 일어나세요 나도 사람입니
다 여름이란 참 눈에게 많은 무늬를 주는군요 이제 길거리에 팔리는 이
야기들이 늘어 가지만 당신, 그것은 발신될 뿐 영원히 수신되지 않아
―「발신」 부분

　김수영은 전위적인 예술과 낡은 현실 사이의 분열에 대해, "나는
너무나 많은 첨단의 노래만을 불러왔다"(「서시」)라고 통탄한 바 있다.
여기서 "첨단의 노래"는 "첨단의 노래"가 불리는 현실과 불화한다.
김수영이 "지지한 노래를/더러운 노래를 생기 없는 노래를" 부르겠
노라고 역설한 것은 이 때문이다. 김수영의 절망은 "첨단의 노래"를
부르기에는 지나치게 현실이 낙후해 있다는 데 있다. 시와 현실의
분열과 낙차에 그는 절망했다.[10] 그렇다면 김수영이 말한 "지지한 노
래"라는 것은 무엇인가. 그것은 "첨단의 노래"와 불화하고 있는 낙

후한 현실을 끊임없이 소환해 냄으로써 시와 현실의 간극을 일깨울 수 있는 것이 아니었을까. 이는 시인에게만 주어진 '명령'은 아닐 것이다. 작품이 완성되면 시인의 존재와 무관한 해석의 장에 놓이게 된다는 데서 이 간극은 생산성을 지니게 된다. 비평가는 이 텍스트가 현실과 불화하면서 일으키는 생산성의 본질을 파악해야 하는 과제를 지닌다.

2000년대 미래파 시인들이 '나'를 분열시키거나 우연한 '나'를 발명하는 방식으로 이질적인 것을 환대하는 양상을 보여 주었을 때 이는 '나'에 대한 심급을 근본적으로 성찰하게 만든다. 하지만 미래파 시가 이질적인 것을 도입함으로써 끌어냈던 파괴성이 '낡은' 것이 되어 버린 것은 그것이 일종의 '유행'으로 인식되어 버렸기 때문이다. 아방가르드를 유행으로 인식하는 '낡은' 현실 자체가 변화하지 않는 이상 아방가르드는 파괴력을 가질 수 없다. 이런 점에서 '포스트-미래파'의 전위성이 시와 (시가 읽히지 않는) 현실 사이의 간극을 적극적으로 상기시키는 데서 발휘된다는 것은 흥미로운 지점이다. 황인찬의 『희지의 세계』는 이런 맥락에서 주목된다. 신해욱이 강박적으로 '나'를 탐구하며 "'잃어버린 나'를, 더 나아가면, '잃어버린 나를 잊어버린 나'"[11]를 탐구한다면, 황인찬은 '잃어버린 시'를, 나아가 '잃어버린 시를 잊어버린 시'에 대한 애도사를 쓰고 있다.

---

10 가령 이 지점에서 세월호 참사로 희생된 단원고 아이들의 '생일시'를 써 준 한 시인의 발언을 떠올려 봐도 좋을 것이다. "세련된 문학을 우리는 향유하고 쓰려 해왔지만 우리 사회가 얼마만큼 야만적이고 허약한 수준인지 뻔히 목도한 마당에, 문학의 세련이 현실과 지나치게 유리돼 있지 않나 그 점이 가장 크게 반성돼요." 김소연·신해욱·박연준·박준·김민정, 「좌담—엄마, 나야」, 『문학동네』, 2015.여름, p.554.
11 신형철, 「가능한 불가능」, 『창작과 비평』, 2010.봄, p.382.

3. 다시, 에로스의 종말

황인찬의 첫 시집 『구관조 씻기기』는 2012년 이후 가장 많이 팔린 시집으로 꼽힌다.[12] 이 시집으로 최연소 김수영 문학상을 수상한 황인찬이 펴낸 차기작에 대한 기대는 『희지의 세계』에 대한 주목으로 이어졌다. 박상수는 황인찬을 "'몰락하는 중간계급'의 정서를 대변하는 시인"으로 꼽으면서 그가 '감각의 귀족주의자'라고 명명한 이장욱, 김행숙, 이근화, 하재연 등의 시인과 구분 짓는다.[13] 타자와 세상에 대한 기대 자체가 사라져 버린 황인찬을 비롯한 "몰락하는 중간계급"의 시에는 'A는 그저 A'인 것이라는 식의 '내용 없는—반복적인 말'이 중얼거려질 뿐이라는 것이다. 황인찬의 시에는 "어쩔 수 없는 '미니멀리즘'"이라고 할 만한 시어의 단순화가 두드러지며, 여기서 기묘한 아름다움이 발생하는데 박상수는 이것이 '하강하는 중간계급'의 정서를 미적 형상으로 반영하는 과정에서 눈앞의 현실 외에 다른 것은 없다는 관점을 통해 중간계급의 집단적 불안과 두려움을 차단하고 위로했기 때문이라고 설명한다.

---

12 이에 대해서는 다음 좌담에 참석했던 문학평론가 김문주의 발언을 참고하였다. "제가 작년(2014년: 인용자)에 시집 판매부수를 조사한 적이 있었는데 2012년 이후 가장 많이 팔린 시집이 박준과 황인찬의 것이었고 이들 시집은 약 2년 동안 7,8천권이 팔렸습니다. 이들을 제외하고는 판매 부수가 현격하게 떨어졌습니다. 물론 시집 발간 종수는 천 종이 훨씬 넘습니다. 많은 사람들이 시를 쓰고 있지만 시집은 거의 팔리지 않고 주류 시단에서 언급되는 시인들은 극히 제한적입니다."(방민호 · 김문주 · 이명원 · 서영인, 「특집좌담1-한국문학 어디에 서 있나」, p.25.) 김문주는 시집 판매부수가 격감한 이유를 시의 난해성에서 찾으며 쉬운 시를 써야 한다고 주장해서는 안되며, "특정한 경향의 시들이 패션을 이루는 현상, 시-생태계의 왜곡현상"을 문제 삼아야 한다는 견해를 피력한다.
13 박상수, 「기대가 사라져버린 세대의 무기력과 희미한 전능감에 대하여」, 『너의 수만 가지 아름다운 이름을 불러줄게』, 문학동네, 2018, p.55.

박상수를 비롯해 황인찬의 시에서 달관의 태도를 발견하는 이들은 현실을 포기함으로써 주체가 얻는 안락한 깨달음의 상태를 미니멀리즘이라는 미적 전략의 형상화로 이해한다.[14] 박상수는 황인찬의 시적 주체를 '사토리 세대'와 유사한 것으로 규정짓고 있다. 한편 황인찬의 시에서 "히키코모리적인 세계"(장이지)를 발견하는 태도라든가 황인찬 시에 나타난 정치적 무의식의 위험성을 지적하며 파시즘으로 치달을 수조차 있는 "피할 길 없는 시(인)의 냉담함"(이강진)을 지적하는 이들 역시 황인찬의 시적 주체들이 지닌 고립적 속성을 공통적으로 지적한다. 「희지의 세계」만 해도 결핍이 없는, 모든 것이 충족된 가상의 세계가 제시되는데, 여기서 '희지'의 오래된 생활은 "혼자 산다"는 한마디로 규정된다. "짧게 사랑을 나눈 뒤"라는 구절이 등장하기는 하지만 희지가 '사랑'을 나누는 대상의 소재는 불분명하다. 타자의 부재는 '희지'의 평화를 유지할 수 있게 해 준다. 그래서인지 황인찬의 시적 주체는 타자에게 쉽게 문을 열어 주지 않는다("누군가 문을 두드렸지만 열지 않았다", 「풍속」). 황인찬의 시에서 '나'와 타

---

14 일본의 '사토리 세대'를 '달관 세대'로 번역하면서 의욕을 잃고 자포자기한 삶을 살아가는 한국 청년들의 실상을 왜곡할 수 있다는 비판이 제기된 바 있다. 박상수가 황인찬의 시에서 '달관'의 측면에 주목하고 있는 것 역시 '달관 세대'라는 말의 역효과처럼 보인다. 어째서 청년들이 '달관'의 포즈를 취할 수밖에 없었는지에 주목하지 않는다면, 이들의 무기력은 과도하게 비난받을 소지가 있다. 이와 관련해 오찬호는 다음과 같이 지적한 바 있다. "발칙한 젊은이들은 사라졌다. 이들은 사회에 반(反)할 생각이 추호도 없다. 그럴 수 있는 환경이 아니다. 저성장 시대, '바늘 구멍'이라는 단어만으로는 설명이 부족한 취업난 속에서 지금의 젊은이들은 질식했다. 그 결과 '자살'이 젊은이들의 사망 원인 1위가 되었다. 질병 때문에 아프거나 혹은 예기치 않은 사고로 다치지 않아도, 단지 이 시대에 태어났다는 이유 때문에 목숨을 포기할 가능성이 어느 때보다 높아진 것이다." 오찬호, 「해제―일본은 절망적이고 한국은 '더' 절망적이다」, 후루이치 노리토시, 『절망의 나라의 행복한 젊은이들』, 이연숙 역, 민음사, 2015, p.6.

자의 물리적·정서적 거리는 일정하게 유지된다.

그는 사랑하는 연인에 대해 "그는 재잘거리기를 좋아하는 평균 신장과 체중의 한국인이다 그는 내 품에 안겨서 멍청한 표정을 짓는 사랑스러운 서울 출신의 이십대 남성이다"(「동시대 게임」)라고 제시하는 데 그칠 뿐이다. 타자는 환대의 대상도 혐오의 대상도 아니다. 타자와의 관계에서 무엇보다 중요한 것은 적절한 거리감이다. '에로스의 종말'이라고 말할 수 있는 사태가 황인찬의 시에서 벌어지고 있다. 이는 황인찬의 시적 주제가 자신의 성공을 위해 타자의 타자성을 인식할 줄 모르는, 나르시시즘의 지옥에서 우울증을 앓고 있는 '나르시시즘적 성과 주체'(한병철)이기 때문인지도 모른다. 하지만 황인찬을 비롯해 2010년대 시에는 나르시시즘적 에고가 철저히 거세되어 있다.[15] 황인찬은 "그렇게 써 봤지만 아무 일도 일어나지 않는다"(「이 모든 일 이전에 겨울이 있었다」)거나 "나무는 기다린다 나무는 기다리는 것 외에는 다른 것을 해 본 적이 없다"(「서정 2」)라고 말한다. 무언가를 해 본다고 해도 아무것도 바뀌지 않을 것이라는 사실로 인한 절망은, 자신이 죽기만을 바라는 천사가 자신을 내려다보며 웃고 있다는 섬뜩한 상상으로 이어진다(「기록」).

하지만 텍스트가 무력하다는 것과 무력하다고 토로하는 텍스트를 쓰는 것은 서로 구분되어야 한다. 그러니까 내가 말하고 싶은 것은 황인찬은 무력감'에 대해' 쓴다는 것이다. 김수영의 절망이 세계가 시시하고 지겨운 것이라는 데 대한 것이라면, 황인찬은 자신의 절망이 시시하고 지겹다는 데 절망한다. 해서 그는 무력감에도 불구하고

---

15 함돈균, 「최소the minimum-인간: 모멘트moment'의 탄생」, 『문학과 사회』, 2011. 가을, pp.258-278.

씩씩하다. "오늘은 죽어야지, 생각하면서/씩씩하게 잘 걸"(「영원한 친구」)는다. 그의 시는 시시하고 지겨운 자신이 싫어서 죽어야지 생각하면서도 언제 그랬냐는 듯이 씩씩하게 살아가고, 또 그런 자기가 시시하고 지겨워서 죽어야지 생각하는 것을 반복하는 그런 '시'인 것이다.

아직도 시를 쓰고 있군요 어깨가 움직이고 있군요 시가 싫어서 미치겠는데도 지겹다고 자꾸 새처럼 짖으면서도 왜 쓰는지도 모르는군요

"혁명이, 철학이 좋았다
머리 있으니까 더 머리 있으니까"

누군가 말을 걸고 있는데도 그걸 모르는군요 혹시 시인 아니시냐고 묻는 사람이군요 굳이 못 알아듣는 척을 하다 맞다는 말을 하는군요

그 사람은 알겠다고 하고 바로 떠나는군요
그래요 압니다

다 압니다
모든 게 안 좋아요 언젠가 좋아질 테지만

　　　　　　　　　　　　　　　　　　　　　—「머리와 어깨」 부분

'무력한데 무력하지 않다고 쓸 수는 없다.' 그래서 황인찬은 시가 얼마나 무력한지에 대해 쓴다. "아직도 시를 쓰고 있군요"라는 말에는 무기력과 무능감에도 불구하고 시를 포기하지 못하는 자의 열등

감, 패배감 따위가 녹아 있다. 시를 쓴다는 것이 불러일으키는 우울함, 왜 쓰는지도 모르면서 시를 쓰고 있는 자신에 대한 혐오는 시집 후반부로 갈수록 짙어진다. 황인찬은 벗어날 수 없다는 것을 알면서도 쓰고 또 쓴다. 이 무기력과 무능감이 '시'로 발화됨으로써 그것은 문제로서 인식된다. "언젠가 좋아질 테지만" 그것이 언제인지는 알지 못한다. "모든 게 안 좋"다는 사실만은 분명하다. 그렇다면 알 수 없는 미래에 대해, 오지 않을 과거에 대해 집착하는 것은 그 자체가 패배를 의미하는 것일 테다. 이것이 그가 명확한 것, 좋지 않지만 너무나 명료한 현재에 대해 이야기하는 까닭이다. 다시 말해 이것은 현재에 대한 무조건적인 수용이 아니라 어디까지나 '조건부'의 현재, 시를 쓰는 한에서 존재하는 '현재'인 셈이다.

4. 취향의 헤테로토피아

바로 여기서 '취향'이 중요해진다. 시를 읽거나 쓴다는 것은 취향의 문제다. 영화를 보거나 미술 전시회에 가는 것과 마찬가지로 선택 가능한 여러 문화적 체험 가운데, 그것도 소수에 의해 향유되는 문화적 활동이라는 의미에서 그렇다. 동시에 그것은 지하철 승강장 안전문의 여백을 심심치 않게 해 주는 애매한 대중성을 지닌 것이기도 하다. 시는 지나치게 소수에 의해 향유되는 마니아 혹은 오타쿠적인 것이면서 동시에 모두가 부담 없이 즐길 수 있는 '카페인 없는 커피'와 같은 존재가 되어 버렸다. 하지만 황인찬은 시를 쓰는 자신의 취향을 존중해 달라고 요구하거나 그것이 단순한 '취향'은 아니라고 부정하는 소극적인 물러남의 자세를 취하지도 않는다. 시를 쓰거나 읽는 것을 '취향'이라고 말하는 그의 태도에는 다소 복잡한 뉘앙스가 묻어 있다.

이와 관련해『희지의 세계』와 연관된 한 웹툰을 함께 이야기해 보겠다. 시집의 제목으로도 쓰인「희지의 세계」는 "이자혜의 만화『미지의 세계』에서 제목을 빌려 시를 쓰려다 그만 착각을 하고 말았다"라고 황인찬은 밝히고 있다. 여기서 이자혜의 만화「미지의 세계」는 대학생 조미지의 일상을 담은 웹툰이다.[16] 이 만화는 '병맛 만화'의 여성판이라고 불릴 정도로, 하드코어한 조미지의 욕망을 가감 없이 그려 낸다. 한데 황인찬이 이 만화의 제목을 일부러 강조하면서 특히 자신이 '착각'을 하고 말았다는 단서를 붙인 정황은 무엇일까. 더구나 그는 이 착각을 바로잡으려고 시도하기보다, 의도적으로 이 착각을 유지하면서 어떤 의미를 부여하려는 것처럼 보인다.

「미지의 세계」에서 주인공의 이름은 '미지(未知)'이다. 그녀는 게이 포르노를 즐겨 보며 자위를 하는 '중증 변태'로 피해의식과 열등감 때문에 자살하겠다는 말을 입버릇처럼 달고 있다. 조미지가 꿈꾸는 이상과 현재적 삶의 비루함은 극단적 대조를 이루며 이러한 격차가 결코 좁혀지지 않을 것이라는 전망은 독자들에게도 공유된다. 하지만 미지는 '변태' 취향을 가진 자신을 혐오하면서도 취향을 포기하지 않는다. 그것은 자신의 존재를 부정하는 것이기 때문이다. 취향에는

---

16 이 글이 쓰인 후, 웹툰「미지의 세계」는 창작자 이자혜가 미성년자에 대한 성범죄를 방조했다는 혐의로 고발되었다. 이에 따라 이 작품은 사실 여부가 확인되기도 전에 해당 사이트에서 삭제되었다. 신속하게 가해자를 처벌하라는 요구가 빗발치는 가운데 "어떤 페미니스트적 토론도 비평도 개입될 여지"는 사라졌고(김주희,「속도의 페미니즘」,『문학과 사회 하이픈』, 2016.겨울, p.28), 피해자-가해자 서사가 반복되면서 순결을 더럽힌 여성으로서의 강간 서사가 오히려 강화될 수 있다는 지적도 제기되었다(양효실,「이 여자들을 보라」, 양효실 외,『당신은 피해자입니까, 가해자입니까』, 현실문화, 2017). 이 글은 전자의 입장을 지지하며 웹툰「미지의 세계」와 이를 둘러싼 메타 텍스트에 대한 비평이 지속되어야 한다는 입장에서 이 글을 싣는다.

취향 이상의 무엇이 있으며, 해서 취향이니 존중해 달라는 말은 취향 이상의 그 무엇을 미처 포착하지 못한다. 누군가에게는 그저 취향일 뿐인 것이겠지만, 다른 누군가에는 존재의 전부를 걸고 지켜야하는 것일 수 있다. 「미지의 세계」와는 사뭇 다른 분위기를 지녔음에도 황인찬의 시에는 이러한 태도가 공유된다. 그러니까 자신이 비루하고 혐오스러운 존재임을 인지하면서도 동시에 그것을 향유하는 자신을 포기하지 않는다.

아직도 나는 망하지 않았다

나는 언제쯤 망할까? 그것이 언제나 가장 궁금했다 사람들은 세상이 망하기를 언제나 바라고 누군가 망하기를 언제나 바라지만

개가 태어나고 나무가 자라고 건물은 높아지고 있다 하늘에는 비행기가 날아다니고 해와 달이 뜨고 지고 운석은 충돌하지 않는다

어느 날인가 너무 어린 나는 망해 버린 세상을 보았다
그것은 꿈이었는데

거기서도 할머니는 하고 계셨다 깨끗이 씻고 계셨다 늙고 늙은 몸을 거대하고 축 늘어진 가슴을 들어올리며

우리 할머니는 아직도 하신다 백 년 동안 움직여 온 그 입술로 내게 망할 것이라는 말씀을 자꾸만 하신다

나는 망하지 않는다 살아서

있다

―「종의 기원」 부분

이 시에서는 세계가 망하는 것을 바라는 '나'가 망하지 않고 살아
가고 있다는 데 대한 묘한 죄책감 같은 것이 느껴진다. "세상이 망하
기를 언제나 바라"는 사람들이 있다고 해도 세상은 망하지 않는다.
여기서 중요한 것은 다만 살아서 '있다'는 사실이다. 그것은 이 시집
에 실려 있는 시의 제목이기도 한 '실존하는 기쁨'이다. 그렇다면 황
인찬이 '미지의 세계'를 '희지의 세계'라고 착각했다고 한 데에는 '아
님(未)'이라는 부정을 '그러함'이라는 기쁨(喜)으로 변주하려는 의지
가 반영되어 있는 것은 아닐까. 그는 "모든 게 안 좋"다는 것을 다
안다는 것, 그렇기 때문에 무엇을 해야 좋을지 모르는 미지(未知)의
세계 속에서 그러한 알지 못함을 안다는 사실을 '기쁜' 것으로 바꾸
려 한다. 이것이야말로 '취향'을 향유하는 자의 기쁨이라 할 수 있으
며, 이때의 시인의 '취향'은 아갈마(agalma)[17]가 된다. 시는 미지(未知)
의 것이기에 '흄'(향유)를 가능케 하는 욕망의 대상이 되는 것이다.

시집의 첫 페이지에 배치된 「멍하면 멍」에서 그는 "누군가 시를 쓴

---

17 라깡은 플라톤이 『향연』에서 아가톤이 소크라테스 안에 어떤 신비한 것, 즉 아갈마
(agalma)에 매료당하는 것을 언급하면서, 아갈마라는 "이 소중하고, 반짝이며, 빛나
는 어떤 것"이 다름 아닌 소크라테스의 욕망임을 지적한다. 아가톤은 소크라테스의
욕망을 욕망함으로써 그와 사랑에 빠진다. 라깡은 이 일화를 예로 들면서, 주체의 욕
망은 바로 타자의 욕망이며, 이 욕망의 대상은 바로 아갈마와 같은 '오브제 a'라고 하
였다. 여기서 '오브제 a'는 욕망/결여의 대상으로서, 아무것도 아닌 '무(nothing)'라고
할 수 있으며, 욕망의 주체를 만드는 원인이 된다. "사랑은 자신이 갖고 있지 않은 것
을 주는 것"이라는 『향연』에서의 에로스에 대한 정의는 이러한 맥락에서 이해된다.

다면 그건 그냥 시예요"라고 무덤덤하게 밝힌다. 하지만 이는 단순히 'A는 그저 A'인 것이라는 식의 '내용 없는―반복적인 말'이 아니다. 이 시에 인용된 김수영의 시 「절망」을 마이너스의 방식으로 변주하고 있는 "풍경이 풍경을 반성하고/곰팡이 곰팡을 반성하고"라는 구절을 보자. 이 구절에 자신의 무능을 달관함으로써 절망을 향유하려는 의도가 깔려 있다고 한다면 어떨까. "절망은 끝까지 그 자신을 반성하지 않는다"(「절망」)라며 불의에 굴하지 않는 선비 정신을 시인의 존재론으로 삼았던 김수영과 달리 황인찬의 시적 주체는 "잘못했어요 내가 잘못했어요"(「명하면 명」)라며 끊임없이 사과하며 '시인'에게 잘못했다고 말하기를 강요하는 폭력이 있음을 은근슬쩍 고발한다.

혐오의 메커니즘에 이질적인 것에 대한 공포가 자리 잡고 있다고 할 때, 그 공포는 주체를 구성하는 일부이기도 하다. 이 공포를 제거하려고만 할 때 주체는 동일성의 감옥에 갇혀 헤테로포비아에 이른다. 이와 달리 에로스는 그 공포를 극복하고 공포의 대상에 자기 공간의 일부를 내줄 용기를 내게 한다. 그리고 혐오하는 대상에게조차도 자기를 열어 내보일 수 있는 자신감이 비로소 사랑을 가능하게 한다. 황인찬의 시에, 혹은 2010년대 이후 한국시에 에로스가 도래하는 것은 가능한 일일까? 다만 확실한 것은 그가 시의 무능함을 고백할 수밖에 없는 자기혐오적인 상황에서도 여전히 시를 쓰고 있다는 사실이다. 그리고 그 덕분에 시는 '망하지 않고' 지금 여기에 있다.

진정성을 대리보충하기
─안미옥 시를 경유하는 질문들[1]

1. "진짜 마음을 갖게 될 때까지"[2]

누누이 지적되어 온 것처럼 안미옥의 시에는 '마음'이라는 단어가 반복해서 등장한다. 이는 시집이라는 것이 본래 "마음의 건축물"[3]이기 때문인 까닭이기도 하겠으나, 그렇게만 보기에는 여전히 석연치 않은 구석이 있다. 안미옥의 시가 마음의 구조를 형상화한 것이라고 할 때 그것은 거의 뼈대만 남은 위태로운 것이기 때문이다. 마음의 뼈대에 군더더기 살을 붙이려는 노력을 시인은 '가짜'라고 여긴다. 그러면서 진짜가 아니라고 여겨진 것을 소거해 간 흔적을 무서워하며 바라보고 있다.[4] 진정성(authenticity)을 설명하며 '마음의 레짐'이

---

1 이 글은 안미옥의 첫 시집 『온』(창비, 2017)과 근작을 대상으로 한다. 이하 『온』에서의 시 인용은 작품명만 표기하며, 이외의 작품에는 출처를 밝힌다.
2 「한 사람이 있는 정오」.
3 김영희, 「간결한 마인드맵」, 『온』 해설.
4 "나는 아무런 서사도 가지고 싶지 않았다. 그 마음 때문에 시에서 서사들이 다 지워

라는 개념을 도입한 작업을 참조하자면,[5] "진짜 마음"을 갖고 싶다는 안미옥의 욕망은 진정성의 윤리에 매료되어 있는 결과물이다. 그런데 "진짜 마음"을 향해 나아가는 도정에서 시인은 자기 검열과 방향 상실로 인한 곤란을 경험한다. 시 쓰기가 힘들어지고 무엇보다 스스로에 대한 불신이 강화된다.[6]

그럼에도 불구하고 왜 다시 진정성일까. 포스트-진정성의 시대로 명명되는 IMF 이후의 한국 사회에서 진정성의 윤리는 다소 '철 지난' 세계관으로 받아 들여진다. 이는 한국문학에서는 '미래파' 시의 도래로 나타난다. 미래파의 시적 주체들은 고정된 정체성에 격렬히 저항하며 '97년 체제'의 정신 풍경을 보여 주었다. 미래파 이후 우리는

졌다. 그러나 내가 아무리 지워도 흔적이 남았다. 흔적이 남았다는 것은 책이 나오고서야 알았다. 그 흔적들이 무서웠다. 지워진 자리가 선명하게 살아 있다는 것이." 안미옥, 「김준성 문학상―시 부문 수상소감」, 『21세기문학』, 2018.여름, p.16.

5 마음의 레짐이란 "주체를 만들어내는 담론적 비(非)담론적 요소들의 네트워크이자, 권력의 특수한 요구에 의해 역사적으로 형성되어 특정 시대에 특정한 방식의 인식과 실천의 주체들을 걸러내고, 빚어내고, 결절시키는 구조를 가리키는 일종의 '장치(dispositif)'"를 말한다. 이러한 정리에 의해 드러나듯 마음의 레짐은 푸코의 '장치' 개념을 다소 낭만주의적으로 전유한 용어다. 그런데 '성찰성(reflexivity)'을 중시하는 학문적 계보 내에서 '진정성'을 사유하려는 김홍중의 작업과 '마음'이라는 단어가 지닌 특유의 모호성 사이에 묘한 간극이 발견된다. 대상과의 거리 두기를 전제로 하는 성찰성과 그 자신이 매개 역할을 하는 '마음'은 서로 다른 원리를 지니고 있는 것은 아닐까. 이 글은 안미옥의 시를 중심으로 이 간극을 조명하면서 성찰성으로서의 진정성을 통과하지 않고도 '장치'에 대한 주체의 저항이 가능한지 고민해 보고자 한다. 김홍중, 『마음의 사회학』, 문학동네, 2009, p.19.

6 무엇보다 윤리적이고자 하는 주체의 결단은 세계와의 불화를 심화하는 근원이 된다. 그로부터 상처를 입고 다치는 것 역시 '나'이다. 시집 『온』에 실린 「시인의 말」에서 안미옥은 말한다. "다른 것을 보고 싶었다. 다른 마음으로 살고 싶었다. 좋은 사람이 되고 싶다는 생각을 자주 했다. 그것은 너무 어려운 일이었고, 나는 결코 좋은 사람이 못 되었다. 벗어날 수 없다는 생각이 자주 들었다. 그것이 뼈아팠다. 내가 싫어지는 때가 많았다."

기호가 정신에서 유래하는 것이 아니라는 사실을 통상적으로 받아들이게 되었다. 이에 따르면 의미의 해석자는 그가 인간이거나 비인간이거나 기호의 해석을 위한 처소가 된다는 점에서 그 해석의 연속성 속에서 '자기'가 되는 것일 따름이다. 이러한 가설은 '서정적 자아'를 우리 내부의 난쟁이 호문쿨루스와 같은 것으로 파악해 왔던 기왕의 시 담론을 전면적으로 바꾸어 놓았다. 다시 말해 2000년대 이후 시의 행보는 "하나의 단일한 인격이 그 인격적 진정성이 실려 있는 목소리로 발음하지 않고" "1인칭 자아의 신비와 권위를 지워버리는 자리에서, 주체라는 정념의 자리를 소거한 채로, '나'의 인격적 권위와 실체성을 비워버리는 장면"[7]을 익숙하게 만들었다. 그리하여 여기에는 당연하게도 진정성이 설 자리는 없어 보였다.

하지만 정말 그럴까? 자신의 사적 세계 안에서 고립되어 살아가는 모나드적 주체들에게 필요한 것은 진정성의 시대에는 당연하게 인정받았을 가치였던 그것, 그러니까 '진정성'이었다. 1980년대 시인들의 시를 읽으며 '이게 진심일까'를 질문하는 독자는 없었을 것이다. 외부의 강력한 억압이 시의 진정성을 담보해 주었으니 말이다. 하지만 억압이 사라진 시대에 진정성을 확보할 방법은 요원하다. 그런 점에서 1990년대 이후의 문학에서 진정성은 모두가 원하는, 하지만 도무지 진위를 확인할 수 없는 떠도는 소문 같은 것이 되어 버렸다. 다시 말해 진정성은 그것이 해체되었다는 바로 그 이유로 인해 더욱더 강렬하게 욕망의 대상이 되었고,[8] 진정성을 욕망하면서도

---

[7] 이광호, 『익명의 사랑』, 문학과지성사, 2009, p.296.

[8] 미래파 시에서 여전히 '실재'에 대한 열정을 읽어 내려는 비평가들의 욕망을 지적한 김홍중의 지적에 적극 동의하며(김홍중, 『마음의 사회학』, p.419), '시와 정치' 논쟁에서도 진정성에 대한 욕망을 발견할 수 있지 않을까 싶다. 이 논쟁은 시인과 시의 정치

그 진부함을 냉소하는 이들의 내면은 더욱더 공허해져 버렸다.[9] 문제는 우리가 너무 많이 알고 있다는 것이다. 이에 따라 자본의 바깥을 꿈꾸며 실천하는 행위조차 자본의 시스템 안에서 벗어날 수가 없다는 냉소주의에 빠지게 된다. "남의 꿈을 꾸느라 한 번도 자기 꿈을 꿔본 적 없는 사람도 있"(「오픈」)다는 공포가 쌓여 가고, "너의 물건으로 둘러싸여 있는 너는/나의 물건으로 둘러싸여 있는 나는//계속해서 반대쪽을 향해 말하고/우리는 점점 더 다른 사람이"(「비정」)될 것이라는 단념이 일어난다. 해서 『온』에는 "진짜 마음을 갖게 될 때까지" 기꺼이 실패를 반복하리라는 각오와 더불어 어차피 실패할 것임을 예감하는 비관이 공존한다.

2. "우리는 더욱더 어려운 사람이 된다"[10]

그런 점에서 안미옥의 시적 주체가 루소와 닮아 있다는 것은 조금도 이상하지 않다. 영원히 상실된 유년기를 그리워하며 투명하게

성을 어떻게 판단할 수 있는지에 대해 심도 깊은 논의들을 낳았지만 결론을 내지 못하고 흐지부지되고 말았다. 이는 진정성만큼이나 애초에 답을 낼 수 없는 문제였기 때문이다. 그럼에도 불구하고 한국 문단에서 진정성은 여전히 강렬한 열정을 불러일으키는 촉매제로 작용하고 있다.

9 포스트-진정성 시대에 '진정성'이 소비되는 방식은 낭만적 사랑이 자본주의와 공모하는 양상과 크게 다르지 않다. 에바 일루즈는 낭만성이 자본주의적 소비문화를 굴러가게 하는 윤활유라는 것도 타당한 지적이지만 반낭만성이 소비문화의 흐름을 크게 벗어나는 것도 아니라고 지적한다. 로맨스 상품을 비웃으며 '소박하게' 로맨스를 즐기는 것을 선호하는 것이 가능한 것은 일단 중간계급이나 중상계급 이상의 경우에 해당된다. 하지만 고급 취향의 문화자본을 가지고 있지 않은 이상 로맨스에 대한 탈주술화된 시각을 가지는 것조차 어렵다는 사실은 종종 간과된다. 에바 일루즈, 『낭만적 유토피아 소비하기』, 박형신·권오현 역, 이학사, 2014, p.505.

10 「인디언 텐트」.

'정신의 거울'을 닦아야 한다고 말하면서도 자기동일성을 보존하기 위해 베일의 어둠을 뒤집어썼던 루소처럼, 안미옥의 시적 주체는 이중적이다. "이 허위의 세상을 용서할 수 없지만 또 완전히 그 세상을 떠날 수도 없다. 그는 세상으로부터 멀어지지만 고발하려고 돌아온다."[11] 가라타니 고진은 언문일치 운동에 나타난 투명성에의 욕망을 언급하며 이것이 데리다가 비판한 현선의 형이상학에 사로잡혀 있음을 비판하기도 했지만, 거리의 파토스를 통해 '최후의 인간'과 자신을 구분하고자 하는 니체적 욕망과 "내가 되어야 하고, 내가 해야만 한다"[12]는 주문을 외며 '내면의 참된 목소리'를 갈망하는 투명성에의 환상을 구분하는 것은 간단하지 않다. 그러니까 안미옥 시에 나타난 "진짜 마음"에 대한 욕망이 "정치적 좌절로 인해 내면=문학으로 향하는 패턴"[13]의 반복인지, "윤리적 성찰을 통해서 도덕적 참여의 지평으로 나아"[14]가려는 열망인지 도대체 어떻게 판단할 수 있는가. 시인 자신조차 이러한 함정에 빠진 듯 보인다.

네가 태어나기 전에도 사람들은 비틀린 목소리로 말하고 휘어진 거울을 들고 다녔어. 어떻게 해야 좋은 마음이 되는지 아는 사람이 없었다. 잔재, 잔재들. 긁어모으면 커지는 줄 아는 사람. 눈물의 모양을 감춰둘 수 없어서 다 깨뜨렸다. 거울이 바닥으로 쏟아졌다. 자기 얼굴을 제대로 볼 수 있는 사람이 없었어. 물살이 멈추지 않았다. 발이 땅에 닿지 않았다. 표정을 읽지 못하는 사람들이 늘어나고, 눈앞에 있는데

11 장 스타로뱅스키, 『장 자크 루소 투명성과 장애물』, 이충훈 역, 아카넷, 2012, p.497.
12 찰스 귀논, 『진정성에 대하여』, 강혜원 역, 동문선, 2005, p.19.
13 가라타니 고진, 『일본 근대문학의 기원』, 박유하 역, 민음사, 1997, p.61.
14 김홍중, 『마음의 사회학』, p.36.

도 보이지 않는 빛. 살아남자고 말하면서 흩어지는 잎. 머뭇거리고 머뭇거리는 일. 밖에서부터 안으로 목소리들이 들어온다. 비워두었던 공간으로 쏟아져 들어온다. 슬픔에 익숙해지기 위해 부드러움에 닿고자 하는 마음을 버렸다. 잘못을 말하고 싶지 않아서 입을 닫아버렸다. 마른 꽃을 쌓아두고 겨울이 오기를 기다린다. 아주 작은 연함, 네가 태어나기도 전에.

─「네가 태어나기 전에」 전문

'이데올로기적 호명' 테제에 따라 주체는 이미 "태어나기도 전에" 이데올로기 안에 있다. 그것이 "비틀린 목소리"라거나 "휘어진 거울"이라는 항변과는 무관하게 주체는 강제된 선택을 받아들여야만 '태어날' 수 있다. 태어나기 위해 주체는 이데올로기적 호명을 승인해야 한다. 하지만 이러한 논리라면 이미 망가진 세계를 탓하면서 주체는 세계가 망가지는 데 기여하는 행위를 반복할 뿐이라는 패배주의에 빠지게 되는 것이 아닌가. "슬픔에 익숙해지기 위해 부드러움에 닿고자 하는 마음을 버"리고 "잘못을 말하고 싶지 않아서 입을 닫아버"린 그 결과가 다시 "비틀린 목소리"와 "휘어진 거울"이라면? 하지만 이러한 상상의 논리에는 어딘가 허점이 있다. '네가 태어나기 전에' '너'는 어디에 있는가? 태어나기 이전에 이미 실패한 너는 탄생 이전에 모종의 방식으로 이미 실존하고 있다는 것인가? 이데올로기에 호명되기 위해서는 이미 그 호명이 자신에게 행해진 것으로 인지하고 있는 주체가 있어야 한다는 관념의 지독한 순환성은 진정성을 갈망하는 주체에게도 피할 수 없는 문턱이다. 이데올로기적 호명의 무한 계단을 걷다가는 진정성이라는 목적지에 도달할 수 없다. 진정성에의 도정을 방해하는 장애물은 이뿐만이 아니다.

어항 속 물고기에게도 숨을 곳이 필요하다

우리에겐 낡은 소파가 필요하다

길고 긴 골목 끝에 사람들이 앉아 있었다

작고 빛나는 흰 돌을 잃어버린 것 같았다

나는 지나가려고 했다

자신이 하는 말이 어떤 말인지도 모르는 사람이

진짜 같은 얼굴을 하고 있었다

반복이 우리를 자라게 할 수 있을까

진심을 들킬까봐 겁을 내면서

겁을 내는 것이 진심일까 걱정하면서

구름은 구부러지고 나무는 흘러간다

구하지 않아서 받지 못하는 것이라고

나는 구할 수도 없고 원할 수도 없었다

맨손이면 부드러워질 수 있을까

나는 더 어두워졌다

어리석은 촛대와 어리석은 고독

너와 동일한 마음을 갖게 해달라고 오래 기도했지만

나는 영영 나의 마음일 수밖에 없겠지

찌르는 것

휘어감기는 것

자기 뼈를 깎는 사람의 얼굴이 밝아 보였다

나는 지나가지 못했다

무릎이 깨지더라도 다시 넘어지는 무릎

진짜 마음을 갖게 될 때까지

—「한 사람이 있는 정오」 전문

제목이 말해 주듯 시간은 정오다. 니체의 정오와는 달리 이 시에서 정오는 부정성의 기호다. 내면의 목소리에 귀를 기울이기 위해 안미옥의 시적 주체는 잠시나마 숨을 돌릴 수 있는 휴식처를 찾지만 "유리벽은 투명하고 바깥이 너무 잘 보"(「호칭」)여서 실패하고 만다. 지나친 밝음 혹은 투명함은 '내면'이 그 얼굴을 드러내지 못하게 하는 장애물을 의미한다. 무엇보다 "투명사회의 일차적 모습은 긍정사회"로 나타난다.[15] "자기 뼈를 깎"는 자기 착취를 자기 계발로 긍정하는 이들의 지나치게 밝은 표정이야말로 긍정의 비극을 현시한다. 운명도, 사건도, 깊이도 없는 세계. 세계가 투명하다는 것은 그만큼 이데올로기 장치의 위력이 은밀하고도 강력해졌음을 의미한다. 1990년대 이후 큰 성공을 거둔 'MBTI', '에니어그램'과 같은 성격 측정 및 검사 프로그램 역시 '나'에 대해 투명하게 알고자 하는 욕망에 부응한 것이다.[16] 자기 계발은 진정한 '나'를 찾는다는 거창한 목표를 내세우며 '나'를 내면 혹은 심리의 세계로 축소 시켜 버렸다.

다시 시로 돌아가 보자. 미묘하게 암시되지만 "길고 긴 골목 끝에 사람들이 앉아" 있고, "작고 빛나는 흰 돌을 잃어버린" 것은 그 사람들이다. 물론 시적 주체가 흰 돌을 잃어버렸을 가능성을 배제할 수는 없지만, 분명한 것은 시적 주체가 "자신이 하는 말이 어떤 말인지도 모르는 사람"과 자신을 구별 짓고 있다는 사실이다. 투명사회에서 어둠의 자리를 자처함으로써 동일한 것의 지옥에서 벗어나기, 혹은 "우리에겐 영혼이 없다고 말하는 사람들과"(「빛의 역할」) 자신을 구별 짓거나 내면성의 최고 심급으로서의 '영혼' 출현시키기("당분간/슬

---

15 한병철, 『투명사회』, 김태환 역, 문학과지성사, 2014, p.13.
16 서동진, 『자유의 의지 자기계발의 의지』, 돌베개, 2009, p.268.

픈 시는 쓰지 않을게//영혼을 드러내려고 애쓰지 않을게"(「구월」). 그럴 때 안미옥 시에는 슬픔을 전시하는 속물과는 구분되는, "진짜 마음"을 가지길 원한다고 말함으로써 진정성을 보증받는 주체가 출현하는 것처럼 보인다.[17]

3. "고인 물에 살았다./살던 곳에서 죽었다"[18]

하지만 이러한 방식은 자칫 공동체와 차단되어 자아가 스스로를 모나드의 성채 안에 유폐시킬 위험이 있다. 바로 이런 점에서 안미옥의 시가 "자폐적인 언술구조"[19]를 지닌다는 독법을 무시하기가 어려워진다. 가령 "오늘이 오늘을 낳는다"(「구부러진 싸인」)거나 "생각하면 생각이 났다"(「질의 응답」), "얼굴을 만지면 얼굴이 만져진다"(「적재량」)와 같은 동어반복의 언술은 시적 발화의 공간이 얼마나 폐쇄적으로 운영되고 있는지를 말해 준다. 공적 지평으로 나아가지 못하는 진정성은 자폐적 나르시시즘으로 귀결될 수 있다. 더구나 문제는 이러한 경향이 비단 안미옥에게만 나타나는 것이 아니라는 점이다. "'언어'라는 상징자본을 엄격하게 정련하고 통제하여 부르주아 계급의 미적 취향인 '우아함'에 도달"하려던 집단의 시대가 가고 "열악한

---

17 절제는 내면의 진정성을 보장해 주는 미덕이다. "이 집에는 아픈 사람이 있다/아픈 사람이 있는 집 아이는 슬픈 표정을 숨길 줄 안다"(「적재량」)거나 "나는 숨을 참는 얼굴이 된다"(「거미」)라는 문장들은 슬픔의 진정성을 보장한다. 슬픔의 종말은 아무도 슬퍼하지 않을 때가 아니라 모두가 슬퍼할 때 도래한다는 의미에서 말이다. 그러므로 이는 안미옥의 시적 주체가 의식적으로 진정성을 연기하고 있다는 의미와는 거리가 멀다. 오히려 슬픔을 과장하며 이를 자신의 도덕적 무기로 삼는 속물들에 대한 무의식적 반감 혹은 거리 두기 정도로 읽어 낼 수 있으리라.

18 「물컵」.

19 김춘식, 「당신은 왜?—박소란, 안미옥」, 『시작』, 2012.가을, p.170.

노동 현실이 시인의 삶 속으로, 감각 안으로 깊게 밀고" 들어오면서 "'몰락하는 중간계급'의 정서"가 두드러지기 시작한다. "타자와 세상에 대한 기대 자체가 사라져버린 세대의 '무능감'"과 "할 수 있는 것은 그저 무기력하게 지켜보는 일뿐"인 것이 2010년대 시에 나타난 마음의 레짐이다.[20]

이전 세대가 경험하는 것과 같은 방식의 성취감을 결코 느껴 보지 못하리라는 열패감과 불투명한 미래에 대한 불안은 2010년대 시에 극도의 조심성을 장착시킨다. 황인찬, 송승언 그리고 안미옥의 시들에 나타나는 간결하고 정제된 표현의 이면에 세계에 대한 깊은 불신이 자리하고 있으리라는 추측은 젊은 세대의 보수화를 우려하는 비관적인 전망으로 이어진다. 이들은 체험도, 사유도 부족하다고 여기면서 그러한 사실을 부끄러워하면서 아무도 들어주지 않으리라 여겨지는 자기 이야기를 읊조린다. 독백과 같이 이어지는 시적 발화에는 이 세계를 어쩔 수 없다는 무력한 우울감이 깊이 배어 있으며, 그렇게 변화 없이 진창과 같은 세계에 고여 있다는 사실을 몹시 끔찍해 한다.

궁금해
사람들이 자신의 끔찍함을
어떻게 견디는지

---

20 박상수, 「기대가 사라져버린 세대의 무기력과 희미한 전능감에 대하여」, 『너의 수만 가지 아름다운 이름을 불러줄게』, 문학동네, 2018. 글의 곳곳에서 문장을 인용한 까닭에 페이지 수는 생략한다.

자기만 알고 있는 죄의 목록을
어떻게 지우는지

하루의 절반을 자고 일어나도
사라지지 않는다

흰색에 흰색을 덧칠
누가 더 두꺼운 흰색을 갖게 될까

아무렇지도 않은 얼굴은
어떻게 울까

나는 멈춰서 나쁜 꿈만 꾼다

어제 만난 사람을 그대로 만나고
어제 했던 말을 그대로 다시
다음 날도 그다음 날도

징그럽고
다정한 인사

희고 희다
우리가 주고받은 것은 대체 무엇일까

—「캔들」 전문

일상은 끔찍할 정도로 망가져 있다. 도무지 무엇이 누구의 죄인지도 알 수 없을 정도로 '흰색'으로 덧칠되어 있다. 안미옥의 시적 주체는 악몽 그 자체보다 그것이 무감각하게 반복되고 있다는 사실에 경악한다. "고인 물에 살았다./살던 곳에서 죽었다"(「물컵」)는 것보다 끔찍한 것은 사람들이 "어제 했던 말을 그대로 다시" 또 하며 "고인 물"에서 벗어나지 않는다는 데 있다. 희고 흰 순결한 질서 아래에는 아무렇지도 않은 얼굴로 자신의 끔찍함을 인식조차 하지 못하는 사람들이 산다. '모든 것은 이전처럼 계속되어야 한다.' 이것은 벤야민이 말한 재난의 상황이다. 안미옥의 시에서 세월호 참사가 남긴 정신적 상흔을 떠올리는 것이 어색하지 않은 것은 "죽은 사람의 생일을 기억하는 사람" "아직 두드리는 사람이 있었다"(「질의응답」)라거나 "무너지고 무너지면서/더 크게 무너지는 것에 대해 생각"(「톱니」)하는 마음과 같은 구절들 때문만은 아니다. 세월호는 재난이 일상화된 세계를 상징하는 끔찍한 기호이기 때문이다.

"나쁜 꿈"과 같은 세계에서 고통에 대한 감수성은 생존에 불필요하다. 재난의 시대에 심연을 목도한 이들은 생존을 위해 진실을 외면한다. 진실과 마주하는 것 자체가 너무나도 고통스럽기 때문이다. 세계는 자신의 내면을 응시할 수 없을 정도로 투명하고 주체들은 저항의 가능성을 상실하고 고통에 무감해져 간다. 더구나 나와 무언가를 "주고받"았던 타자들에 대한 불신은 이 세계의 고통을 공유할 가능성마저 어둡게 한다. 이런 상황에서 우리는 안미옥의 시를 경유하여 다음과 같은 질문을 던질 수 있다. 이 세계를 같이 살아가는 타자들과의 관계망을 다른 방식으로 상상할 수는 없을까. "진짜 마음"은 세계와 거리를 둔 비판적·내면적·성찰적인 주체만 가질 수 있는 것일까.

4. "무엇이 만들어질지 모를수록 좋았다"[21]

진정성은 외부 현실을 개인에게 부과된 제약이자 족쇄로 파악하여 그러한 억압에서 해방돼 존재의 근원과 본질에 이른다는 지극히 형이상학적인 도정을 가정한다. 하지만 이 도정에서 무시할 수 없는 것이 자아의 내면 역시도 외부로부터 오염될 수 있다는 사실이다. 내면은 결코 완전무결하게 순수한 공간일 수 없다. 내면의 순수함을 인정받기 위해서는 그것을 인정해 줄 타자가 필요하다. 진정성 역시 "'무엇과 대조해 진정한 거냐?'라는 질문에"[22] 답하지 않을 수 없는 운명을 지니고 있기 때문이다. 더구나 무엇이 "진짜 마음"인가를 두고도 경쟁을 벌여야 하는 이 시대에 안미옥은 다른 식의 해법을 제시한다. 이를테면 "진짜 마음"의 기원을 탈구축하는 방식은 어떤가.

안미옥이 발견한 '토마손'이라는 구조물은 그 경위의 일단을 보여준다. 시인의 설명을 따르면, '토마손'은 건물이나 시설을 철거하거나 리모델링하는 과정에서 쓸모를 잃었음에도 여전히 남아 있는 예술보다 더 예술 같은 오브젝트를 말한다. '토마손'에는 그 앞에 '초예술'이라는 수식어가 붙는데, 이는 예술이라고 생각하고 만든 예술가 없이도 그것을 감상하는 자에 의해 예술품으로서의 지위를 얻게 된 역설적 지위를 표현한다. 애초에 예술이라는 목적을 띠지 않고 만들어진 예술로서 예술을 넘어선다. 이는 예술에 어떠한 원본이 있어 그것을 모방하는 식으로 예술이 만들어진다는 관념을 기각한다. 원본과 기원은 없으며 그것을 대리보충하는 비예술과의 차이가 예술을 가능케 한다. 마찬가지로 "진짜 마음"이 목적이어서는 결코 그것

---

21 「목화」.

22 앤드류 포터, 『진정성이라는 거짓말』, 노시내 역, 마티, 2016, p.311.

을 얻을 수 없다.

'목적지를 정하면, 도착할 수 없게 된다.'

가지고 있던 지도에 쓰여 있던 말. 나는 백색 지도를 보고 있다. 주머니에 구겨 넣자 주머니가 터져 버렸다.

시작을 시작하기 위해선 더 많은 시작이 필요했다.
베란다의 기분. 축하 이전으로 돌아갈 수 없다는 것.

틀렸어. 틀려도 돼.
하얀 목소리가 벽에 칠해진다.

발이 더 무거워졌다. 그만두고 싶다고 생각했을 때.
너는 무서워하면서 끝까지 걸어가는 사람.
친구가 했던 말이 기억났다.

　　　　　　　　　　　　　　　　　　　　　—「생일 편지」 부분

　목적론적으로 작업하는 것은 거꾸로 거슬러 올라가는 것이다. 과거에 존재하지 않았던 개체의 기원을 재구성함으로써 거기에서 돌발하는 동일성에 회고적인 이름을 부여하기. 해서 '네가 태어나기전'이라는 기원에 대해 말하는 행위는 역설적이게도 항상 끝에서 출발할 수밖에 없으며, 주체는 이 폐쇄회로를 영원히 순환할 수밖에 없다.[23] 「생일 편지」의 시적 주체는 '생일'을 다른 방식으로 정의함으로써 이 목적론적 전도를 전유한다. 그러니까 누군가가 보낸 생일 편지가 도착하는 순간 생일이 시작된다. 초월적 환원에 대한 간명한 거절. 탄생은 내부와 외부를 가로지르는 돌발에 의해 발생한다. "너는 무서워하면서 끝까지 걸어가는 사람"이라는 친구의 말을 상기하는 순간 시적 주체는 그런 역량을 지닌 존재와 자신을 동일시한다. 여기서 드라마를 완결 짓는 것은 지극히 인간적인 우정에 의한 것처럼 보인다.

그렇다면 친구의 말 이전에 등장한 "하얀 목소리"는 무엇일까. 이 목소리가 있었기에 친구의 말을 상기하는 것이 가능했다는 점에서 이 미스터리한 존재의 역할은 작지 않다. "하얀" 색은 「캔들」에서의 죄의 이미지가 아니라 정체를 파악하기 힘든 불투명한 사물의 이미지를 지시한다. 이 목소리가 들려주는 "틀렸어. 틀려도 돼"라는 말은 애초에 주체가 탄생하는 순간으로 돌아가는 것 자체가 불가능하다는 것과, 그러니 목적지이자 기원인 기원에 얽매이지 말고 "끝까지" 나아가 보라는 격려의 메시지로 해석된다. 어차피 실패할 테니 출발조차 할 필요가 없다는 것이 아니라 목적지 없이 가다 보면 거기에서 매번 "시작을 시작"할 수 있다는 것이다. 이 목소리에는 얼굴이 없다. 즉 "하얀 목소리"는 주체와 타자라는 이분법의 불가능성을 대변하는 우발성의 차원을 현시한다. 최근 발표된 시에서 『온』에서는 찾아보기 어려웠던 긍정의 제스처가 나타난 것은 선형적 인과성에서 벗어나 있는 우발적인 것과의 만남과 무관하지 않다.

---

23 그러니까 폐쇄회로는 호명의 원인이 아니라 효과일 뿐이다. "주체가 태어나기 전에 주체는 어디 있었는가"라는 관념론자의 물음이야말로 알튀세르가 이데올로기적 호명의 핵심적 효과로써 비판한 "주체의 영원성이라는 환상"에 다름 아니다. 최원, 『라캉 또는 알튀세르』, 난장, 2016, pp.239-240.

이제 깊어지지 않기로 하고

잠의 호흡과 흙
구름과 여름 곡물들

잠시 쌓였다가
흩어지고야 마는 것들의 목록을
두 손에 쥐고 있다

한목소리가 아니어도 좋다
비틀린 나무의 겨울이 끝나지 않아도 좋다

숲이 폐곡선으로 자라나
선 바깥으로 밀려나는 손

서로 견뎌야만 가능해지는 미래를
더는 쌓을 수 없다
눈동자에 들어있는 칼을 꺼낼 수 없다

이 생각에 묶여 있다
묶여서

절벽 아래를 볼 수밖에 없으니
뿌리를 더 깊게 내릴 수밖에

새의 뼈 안이 구름으로 끓고 있다

울음이 구름과 같이

천천히 끓고 있다

—「도」(웹진『비유』, 2018.7) 전문

　「도」에서 시적 주체는 내면의 심연으로 내려가기보다 폐곡선 바깥으로 손을 내민다. 내면으로 깊어지기보다 열린 전체로서의 세계에 뿌리를 내리고자 한다. 주체가 세계에 뿌리를 내릴 때 그의 살갗은 세계에 닿아 "잠의 호흡과 흙/구름과 여름 곡물들"과 만난다. 외부에 존재하는 마음들을 읽어 내려고 한다. 해서 이 시에서는 내면과 외면이라는 구도가 흩어져 버린다. 주체성을 담보해 주는 기호 역시 인간 주체만의 전유물은 아니다. 사물들 역시 인간 주체가 그들에게 보내는 기호를 해석하며 이 세계에 존재한다. "잠시 쌓였다가/흩어지고야 마는 것들"이라 해도 이들 존재는 심리적 실재가 아니라 인간 주체에게 영향을 미치는 분명한 물질적 실체이다. 이렇게 내면이라는 허공에 떠 있던 주체가 세계에 깊숙이 뿌리 내리면서, 고독은 치유되고 세계와의 연대감은 회복된다.

　적어도 이 시에서만은 세계에 대한 불신은 해소된 것처럼 보이며, 이는 안미옥이 "진짜"인지 아닌지 보다 "마음"이 어떠한 것인지를 탐문한 결과이다. 마음을 개별 주체의 내면에 한정된 것으로 이해하지 않을 때 세계는 거리를 두고 성찰해야 할 외부가 아니라 마음 그 자체로서 현상한다. 이는 서정적 갈래의 속성으로 언급되는 세계의 자아화와는 거리가 멀다. 이 세계가 수많은 자기들(selves)로 이뤄져 있음을 감각하며, 우리가 다른 모든 유한한 존재와 연결되어 있는 무수한 방식 안에 있음을 체감하는 것이다. 이를 위해서는 자아와 세계가 어느 한 방향으로 환원될 수 있다는 사고의 관성을 "눈동자에 들어있는 칼을 꺼"내 끊어 내야 한다. 주체를 감시하고 복종시키려는 세계를 대신해서 관계성의 세계를 열어야 한다. 그 세계 안에서 타자들은 더 나은 세계를 상상하고 실현하도록 우리를 다그친다. "서로 견뎌야만 가능해지는 미래를/더는 쌓을 수 없다"라며.

젊은 예술가의 초상
—배수연·문보영·장수진의 시와 '예술의 죽음'에 대하여[1]

1. Why so serious?

나는 밤새 장마를 받아 적어

아무리 크게 읽어도

너는 빗소리밖에 듣질 못하고

—배수연, 「여름의 집」 부분

태어나서 난감한 새끼 거북들이

어디론가 부적부적 기어가고 있었다

이쪽을 깨세요 저쪽을 깨세요

---

1 이 글은 장수진의 『사랑은 우르르 꿀꿀』(문학과지성사, 2017), 문보영의 『책기둥』(민음사, 2017)과 배수연의 『조이와의 키스』(민음사, 2018)를 대상으로 한다. 각 시집에 실린 시를 인용한 경우 따로 페이지 수를 밝히지 않았다.

태어나세요!

모두가 예술가가 될 수…

도망가자!

도망가자!

도망가자!

—문보영, 「모기와 함께 쓰는 시」 부분

쿨한 게 어딨니, 다 뻥이지

신파? 자기가 꺼안은 자기 가슴에 있지요

예술은 없어, 저 잘난 예술 스타만 있지

—장수진, 「펑키 할멈의 후손」 부분

두말할 필요도 없이, "근대 사회에서 예술은 인간의 주체성과 공동성을 담보하는 역할을 맡아 왔다."[2] 하지만 예술과 하위문화의 경계가 애매해지기 시작하면서 보들레르식 전략, 그러니까 예술작품을 무용성에 기초한 최상의 상품으로 만들어 일반적 교환관계에서 제외시켜 버린다는 미적 모더니티의 이념은 점점 무용지물이 되어가고 있다. 이제 누구도 예술을 위해 목숨을 걸지 않는다. 그렇다면 이제 무거운 짐을 벗어 버리고 홀가분하게 예술이 선사하는 즐거움만을 만끽하면 되는 것일까.

최근에 시집을 낸 세 명의 시인들 역시 '시는 재미있어야 한다!'고 목소리를 높인다.[3] 시는 가볍고 발랄해졌으며 거기에서는 "뭔지 모

---

2 구라카즈 시게루, 『나 자신이고자 하는 충동』, 한태준 역, 갈무리, 2015, p.306.

를 해방감"[4]까지 느껴지기도 한다. 대신 이들은 삶이든 열정이든 광기든 어떠한 응분의 대가를 치르고서라도 완성도 있는 최상의 (쓸모없는) 상품을 만들어 내겠다는 근대적 예술관과는 영영 이별을 고하고 있다. 이들은 '이런 것도 시가 될까'를 의심하면서 시를 쓰거나 메모장에 써 보니 시였다거나 자신은 시인이 될 운명이 아니었다고 전한다. 이들은 이렇게 말을 건네는 것 같다. '심각할 게 뭐 있어, 그냥 즐기면 되지.' 그런데 이 말을 과연 문맥 그대로 받아들여도 되는 걸까? 다음은 이 질문에 대한 조금 긴 해설이 되겠다.

2. 즐기는 네가, 챔피언?

배수연의 시는 기쁨(joy)에 대한 '순수한' 욕망을 보여 준다. 그런데 이는 배수연의 시집에서 가장 결핍된 것이 기쁨이라는 의미이기도 하다. 『조이와의 키스』의 시적 주체는 누구보다 슬픈 표정을 하고 타인의 기쁨을 지켜본다. 사춘기 소녀의 비밀스러운 일기장을 훔쳐보듯, 배수연 시의 독자는 자신만이 그의 고독과 우울을 이해할 수 있으리라는 도취에 빠지게 된다. 이러한 시선은 도착적이다. 소녀

---

3 이러한 경향은 저자의 의도나 비평가의 해석을 정확하게 파악하는 것보다 독자가 '즐겁게' 책을 읽는 것을 우선시하는 최근의 독서 경향과도 부합한다. 다음은 차우진의 발언이다. "'너 텍스트 똑바로 안 읽었지?' 이런 식의 비판 있잖아요. 그러면 전 할 말이 있어요. '왜 텍스트를 똑바로 읽어야 하는데?' '저자도 자신의 텍스트를 잘 알까요?' '왜 독자가 저자의 생각으로 들어가야 하나요.' 그리 밝히는 순간 사람들이 자유로워 한다는 거예요. 읽는 행위에 대해서 자유로워지면서 다른 이야기들이 쏟아져 나와요. 정말 말도 안 되는 포인트에서 즐거워질 수 있고요." 김신식·안인용·제현주·차우진, 「일의 읽음, 읽음의 일─독자·독자상·자기조직화에 대한 잡담」, 『문학과 사회 하이픈』, 2018.여름, p.91.
4 배수연·김영임, 「오로라 꿈, 세상 밖으로 나와 말을 걸다」, 『POSITION』, 2018.여름, p.321.

역시 자기 일기를 읽고 있는 독자의 시선을 인식하고 그 시선을 즐기고 있기 때문이다. 다음의 시들을 보자.

엄마표 오렌지를 생각만 해도 오렌지 살처럼 부푸는 내 가슴과 하얀 속껍질처럼 갑갑한 속옷 아래로 빽빽해지는 음모들,

—「오렌지빛 줄무늬 교복」 부분

나무 아래에서 나를 보고 수음하던 남자의 거시기에 껌을 붙여 주었더니 어떤 녀석들은 시시덕거리며 달라붙고 있어요

—「저, 수지」 부분

우리는 정원에서 엉덩이를 보이는 일이 어떤 것인지 알고 있었다 리시안셔스의 레이스나 나비의 발목, 거미의 가슴팍을 보고 바지를 내리지 않는 생명체는 없었다

—「엉덩이가 많은 정원」 부분

엄살쟁이야
주사 맞기 싫으면
선생님 뺨에 입을 맞춰 봐

—「병원놀이」 부분

노아는 유난히 손목이 가느다란 여자애들을 좋아했다 새벽에 선장실에서 나오는 아이들의 손목뼈는 두 개씩 부러져 빠져나와 있었다

—「방주」 부분

배수연 시에서 쾌락은 결코 얻을 수 없는 것을 욕망하는 데서 발생한다. 가령 「오렌지빛 줄무늬 교복」에서 시적 주체는 담임선생님이 바르는 핸드크림 냄새를 상상하는 것만으로도 성적 흥분을 느낀다. "정육점 집 딸"인 '나'와 "채식주의자"인 선생님을 갈라놓는 금기야말로 '나'의 흥분을 고조시키는 방아쇠가 된다. 도착증자답게 금기를 어기는 데서 발생하는 죄책감을 즐긴다. "두꺼운 오렌지 껍질을 온몸에" 문지르다가도 "엄마가 쓰는 쇠칼의 씁쓸하고 비린 쇠 맛"을 느끼며 "저릿한 슬픔"을 즐긴다. 그러다 금기와 쾌락이 일체가 된 "엄마표 오렌지"라는 이미지가 등장하면서 쾌락은 절정에 이른다. 도착증적 주체는 다른 시에도 나타난다. 「저, 수지」에는 무기력하게 자신을 성적 대상으로 제공함으로써 쾌락을 얻는 마조히스트가, 「엉덩이가 많은 정원」에는 성적 충동을 일으키는 사물이자 자연을 환유하는 대상으로서 '엉덩이'가 반복적으로 등장한다. 이외에도 『조이와의 키스』에는 '엉덩이' '똥꼬' '똥구멍' 등 성적인 은유로 사용되는 특정 신체 부위와 더러운 배설물, 그러니까 '똥'이 쉼 없이 나타난다. 「병원놀이」 「방주」에서는 아이들이 도착증자의 쾌락을 위해 희생되는 등 도처에서 현실원칙을 배반한 고통스런 쾌락(jouissance)에 대한 욕망이 들끓고,[5] 이를 추구하는 이들은 "광장에서 똥을 싸는 개처럼" 동물화되어 간다.

---

5 표제 시 「조이와의 키스」에 등장하는 '박하사탕'이나 「살아있는 생강」의 '생강'처럼 '통증을 동반한 달콤함'은 고통스러운 쾌락으로서 주이상스의 속성을 상기시킨다. 배수연의 친절한 설명을 부기한다. "박하사탕의 청량함(차가운 매운맛이라고 해야 할까?)은 향이나 맛이 아닌 통증이다. 통증을 동반하는 달콤함이라는 점에서 독한 술이든 초콜릿과 연결되는 면이 있지 않을까." 배수연·채길우, 「최선의 몸짓으로 기쁨을 맞이하기 위하여」, 『현대시』, 2018.6, p.176.

배수연의 시적 주체는 "우리는 타락한 세상에서 선택받은 자들이며 불한당들은 모두 저주받아 물에 잠겨 마땅하다"고 호기롭게 말하지만, 실은 노아에 의해 손목이 부러져 "손목이 아픈 소녀와 결혼"할 수밖에 없다는 부조리에 순응해야 한다는 것을 알고 있다. "스스로 누군가를 위해 태어났다고 생각하는 것은 너무나 무"(『우리들의 서커스』)겁다고 고백하며 '누군가를 위한' 책임을 회피한다. "피터, 너 이제 어쩔 생각이니?"라는 물음에 "앞으로 어쩔 줄 알았더라면 고모네서 이러고 있었을까? 하아……"(『피터팬케이크』)라고 한숨지으며 무기력에서 벗어나지 못한다. 자신이 '거인'이 되었다고 상상하거나(『지붕수집가』) "막 큰 산을 삼킨 거산 같"(『고백—아이들에게』)다며 자신의 존재를 한껏 부풀리는 장면 역시 아버지의 금지에 대한 방어 메커니즘으로서 자기 자신을 법의 자리에 위치시키려 하는 도착증자들의 전형적 행태다.[6] 성인이 되길 거부한 어른-아이들은 자신의 환상을 지키기 위해 왜소한 자신의 실제 모습을 은폐하며 타자들 역시 전능한 자신의 모습에 열광하리라는 환상을 유지한다.[7] 초자아는 '즐겨라(Enjoy)'라고 부추기지만, 피터 팬 콤플렉스를 앓는 어른-아이들에게 허락된 재미란 시시껄렁한 말장난이거나 유치한 유머에 불과하다.[8]

---

6 브루스 핑크, 『라캉과 정신의학』, 맹정현 역, 민음사, 2002, p.301.
7 「살아있는 생강」의 다음 장면을 보라. "그렇지, 살아있는 생강은 11센티미터의 이형성기다/의사가 고래를 잡으려고 달려들었다가 간호사들이 지르는 비명에 고막이 찢어져 오른쪽 왼쪽 모두 스무 바늘을 꿰매었다고 한다 **그러나 간호사들은 곧 생강의 유쾌함에 빠져들었다**"(강조는 인용자).
8 이것이 카페인 없는 커피, 섹스 없는 (가상) 섹스와 마찬가지로 "실재의 단단한 저항적 핵심을 제거한 현실"과 관련된 현상임은 말할 것도 없다. 슬라보예 지젝, 『실재의 사막에 오신 것을 환영합니다』, 이현우 · 김희진 역, 자음과모음, 2011, p.24.

라넌큘러스들이 짖고 있다
소리 없이 꽝꽝

애인은 태어날 때 엄마 개 똥구멍에서
연기와 함께 팡! 소리가 났을 법한
개를 좋아했다
비숍? 아니 비숑 프리제다.

맙소사
큘이라니, 숑이라니
외래어에서 이런 글자들을 보고 만다면
낮잠이고 뭐고 그날은 끝장이 난 거다

　　　　　　　　　　　　　　　　　—「비숑 큘러스」부분

그는 참 좋은 토스트였습니다

짐짓 엄숙한 표정으로 못난이 핫도그가 추도문을 읽었습니다

그는 아름다웠지만 뽐내지 않았고
그는 가진 것이 적었지만 인색하지 않았고
그는 경직된 순간에도 유머를 잃지 않았으며……

아, 솜사탕은 이 대목이 너무 슬픈 나머지
눈물을 흘리며 아랫도리를 적셔 버렸습니다

　　　　　　　　　　　—「그는 참 좋은 토스트였습니다」부분

해서 배수연의 시에서 기쁨이 출현하는 순간은 꽤 피상적이다. 「비숑 퀼러스」에서 즐거움은 '라넌큘라스'나 '비숑 프리제'라는 외래어 고유명사가 일으키는 자유연상에서 발생한다. 라넌큘라스는 꽃 이름이고 비숑 프리제는 개의 종(種)을 가리키는 것인데, 난데없이 '퀼'이나 '숑'이라는 이국적인(exotic) 단음절이 시적 주체에게 흥분을 일으킨다. 주체의 순수한 즐거움을 위해 이들 단어는 본래의 자리에서 떨어져 나오는 희생을 감수한다. 그렇게 엉뚱한 기호와 결합하여 탄생한 기괴한 단어 '비숑 퀼러스'가 갑자기 "끝장이" 날 정도의 발자적 웃음을 일으키는 것이다. '비숑 퀼러스'는 의미 작용을 위해 필요한 기표의 억압이 부재하기 때문에 기의를 가지지 못한다. 그리고 이는 자기 성애적 쾌락을 포기하지 못하는 도착증자가 충동의 만족이 포기되었음을 의미하는 억압을 견디지 못하는 것과 일치한다.[9] 해서 '비숑 퀼러스'는 시적 주체에게는 '참을 수 없을' 정도의 끔찍한 흥분을 유발하지만 이는 타자와는 공유되기 힘든 형태의 즐거움이다.

심지어 농담을 던지는 순간에도 과도한 자기 비하가 느껴져 웃을 수 없는 상황이 나타나기도 한다. 「그는 참 좋은 토스트였습니다」가 좋은 예다. 이 시는 도착증자가 '실패한 유머'를 생산하게 되는 까닭을 이해하게 해 준다. 이 시는 '고작' 토스트의 죽음이 "엄숙"하게 애도되는 부조리한 상황을 부각시켜 웃음을 유발하려 한다. 하지만 막상 이 유머는 시작하자마자 '썰렁하게' 끝나 버린다. 추도문 내용은 조금도 슬프지 않고 오히려 토스트의 죽음을 희화화하는 것 같음에도 불구하고, "아, 솜사탕은 이 대목이 너무 슬픈 나머지/눈물을 흘리며 아랫도리를 적셔 버렸습니다"라며 슬픔을 강요한다. 웃어야 하

9 브루스 핑크, 『라캉과 정신의학』, pp.296-297.

느지 같이 슬퍼해야 하는지가 도무지 헷갈리는 것이다. 이러한 미묘한 상황을 예술의 죽음에 중첩시켜보면 의미심장한 결론에 이르게 된다. 그러니까 예술의 죽음은 이제 애도되지 않고 희화화될 뿐이라는 것. 마지막 연에서 유머가 공포로 돌변하는 상황도 예사롭지 않다. "이제/토스트가 없는 아침을 맞아야 합니다/차가운 시리얼을 삼켜야 할 것입니다"라며 토스트의 죽음을 불러온 궁극적 원인으로써 인간이 등장한다. 다소 비약으로 들릴 수도 있겠지만, 이러한 상황은 예술의 죽음을 불러온 자본의 개입을 상기시키지 않는가. 그는 참 좋은 예술이었지만 이제 그의 죽음은 그야말로 엄숙하게 희화화될 뿐이다.

3. 지적 대화를 피하는 넓고 얕은 시

혁명이 거세된 시대에 공동체 구성원들이 함께 꿈꿀 수 있는 미래는 사라졌다. 미래에 대한 열정이 사라진 포스트모더니즘의 도래는 역사성의 종말과 호응한다.[10] 진보에 대한 믿음은 신기루처럼 아련하고 미적 모더니티에 활기를 부여했던 "전통과의 단절에서 단절의 전통으로 이어지는 순환의 고리"는 "단절과의 단절"로 귀결되었다.[11] 활기를 잃은 이 세계에는 '재탕의 시대'라는 이름표가 붙는다. 예술가들은 과거와 단절하기 위해서가 아니라 과거를 '우려먹기' 위해 과거로 돌아간다. 이는 문화 영역만의 문제가 아니다. 미국에서는 "그간 시민 사회가 성취한 진보를 원점으로 되돌리겠다고 공언하며 반동 복고 정서를 자극한 최악의 '레트로 마니아'가 대통령에 당

---

10 앙투안 콩파뇽, 『모더니티의 다섯 개 역설』, 이재룡 역, 현대문학, 2008, pp.218-219.
11 앙투안 콩파뇽, 『모더니티의 다섯 개 역설』, p.235.

선됐"**12**고, 이탈리아에는 난민 규제 강화를 내세운 우익 파퓰리즘 정권이 들어섰다. 그러니 "시민 사회가 성취한 진보"마저 일천한 한국에서 태어난 시인이 "본전 뽑는 게 살면서 제일 어렵"**13**다는 말을 하는 것도 무리는 아닐 것이다.

문보영은 "온몸이 멍으로 뒤덮인 고구마는 멍 위에 멍을 얹어도 티 나지 않는다"(「못」)라며 고통을 이해받지 못하고 있는 '고구마 같은' 상황을 이야기하다가 어느 순간 "나는 너를 화나게 하고 싶다"(「복도가 준비한 것」)라며 적개심을 드러내기도 한다. 하지만 "슬퍼하지 않은 것도 슬퍼한 것의 일부가 되는 계절"(「파리의 가능한 여름」)들이 무기력하게 이어지고 결국 혁명은 현실이 아닌 역사 속에만 있는 것이라며 자조하는 목소리가 들려온다(「역사와 신의 손」). 조용한 분노가 들끓고 있는 이 권태로운 세계는 '바깥'에 대한 모색이 궁지에 몰린 세계의 풍경과도 무관치 않다. 그리고 보면 예술계 전반에서 메타적인 것이 유행하는 현상 역시 자기 착취에서 성장 동력을 찾고 있는 후기 자본주의의 비극과 관련되는 것은 아닌가 싶다.**14**

---

12 최성민, 「옮긴이의 글」, 사이먼 레이놀즈, 『레트로 마니아』, 최성민 역, 작업실유령, 2017, 개정판, p.9.

13 민음사 블로그에 포스팅된 '제36회(2017) 김수영문학상 수상 소감'에서 가져왔다. "본전만 뽑자, 이것이 제 좌우명입니다. (중략) 본전 뽑는 게 살면서 제일 어렵습니다. 일등 당첨되는 자보다 본전을 뽑는 자가 더 훌륭한 것 같습니다. 이따금 혼자 되뇝니다. 불행에서 본전만 뽑자. 너무 아프면 안 돼. 나쁜 기억에서는 본전만 뽑는 거야. 너무 기억하진 마. 사랑에서 본전만 뽑자. 사랑한 만큼만 아프면 이제 그만 됐다고."

14 이에 대해서는 음악 평론가 사이먼 레이놀즈의 견해를 들어보자. 그에 따르면, 디지털 시대의 도래에 따라 "변덕스러운 주의감퇴증"에 걸린 사람들이 늘어나면서 (p.95), "내비게이션이 어려울 정도로 무질서한 데이터 잔해와 기억의 쓰레기 더미"(p.57)만이 남게 되었다. 이 쓰레기 더미에서 가능한 형태의 음악이 과거에 만들어진 재료를 재가공(페스티시, 선택과 혼합, 노골적인 복사, 즉 샘플링)한 메타-음악

그녀가 하고 싶은 말은 A가 다 했다 따라서 시인은 자신의 마음이 궁금할 땐 「빵」을 꺼내 읽었으며 마음을 잊고 싶을 땐 「빵」을 침대 아래 던져두었다

— 「빵」 부분

초현실주의는 불가능하며
현실이 현실을 무력화 시키는 것만이 가능하다.

한번 닫힌 관 뚜껑이 다시 열린다면 사람은 세계를 신뢰할 수 없을 것이다

— 「프로타주」 부분

「빵」에는 시인과 소설가가 등장한다. 소설가는 시인에게 자신이 쓴 소설 「빵」을 건네주었는데, 시인은 이 소설이 어제 읽은 유명 작가의 단편소설 「빵」과 지나치게 유사하다고 생각한다. 물론 시인은 누구보다 소설가가 "훌륭한 소설을 쓰고 싶어" 한다는 것을 알기에 그를 비난하지 않는다. 다만 "오늘과 어제가, 어제와 엊그제가, 어제와 내일모레가 구분되지 않는"(「정체성」) 나날들 속에서 완전히 새로운 예술이 탄생할 수 없으리라는 회의에 사로잡힐 뿐이다. 물론 그렇다고 변혁이 가능하리라 믿었던 순진한 과거로 돌아갈 수도 없다. 「프로타주」에서는 이를 이미 "관 속"에 들어간 달리의 입으로 말하

이다. 이러한 포스트-프로덕션 시스템이 통화 가치를 조작해 부를 창출하는 투기 경제로의 전환을 알리는 메타-화폐와 유사하다(p.396). 해서 그는 파생 상품과 불량 대출 때문에 무너진 세계 경제처럼 음악 역시 파산하게 될지도 모른다고 경고한다. 사이먼 레이놀즈, 「레트로 마니아」 참조.

게 한다. "초현실주의는 불가능하며/현실이 현실을 무력화 시키는 것만이 가능하다"라는 것. 초현실주의가 예술의 논리를 현실 영역에 그대로 전위시킬 수 있다고 믿었던 순진함은 관념론의 오류를 반복하는 것일 뿐이다.

이 오류가 특히나 문제적인 것은 문보영 시에서 '책'이라는 기호가 차지하는 위상 때문이다. "책장을 넘기는 것은 관 뚜껑을 여는 행위"(「그림책의 두 가지 색」)라는 데서 알 수 있듯이 책은 문보영의 최대 관심사인 '죽음'을 사유하는 데 동원되는 주요한 사유 도구다. 책으로 은유되는 텍스트의 세계는 형이상학(신)이 몰락한 시대에 죽음의 절대성을 상쇄시키는 역할을 한다. 하여 신을 경멸하면서도 그에게 자신의 목숨 혹은 미래가 달려 있다는 사실에 절망하는 배수연과는 달리, 문보영은 보이지 않는 신에게 무척이나 관심이 많다. 신은 도무지 알 수 없는 기준에 따라 "코스트코 빵"(「입장모독」)을 나눠 주는 불공평한 존재이거나 "인간과 연락을 끊기 위해" "원자보다 작은 미생물"(「과학의 법칙」)이다. 핵심은 신은 인간을 별로 좋아하지 않는다는 것이다. 하지만 인간들은 자꾸 관 뚜껑을 열어 죽은 신을 깨우려 한다.

신이 거대한 오리털 파카를 입고 있다 인간은 오리털 파카에 갇힌 무수한 오리털들, 이라고 시인은 쓴다 이따금 오리털이 삐져나오면 신은 삐져나온 오리털을 무신경하게 뽑아 버린다 사람들은 그것을 죽음이라고 말한다 오리털 하나가 뽑혔다 그 사람이 죽었다 오리털 하나가 뽑혔다 그 사람이 세상을 떴다 오리털 하나가 뽑혔다 그 사람의 숨통이 끊겼다 오리털 하나가 뽑혔다 그 사람이 사라졌다

죽음 이후에는 천국도 지옥도 없으며 천사와 악마도 없고 단지 한

가닥의 오리털이 허공에서 미묘하게 흔들리다 바닥에 내려앉는다, 고 시인은 썼다

—「오리털파카신」 전문

난쟁이들이 책기둥을 무너뜨리고 원하는 책을 얻는다. 다시 기둥을 쌓는다. 난쟁이들은 책을 때리고 책을 향해 침을 뱉고 욕설을 퍼붓는다. 그럴 만도 하다, 고 나는 생각한다. 책은 무례하니까. 책은 사랑을 앗아 가며 어디론가 사람을 치우게 하니까. 벽만 바라봐서 벽을 약하게 만드니까 벽에 창문을 뚫고 기어이 바깥을 넘보게 만드니까.

—「책기둥」 부분

"삐져나온 오리털을 무신경하게 뽑아 버"리듯이 인간의 죽음은 신에게 하찮은 것이다. 이렇게 죽음이 하찮아지는 것은 인간에게서 삶에 대한 의욕을 빼앗아 간다. 신이 하찮아진 이유 역시 이와 다르지 않다. 죽음이 하찮아졌기에 죽음이 아무것도 아니라는 것을 보증하는 신 역시 "거대한 오리털 파카를 입고 있"는 '귀여운' 캐릭터 정도로 변해 버린 것은 아닌가. 이는 한때나마 신성시되었던 책이 몰락의 길을 걷게 된 경로를 암시하기도 한다. "세상에 존재하는 모든 책을 다 읽"(「호신」)을 수 있는 사람은 없음에도 불구하고 책을 독서의 의무를 강요하며 독서를 신성시해 온 관행 역시 교조적 도그마에 불과하다. 「호신」에서 문보영이 도서관의 모든 책 한 권을 쇠사슬로 묶어 창고에 숨기는 '이상한' 사서를 출현시키는 것 역시 책에 대한 도그마 비판으로 읽을 수 있다.

그리하여 이쯤에서 나는 로베르트 무질의 『특성 없는 남자』에 나오는 사서를 떠올리게 된다. 무질의 사서는 세상의 모든 책들을 더

잘 알기 위해 어떤 책도 읽지 않는 쪽을 택하지 않았던가. 다만 그가 읽는 것은 책들에 관한 책, 즉 카탈로그와 도서 목록들 같은 것이다. 피에르 바야르의 말대로 이것은 무한에서 교양으로의 이동을 암시한다. "소통과 연결선들, 교양인이 알아야 하는 것은 바로 이것이지 특정의 어떤 책이 아니다."[15] 세계가 불확실하고 복잡해질수록 편협한 세계에 갇히지 않은 교양이 요구된다. 하지만 문보영은 '지적 대화를 위해 넓고도 얕은 지식'을 추구하지는 않는다. 문보영의 사서는 총체적 시각을 얻기 위해서가 아니라 무한한 차이의 유희를 발생시켜서 대화를 불가능하게 만드는 것, 다시 말해 교양의 불가능성을 증명하려는 것이기 때문이다. "타락한 정보가 있는 게 아니라 정보 자체가 타락한"(들뢰즈)[16] 시대에 자폐적 세계 안에서 뭐든 지식의 대상으로 전환할 수 있으리라는 전지전능함을 거절해야만 한다.

「책기둥」을 다시 보자. 책은 여러 가지 이유에서 난쟁이들로부터 하대를 당한다. 교양의 세계 안에 안주할 때는 마주치기 어려운 이물감, 외재성, 타자성과 마주하게 한다는 점에서 책은 "무례"하다. "사랑"도 앗아가고 "기어이 바깥을 넘보게" 만든다. 하지만 그러면서도 난쟁이들은 '책기둥'을 무너뜨리고 쌓는 행위를 반복한다. 「책기둥」의 3연에서 "심장은 왼쪽으로, 간은 오른쪽으로 치우쳐 있으므로 사람은 똑바로 걷는다"라는 구절이 말해 주듯, 치우침은 사태를 바로잡을 수 있는 계기가 되므로. 「오리털파카신」도 그렇지만, 기이할 정도로 '지금-여기'에서 시를 쓰는 시인의 존재를 텍스트에 직접 출현시키는 전략 역시 독자에게 텍스트의 바깥, 그 치우침을 넘보게 하려는

15 피에르 바야르, 『읽지 않은 책에 대해 말하는 법』, 김병욱 역, 여름산책, 2008, p.30.
16 사사키 아타루, 『잘라라, 기도하는 그 손을』, 송태욱 역, 자음과모음, 2012, p.22.

시인의 "무례"인지도 모른다. 그렇게 문보영은 도서관을 책들의 무덤이 아니라 "책을 배불리 먹은"(「호신」) 유기체로 변화시킨다.

어느 인터뷰에서 문보영은 말한다. 자신은 '거머리' 같은 사람이라고, "제가 읽고 나면 책이 저에게서 피 빨린 것 같아요."[17] 무시무시한 말이다. 그렇다면 문보영 시에 등장하는, "누군가의 슬픔에 참견하고 싶"(「모기와 함께 쓰는 시」)어 하는 모기가 시인의 자화상은 아닐까. "죽음에서 나는 죽지 않고, 나는 죽는다는 능력을 상실하였으며, 죽음에도 그 누구나가 죽고 그 누구는 죽기를 멈추지 않고 죽기를 끝내지 않는다"[18]던 모리스 블랑쇼의 말도 생각난다. 적어도 문보영에게 예술은 죽었지만, 예술은 죽지 않는 것인지 모른다. 에드몽 자베스의 추도문을 쓴 데리다의 말을 빌리면, 문보영은 "신을 부정하면서도 그의 존재를 믿는 침묵을, 부재를, 황야를, 피폐한 여정으로 이끄는 길을, 추방된 기억을, 한마디로 말해, 애도를, 모든 불가능한 애도를"[19] 수행하고 있다.

4. 그러니까, 예술은 없다

하지만 비관론 역시 만만치 않다. 시집 제목과 달리 장수진의 『사랑은 우르르 꿀꿀』에 돼지보다 자주 등장하는 동물은 개다. 지평선

---

17 문보영 • 김언, 「조금 일찍 도착한지도 몰라, 미래의 시기둥」, 『POSITION』, 2018. 봄, p.259.

18 모리스 블랑쇼, 『문학의 공간』, 이달승 역, 그린비, 2010, p.225.

19 이 글은 데리다가 쓴 추도문을 모아놓은 *Work of Mourning*(The University of Chicago Press, 2001, p.122)에 실려 있는 것이다. 이 책에는 데리다가 에드몽 자베스에게 바치는 에세이가 두 개 실려 있는데 인용한 문장은 데리다가 디디에(Didier Cahen)에게 보낸 편지의 일부이다. 번역은 역자의 동의 하에 다음 블로그에서 가져왔다(https://blog.naver.com/llhslove93ll/221311849938).

이 아니라 "개평선"이고 거실이 아니라 "개실"(「개에게서 소년에게」)이다. 자본에 포위당한 채 일상을 영위하고 있는 우리 모두는 '개'가 되어 "아무렇게나 막 죽는"(「장성익 선배—명동 둘둘치킨에서」) "개죽음"(「개죽음의 전사들」)을 당하고 있다. 고매한 예술적 이상이라든지 혁명의 열망 따위를 대신해서 등장한 것은 '생활'이다. 1980년 광주의 기억은 "일당 7, 경력자는 15"만 원의 알바비로 치환되고(「폭염 속에서」), 시인은 "부서질 듯 연약한, 한 줌의 생활"(「두부 시네도키」)을 영위하기 위해 호프집에서 아르바이트를 하다가 자기도 모르게 "가난한 내가 가난한 자를 천대하는 마음"을 품었음에 절망한다(「당신은 운 것 같아」). 자본주의는 가난한 자가 가난한 자를 경멸하도록 부추기면서 모두의 불행을 응원하고 있다("이것은 현대미술이오니 아이의 불행을 현대자동차가 응원합니다", 「봉지언니의 스피드」). 그러니 이 시대에 가능한 예술이란 키치, 바꿔 말하면 '가짜 예술'일 뿐이다.

맥주가 수상하다
혁명은 언제 오냐
더 뻔뻔하게 수진아
뭐요?
우리는 아무렇게나 막 죽는 인간 아니냐
너 예술 좋아하냐?
나를 선동해 내 가슴팍에 성냥을 팍 그것
찍
불 싸질럿

　　　　　　　　　　—「장성익 선배—명동 둘둘치킨에서」 부분

죽은 선인장들 사이로 탐스러운 미농지 꽃들

가짜였
이런 낭만적인 양반을 봤나

이따위 종이꽃으로
저 지리멸렬한 개죽음을
가릴 수 있다고 믿은 거예요

은주는 옷을 갈아입는다
모자, 조끼, 장화, 총, 나침반, 머스태시
거실을 꽉 채운 검은 말과 서부 음악

명사수가 될 것인가
명배우가 될 것인가

밖은 전쟁이라죠, 아버지 난 너무 무서워요

—「은주의 외출」 부분

수상한 것은 시대가 아니라 맥주이고 "나를 선동해 내 가슴팍에 성냥을 팍" 그었던 혁명이나 예술은 '가짜'가 되었다. 이미 예술은 "죽은 선인장"이 되었는데 그것을 "탐스러운 미농지 꽃들"로 가려서 뭘 어쩌겠나. 진짜인 척하는 가짜로서 키치의 유희는 "공포스러우며 측량할 길 없는 권태의 뒷면일 뿐"[20]일 뿐만 아니라 예술의 토대 자체를 뒤엎어 버린다. 예술의 종말 이후에야 '새로운 예술'이 그 모습을 드러내리라고 낙관한 아서 단토의 예상과 달리, 『사랑은 우르르 꿀꿀』에는 "명사수가 될 것인가/명배우가 될 것인가"를 고민하는 우울한 예술가들의 초상이 줄줄이 늘어서 있다. 예술에 대한 애정이 깊을수록 상실감은 배가된다. 해서 장수진은 노래한다. "나를 문 것은/가난한 골목의 개가 아니라 사랑의 이빨이었으니"(「지독한 우울이 내게로 온다네」) 하지만 예술이란 원래부터 예술가에게 박탈되었던 것이 아닌가. 아감벤의 말대로, 애도 작업의 실패로서 우울증은 애초부터 상실된 상태였던 어떤 대상을 상실하기도 전에 그것을 내다보고 애도한다는 역설적 성격을 지니고 있다. 이를 적용하면, 장수진은 일상적 현실을 넘어서는 절대적 현실성에 대한 형이상학적 열망으로 인해 돌이킬 수 없는 상실을 겪고 있는 셈이다.

> 깃털 모자를 쓴 여인이여
> 커피를 마실 텐가
> 나는 부자였던 가난뱅이야
> 살아 있을 때 죽어야 해요
> 지긋지긋한 레퍼토리를 갈아치워라
> 정신병은 계급의 문제가 아니다
> 대결 속에 던져진
> 새끼 밴 어미 개들의 분열 때문이지
> 성격 때문이지
> 지중해 때문이지

---

20 M. 칼리니스쿠, 『모더니티의 다섯 얼굴』, 이영욱 외역, 시각과 언어, 1994, p.306.

예술 때문이다

내가 미친 건

―「예술가들」 부분

취한 개들은 생각했다. 나는 누구인가. 개인가 발명가인가, 개인가
자본가인가, 개인가 개척자인가. 자본주의가 몰려온다. 슬프고 우울한
감정이. 그것은 블루스……

개들은 섹스했다. 개를 낳았고, 그 개들은 두 발로 서서 걷기 시작했
다. 어떤 개들은 이유를 모른 채 몹시 불안에 떨었고, 어떤 개들은 단
순하고 쾌활했다. 그리고 어떤 개들은 자살했다.

―「백색 숲의 골초들」 부분

인간이여, 어디로 가는가

네가 내 발을 밟았을 때 나는 몹시 아팠노라

나는 고통으로 고립되어 이 세계를 잃었고

이제 너를 버리노라

―「사랑, 셋」 부분

우울증적 동일시는 환상적인 현실을 구축하려는 주체의 욕망에
의해 가능하다. 우울증자는 초감각적인 대상을 관조하는 데 만족하
지 못하고 "육체적 갈망을 느끼며 그것을 품에 안고 싶어 한다."[21]
장수진의 시적 주체를 슬프게 하는 것은 자신이 야유를 퍼붓고 있는

---

21 슬라보예 지젝, 『전체주의가 어쨌다구?』, 한보희 역, 새물결, 2007, p.222.

젊은 예술가의 초상 101

'가짜 예술'에 자신이 곧 통합되리라는 예감이다. "우울한 눈매와 고매한 취향은/내가 아니니 나의 안부를 묻지 마오"(「예술가들」)라며 자신이 사랑하던 예술을 부정하고, "영화는 정우성"(「타인의 잠」)이라고 능청을 떨면서 '큐브릭'에 대한 욕망을 상실하게 되리라는 예감이 시인을 우울하게 한다. 「사랑, 셋」에서 필요 이상으로 과도하게 슬픔을 연기하는 태도 역시 예술의 죽음을 가져온 「백색 숲의 골초들」에 등장하는 '자본주의'를 배경으로 할 때 그 의미가 오롯이 이해된다. 장수진의 우울증적 주체는 망연자실한 수동성 속에서 다가올 재앙으로서 자본주의를 승인할 것을 알고 자신의 과거에 안녕을 고하는 연습을 하는 것이다.

하지만 그렇게 안간힘을 쓰는데도 장수진의 시에는 악다구니처럼 집요하게 삶을 물고 늘어지는 광기가 출현한다. "우리의 우울을 합치면/껍질 벗긴 바나나로도/서로 찔러 죽일 수 있"(「서울의 혜영이들」)다거나 "나는 우스꽝스럽게 늙지 않겠다. 지금 죽는다"(「마담의 뿔」)라며 현실주의에 함몰되지 않겠다는 객기를 발산한다. 장수진 시에서 광기는 우울증에서 벗어나려는 주체의 안간힘을 역설한다. 절대적 의미를 지니는 예술을 반복할 수 없음을 인정하는 한편으로, '가짜 예술'에 투항하지도 않겠다며 제자리에서 버티는 것이다. 이것은 "살아 있다는 화사한 공포"(「6백 년 전의 기도」)에 짓눌리지 않고 "야유와 은유를 소낙비처럼 퍼부"(「예술가들」)으리라는 오기에서 비롯한 것이기도 하리라. 그래서 장수진에게는 도무지 내일이 없다. 천둥과 같이 순수하고 파괴적인 '진짜' 사랑이 도래할 때까지 모든 오늘은 어제의 지겨운 반복일 뿐이니까.[22]

---

22 이는 2000년대 시에 나타난 우울증의 양상과 대조된다. 2000년대 시에는 울증

1871년 랭보는 "시는 더 이상 행동과 보조를 맞추지 않을 것이다. 행동을 앞질러 나설 것이다"라고 말했다. 하지만 이제 시인들은 말한다. "모든 낭만의 밤은 끝났다"(장수진, 「두시의 신비로운 능력」). 시는 성인이 되지 못한 어른-아이의 상태에 머물러 있거나(배수연), 진보가 불가능한 시대를 증언하며(문보영), '개죽음'을 당해도 할 말이 없는 '꿀꿀한' 삶을 견딘다(장수진). 이들은 예술의 죽음을 희화화하거나 예술과 함께 죽겠다는 유언장으로서 혹은 애도 불가능성을 알리는 조서(弔書)로서 죽음을 거부하는 동시에 승인한다. 이들의 시는 초상(初喪)난 예술가의 초상(肖像)이다. 이카로스처럼 솟아오를 수 있기를 바라며 장인(匠人) 다이달로스에게 기도를 올리는 『젊은 예술가의 초상』의 스티븐 디덜러스와는 달리 이들에게는 초월적인 것을 향해 비상하려는 욕망이 없다. 출구 없는 미로를 헤매고 있다. 날개도 없이 이 미로를 어떻게든 헤쳐 가고 있다.

과 조증을 오고 가는 정신병적 주체가 등장한다. 특히 이들의 자기 파괴적 웃음은 대상을 파괴함으로써 대상과 나 사이에 놓인 심연을 극복했다는 '해방감'에서 비롯되는 것이라 할 수 있다(박슬기, 「병적인 웃음, 미친 시들의 멜랑콜리」, 「누보 바로크」, 민음사, 2017, pp.110-111). 이와 달리 장수진 시에서는 조증보다 울증의 상태가 압도적이다. 자기 파괴적 웃음이 등장하지 않는 것은 아니지만 그 파급력이나 강도는 2000년대 시에 훨씬 미치지 못한다. 이는 대상의 억압성을 파괴하려는 의지의 강도가 2000년대 시에 미치지 못하기 때문으로 보인다.

제2부 가면의 고백

2층과 3층 사이에서

서울대 미술관(MoA)—'여성의 일(Matters of Women)' 전시
제2회 여성아트페어(KWAF)—'고개를 들라, 이 많은 유디트들아' 전시
이소호, 『캣콜링』, 민음사, 2018

　미학적인 것과 정치적인 것은 꽤나 오랫동안 한국 문단을 지배해 온 틀(frame) 중 하나이다. 이를 틀이라고 칭하는 이유는 두 개념 쌍이 무언가를 명확하게 만드는 동시에 무언가를 잘 보지 못하게 함으로써 세계를 보는 방식을 결정하기 때문이다. 틀을 어떻게 설정하는지에 따라 비가시적인 문제들이 두드러지거나 가시화되어야 하는 문제가 꽁꽁 숨겨지기도 한다. 이에 따라 틀 설정은 공적 담론의 선점과 관련하여 첨예한 쟁점이 될 수밖에 없다. 가령 한국문학장에서 미학과 정치를 둘러싼 논쟁은 기존의 틀을 재구성하는 과정에서 발생한 진통으로 이해된다. 미학과 정치에 대한 새로운 틀 짜기가 요구될 때 문단 내에서는 그에 대한 반응으로 담론들 간의 경합이 벌어졌다.

　2000년대 중후반 일어난 '시와 정치' 논쟁 역시 이러한 맥락에서 해석 가능하다. 이 논쟁은 2000년대 들어 출현한 '미래파' 시가 '미학'과 '정치'에 대해 사유하는 방식이 1980년대 민중시의 그것과는

다를 수밖에 없다는 반성에서 시작되었다. 이 논쟁의 포문을 연 진은영은 "이주노동자와 비정규직 노동자 들의 투쟁을 지지하며 성명서에 이름을 올리거나 지지 방문을 하고 정치적 이슈를 다루는 논문을 쓸 수도 있지만, 이상하게도 그것을 시로 표현하는 것은 쉽지가 않다"고 고백한다.[1] 그녀는 랑시에르의 이론을 통해 그동안 한국문학사에서 가정되었던 정치성의 편협함을 지적하며 문학의 자율성에 대한 틀을 새로이 설정하고자 하였다. 미학을 미적 판단과 미적 감수성을 다루는 문제로 특수화시키는 대신 '감각적인 것을 분배'하는 문제로 규정함으로써 예술이 필연적으로 '정치'와 관계한다는 결론을 내린 것이다.

그런데 최근 조남주의 『82년생 김지영』(민음사, 2016)을 둘러싸고 문단 내에서 벌어진 논쟁은 이러한 '시와 정치' 논쟁을 정확히 뒤집어 놓은 양상을 띤다. 『82년생 김지영』을 비롯한 여성-서사들이 '정치적으로는 올바르나' 충분히 '미학적이지 않다'는 진단이 일부 비평가들에 의해 제기되었다. 이들은 '정치적 올바름'에 대한 강박이 문학의 자율성과 비평의 거리 두기를 억압할 수 있음을 경계하면서 문학과 문학비평이 자칫 경직될 수 있음을 우려한다.[2] 요컨대 진은영

---

1 진은영, 「감각적인 것의 분배—2000년대 시에 대하여」, 『창작과 비평』, 2008.겨울 (진은영, 『문학의 아토포스』, 그린비, 2015, p.16).

2 이은지, 「문학은 정치적으로 올발라야 하는가」, 『문학 3』(웹진), 2017.3.7.(http://www.munhak3.com/detail.php?number=970&thread=21r02r01); 복도훈, 「유머로서의 비평—축제, 진혼, 상처를 무대화한 비평의 10년을 되돌아보기」, 『메타-크리틱: 문학과 사회 하이픈』, 2018.봄; 황현경, 「소설이라는 형식—요즘 소설 감상기」, 『문학동네』, 2018.봄. 한편 '정치적 올바름'과 '미학성의 결여'라는 이분법을 비판한 이들은 독자들이 이러한 여성-서사를 촉구하는 현실에 보다 주목할 것을 요구한다. 김미정, 「흔들리는 재현·대의의 시간—2017년 한국소설의 안팎」, 『문학들』, 2017.겨울; 오혜진, 「비평의 백래시와 새로운 '페미니스트 서사'의 도래」, 『21세기문학』, 2018.여름; 조

이 '미래파' 시의 정치성에 대한 의문에서 출발하여 '정치적인 것'을 둘러싼 쟁점을 제기하였다면, 『82년생 김지영』을 비롯한 페미니즘 이슈의 재부상은 '미학적인 것'이란 무엇인지에 대해 새삼 질문하게 하였다.

이 쟁점는 문학계에 국한된 것은 아니다. 지난해 12월 27일부터 2019년 2월 24일까지 서울대 미술관(MoA)에서 열린 '여성의 일(Matters of Women)' 전시는 정치적인 것과 미학적인 것 사이의 간극과 봉합되지 못한 균열을 보여 주었다. 이 전시의 2층에는 2015년부터 본격적으로 시작된 페미니즘의 재부상과 관련된 현장의 목소리가 반영되어 있다. 티셔츠, 에코백 등 2층에 전시된 페미니즘 굿즈는 시의에 따라 한시적 응집성을 띠는 페미니즘 정치의 실천들과 관련하여 페미니즘의 정치적·사회적·문화적 파급력을 각인시킨다. 굿즈는 기획·판매·소비되는 과정에서 일상에서의 실천을 촉구하며 이를 통해 여성들 간의 연대(혹은 '화력')를 증명한다. 나아가 'Girls Do Not Need A Prince' 티셔츠 사태처럼 예상치 못한 파급 효과로 이어진다는 점[3]에서 페미니즘 정치의 운동성과 밀접히 관련되어 있다.

이런 점에서 2층의 전시 공간이 페미니즘 정치의 현재를 대변한

연정, 「같은 질문을 반복하여―2018년 한국문학의 여성 서사가 놓인 자리」, 『릿터』, 2018.8/9.

3 2016년 넥슨의 게임 캐릭터 목소리를 녹음한 김자연 성우가 '여자는 왕자가 필요 없다(Girls Do Not Need A Prince)'라는 문구가 새겨진 티셔츠를 입은 사진을 SNS에 올린 일을 빌미로, 이 성우의 목소리가 게임에서 삭제되는 일이 일어났다. 이 사건은 2015년 페미니즘 재부상 이후 한국에서 여성 예술가가 경험한 최초의 백래시라 할 수 있다. 이후 상당수의 웹툰 작가들이 김자연 성우와의 연대 의사를 표시하자 '메갈리즘에 찬동하는 작가들을 거부합니다'라며 검열 캠페인 '예스컷' 운동이 벌어지기도 하였다.

다면, 3층은 페미니즘 미술의 계보를 확인할 수 있도록 배치되었다. 3층에는 미술계에서 활동하는 11명의 작가들의 회화, 드로잉, 사진, 영상 등 다양한 작업이 전시되었는데, 문제는 2층과 3층의 전시 흐름이 매끄럽게 연결되지 않는다는 데 있다. 2층을 보고 현장의 목소리가 반영된 전시일 것이라고 예상했던 관람객의 기대를 3층의 전시는 만족시키지 못한다. 반대로 2층의 전시를 보고 실망했던 관람객이 3층에서야 '제대로 된' 전시를 볼 수 있었다는 반응을 보일지도 모른다. 이러한 모순된 반응은 어디에서 비롯하는 것일까. 혼란은 '여성의 일'이라는 전시명과 전시 내용에 대한 미술관 측의 소개말에도 반복된다.

여성은 세대를 거쳐감에 따라 다양한 '일'을 겪습니다. 어떤 문제는 평생에 걸쳐 지속되기도 하지만, 어떤 문제들은 특정 세대에게 더욱 강하게 체감되기도 합니다. 공통적으로 여성이기에 겪는 일들이 있는가 하면 어떤 일들은 나와는 다른 성별이나 다른 세대의 문제로 여겨져 '나' 혹은 '우리'의 문제가 아닌 것으로 간과되기도 합니다. **여성 미술가들 또한 여성이라는 이름 하에 하나로 묶일 수 없는 수많은 문제들을 지니고 있습니다. 그럼에도 불구하고 어떤 사안은 그들이 여성이기에 경험할 수밖에 없는 것들이며, 그들은 그러한 체험을 표현함으로써 '예술가'라는 이름이 갖는 동질성에 균열을 냅니다.**[4] (강조는 인용자)

전시명만 보고 '여성의 일(works)'에 대한 전시인 줄 알았다는 반

---

4 전시 내용에 대한 소개는 서울대 미술관 홈페이지에서 확인할 수 있다(http://www.snumoa.org/Moa_new/programs/exhibitions_review.asp?sType=c).

응이 적지 않았을 뿐더러, 전시 소개에도 일(matters)로 뭉뚱그려지는 여성의 경험이 무엇인지 분명하게 서술되어 있지 않다. '일'이라는 표현이 내용 소개에서는 '문제'라는 단어로 은근슬쩍 바뀌기도 한다. 여기에는 페미니즘 이슈를 '문제적인' 것으로 내세우기를 꺼리는 어떤 망설임이 엿보인다. 여성이 소외되는 구체적 사회 현실이나 그 안에서 여성이 겪는 고통에 대한 공감 대신 추상적이고 모호한 문장들이 대부분인 것도 이와 무관하지 않을 것이다.

한편 '여성이기에 경험할 수밖에 없는 문제에 초점을 맞춘 작품'들에 초점을 맞추어 '예술가'라는 동질성에 균열을 낼 수 있으리라 기대한다는 문장은 '여성 예술가'와 '예술가' 사이에 경계선을 그으며 '여성'으로서의 경험을 보편성을 획득하지 못한 특수한 것으로 의미화시킨다. "'예술가'라는 이름이 갖는 동질성"은 무엇이며 여성 예술가의 경험은 왜, 그리고 어떻게 이런 동질성에 균열을 낸다는 것일까. 과연 여성 예술가들에게 여성이라는 정체성과 예술가라는 정체성은 분리 가능한 것인가. 이에 따라 '여성의 일' 전시는 전시된 개별 작품들의 문제의식과는 별개로 예각화된 쟁점을 던져 주지 못한다. 오히려 페미니즘 정치와 미학의 접점을 찾으려는 노력을 2층과 3층 사이 어딘가에서 방황하게 만든다.

'여성의 일' 전시만큼 큰 규모는 아니지만, 제2회 여성아트페어(KWAF) '고개를 들라, 이 많은 유디트들아' 전시는 이러한 점에서 조금 더 수긍할 만한 접근을 보여 준다.[5] 가령 '양성평등'이라는 단어가

---

5 이 전시는 2019년 1월 26-27일 세종컨벤션센터 B1 갤러리에서 개최되었다. 이 전시에 대한 자세한 정보는 다음의 웹페이지(https://www.kwaf.space)에서 확인할 수 있다.

반복해서 등장하는 '여성의 일' 전시 팸플릿과 달리 "여성으로 읽혀왔거나 여성으로 살아온 작가들이 참여"한다며 퀴어 배제적인 양성평등 담론을 비판한다. 이 전시의 주제는 '살아남은 여성'인데, 이는 여아 낙태나 강남역 사건과 같은 여성에 대한 증오 범죄를 비롯한 페미사이드가 일어나고 있는 한국에서 '생존자'로 살아가는 여성의 삶을 상기시키는 한편 다음과 같은 중의적 의미로 사용된다. 다음은 전시회 팸플릿과 홈페이지에 게재되어 있는 전시회 '서문'이다.

> 애끓게 허공에 울려 퍼지던 생존자의 부름에 응하여 여기에 살아남은 사람들이 모였다. **기존의 정상성 규범에 끊임없이 도전하며 살아남은 열여섯 몸들**. 당연하지 않은 것들이 당연하다고 여겨지는 폭력적인 사회에 끊임없이 의문을 제기하는 열여섯 여성들. 살아남은 숨을 날카롭게 내쉬며 **모든 이분법적 경계의 목을 자르는 열여섯 유디트들**. 이들은 남성이 차지해 온 미술의 역사를 비집고 들어가 남성의 이름으로 쌓아올려진 역사의 숨통을 끊기 위해 오늘도 갤러리에 발을 디딘다. 홀로 페르네스의 목을 베어 도시를 구한 유디트처럼, 남성에게 빼앗긴 예술의 현장을 되찾기 위해 오늘도 각자의 무기를 집어 든다.(강조는 인용자)

여기서 전시 참여 작가들은 "모든 이분법적 경계의 목을 자르는 열여섯 유디트들"이라고 호명되며 '살아남는다는 것'의 의미를 전복시킨다. 나아가 이 전시회는 "남성의 이름으로 쌓아올려진 역사의 숨통을 끊기 위해", "남성에게 빼앗긴 예술의 현장을 되찾기 위해" 싸우는 투쟁의 장으로 의미화되며, 이는 전시 포스터에서 "여성의 이야기는 정치적이지 않은 것이 없으며, 정치적 여성 예술이 세상을 바꿀 것이다"라는 모토로 이어지고 있다. 이 전시는 정치와 미학의 경계선을 허물며 급진적인 '정치적 여성 예술'을 모색한다. 여기에는 어떠한 망설임도, 거리 두기도 없다. 그들에게 '예술-하기'란 곧 일상에서 마주하는 자연화된 젠더 폭력에 저항하는 정치적 의미를 지닌다. 예술은 명사에서 동사로 변용되며 '무기'로서의 전위적 성격을 획득한다.

우리는 이를 통해 젠더 이슈의 부상과 관련해서 정치와 미학에 대한 새로운 틀을 고심하지 않으면 안 되는 까닭을 숙고하게 된다. 2세대 페미니즘의 주요 의제였던 "개인적인 것이 정치적인 것이다"라는 구호는 여성의 경험을 정치 구조적 맥락에서 이해해야 한다는 의미뿐만 아니라 '정치적인 것'에 대한 틀 자체를 바꾼다. 사적 영역과 공적 영역의 분리와 남성성/여성성의 성별 이분법에 의해 작동되었던 위계적 민주주의를 대신하여 이분법적 경계를 허물고 타자를 배제하지 않는 새로운 정치의 도래를 촉구하는 것이다. 최근의 시집 가운데 이소호의 『캣콜링』(민음사, 2018)은 이와 관련해 주목할 만한 접근을 보여 준다. 이 시집은 '경진이'로 지칭되는 '타자화된 자기'에 대한 관찰을 통해 자기의 삶을 오브제화 하는 한편, 자신의 가족('경진이네')을 대상으로 가부장제 이데올로기에 대한 미러링(mirroring)으로써 가족 로망스를 활용하고 있다. 이 시집에서 적대의 전선(戰線)은 고정되어 있지 않으며, 패러디의 주체이자 대상인 '우리'의 분할선이 어디에 그어지느냐에 따라 그 싸움의 양상이 달라진다. 이 시집은 '우리'라고 뭉뚱그려지는 관계 안에서도 불화의 기운을 감지해 내며 '우리' 안에 있는 왜곡된 권력 구조를 직시한다.

불행히도 엄마의 자궁은 1989개의 동생을 낳은 후로 늙고 닳았다

젖을 빠는 대신 우리는 자궁에 인슐린을 꽂고 매일매일 번갈아가며
엄마 다리 사이에 사정을 했다

그때마다 개미가 들끓었다

잘 들어 엄마

엄마는 이제 여자도 뭣도 아냐

내가 이렇게 엄마 다리 사이를 핥아도 웃지를 않잖아

봐 봐

이렇게 손가락 세 개를 꽂아도 느낄 줄 몰라 엄마는

—「경진이네—거미집」 부분

딸을 강간하는 아버지가 발화 주체로 등장하는 김언희의 「아버지
의 자장가」(『트렁크』, 1995)의 충격과 비교하면, 이소호의 시가 주는 충
격은 조금은 낯선 것일 테다. 두 시는 공통적으로 근친상간을 암시
하는데, 「경진이네—거미집」의 경우 딸에 의해 어머니가 강간당하고
있다. 이 시는 가부장제에 공모하는 주체로서 어머니를 호출하며 그
녀를 단죄한다. 딸들은 엄마를 모욕함으로써 가부장적 질서에서 자
유로워지고자 하지만 이러한 모녀 관계는 이 시에 달린 벨벳거미에
대한 각주에서 드러나듯 대를 이어 내려오는 멜랑콜리적 숙명에서
벗어나지 못한다.[6]

---

6 이 시에는 다음과 같은 주가 달려 있다. "벨벳거미는 자살적 모성 보호가 있는 곤충
으로, 산란 후 어미가 자식들에게 자기 몸을 먹이고 내어준다. 이는 모성의 가장 극단
적인 사례로 손꼽힌다. 그리고 그 극단적 모성은 숙명이다. 자식의 미래는 어미이기
때문이다. 어느 날 할머니께서는 이것에 관한 다큐를 보고 엄마에게 욕을 하셨다. '거
미 같은 년'이라고. 나는 그날을 기억한다. 엄마는 아이처럼 방문을 꼭 걸어 잠그고

상징적 모친 살해에 대한 욕망이 변형되어 나타난 「경진이네—거미집」을 비롯해 가부장제에 연루되어 있는 가족 구성원에 대한 분노는 폭력적인 언설로 표출된다. 이들은 서로를 먹잇감으로 삼아 혐오의 정동을 분출한다. 가부장제 안에서 '아버지의 이름'을 작동시키는 것은 '어머니'이기도 하다는 점이나 그 안에서 강요되는 딸, 언니, 여동생으로서의 역할 분배가 얼마나 서로에게 폭력적일 수 있는지가 되풀이된다.[7] 하지만 이는 여성을 비롯한 소수자를 향한 혐오의 문법을 반복하지는 않는다. 이소호의 시는 가부장제의 폭력성을 전복적 반사경으로 되비춰 줌으로써 재현 그 너머를 비춘다. 가부장제 안에서 서로를 향해 폭력을 겨누면서 여전히 '우리'라는 관계 안에 있는 가족의 모순에 대해 이야기함으로써("지긋지긋하게 우리로 묶이는 그런", 「마이 리틀 다이어리—경진이네」) 혐오의 언설을 재생산하는 것이 아니라 그것을 무너뜨릴 수 있는 틈새를 발견하려 한다. 이것이 이소호가 개척하고 있는 '정치적 여성 예술'의 국면이다.

페미니즘은 비-정치의 영역에 있던 억압들을 정치적이고 미학적인 방식으로 사유하게 만든다. 사적인 것과 공적인 것의 경계선을 의문시하며 그 사이에서 벌어지는 투쟁의 장을 가시화함으로써 말이다. 아무리 전위적인 정치나 미학일지라도 그것이 삶을 변화시키지 않는다면 무의미한 공회전에 그칠 뿐이다. 그러니 우리의 삶이

서럽게 울었다." 그러니까 이 시는 어미에게서 벗어나기 위해 어미를 먹어 치워야 하는 딸들과, 그러한 자기 딸들을 다시 비난하는 어미의 역사가 반복됨을 현시하는 것이다.

7 당연히 가부장인 아버지에 대한 분노도 나타난다. "아빠만 모르는 전쟁, 피 흘리지 않는 살해, 죄 없는 살인자다/우리는 가족이니까 영원히/자식/새끼니까 나는 말없이/엉덩이를 까고 온몸으로/부성애를 느낀다 가족이니까 말없이/아빠에게 총을 겨누고/외친다//[공 공 칠]/빵!"(「나나의 기이한 죽음—페이트와 다양한 오브제」)

근본적인 질문과 계속해서 부딪혀 나아갈 수 있도록, 그리하여 낡고 식상한 반격에 허물어져 버리지 않도록 날선 고민은 계속되어야 한다. 예술이 계몽의 역할을 자임하던 시대는 한참 전에 끝났다. 하지만 예술의 종언은 새로운 싸움이 시작될 것임을 예고하는 초대장이기도 하다. 우리 앞에 도래한 페미니즘은 기존의 틀에서 배제되었던 몫 없는 자들을 그 싸움터에 불러 모으고 있다. 이제 정치와 미학의 새로운 연대를 고민해야 한다.

가면의 고백[1]
─'미래파'의 기원으로 여성시 다시 읽기

1.

　구병모의 소설 「세상에 태어난 말들」(웹진 『비유』, 2018.12)은 구병모의 전작 「어느 피씨주의자의 종생기」에 이어 정치적 올바름이 편협하게 적용될 때 세계가 어떻게 망가질 수 있는지에 대해 다룬다. 줄거리를 아주 거칠게 요약하면 이렇다. 신의 사전을 훔쳐서 나온 천

---

1 이는 미시마 유키오의 소설 『가면의 고백』의 제목이다. 이 소설의 주인공은 군국주의 사회였던 일본의 지배 이데올로기에 순응하기 위해 자신의 '정상적인 남성성'을 과장해서 연출해야 한다는 압박에 시달리며 동성애적 기질을 숨기고 사회에서 강요하는 남성성의 가면을 쓰고 살아간다. 위악적인 태도로 여성을 무시하고 모욕하는 발언을 서슴지 않는가 하면, 동성애적 기질을 숨기기 위해 가짜 연애에 몰입하기도 한다. 그는 타인들에게만 자신의 기질을 숨기는 것이 아니라 자기 자신에게까지 거짓말을 한다. 그런데도 일부 미시마 유키오 연구자들은 미시마가 동성애자일 것이라고 '오해'해서는 안 된다고 신신당부하거나 미시마의 동성애 기질은 죽음에 대한 충동을 숨기기 위한 편의적 방편이었을 뿐이라는 식으로 이 소설에서 주인공의 동성애와 '남성성'에 대한 집착이 지니는 의의를 과소평가한다. 더구나 동성애를 성적 정체성의 불완전성을 지시하는 기호로 해석하는 언급조차 나타난다는 점에서 문제적이다.

사가 있었다. 신의 사전이라는 "거대한 책에 담긴 말 가운데 하나를 지우면 그 말이 지시하는 사물이나 사태, 사건이 사라지"게 된다. 천사는 인간을 위해 세계에 없어져야 할 단어를 지우기로 한다. 하지만 도시를 옮겨 가며 단어를 지울 때마다 예상과는 다른 결과가 나타난다. '공격성'이라는 단어를 지우자 자연에 대한 공격성까지 사라짐으로써 인간은 수확을 하지 않고 굶어 죽는 쪽을 택한다. 아이는 어미의 젖을 빠는 행위를 멈추고 식물 또한 물을 빨아올리는 법을 잊는다. 다음 도시로 가서는 '고독'을 없앴지만 혼자가 되는 법을 잊어버린 사람들이 그저 "현재의 열락과 오욕을 소비"하는 데 집중하는 부작용이 나타난다. '오염'이라는 말을 없애자 자연의 순환과정이나 인간의 신체를 유지하는 장치가 작동을 멈추면서 심각한 문제가 발생한다. 하지만 여전히 인간을 위해 할 수 있는 일이 있으리라는 희망을 놓지 않으며 천사는 다음번 도시에서는 '혐오'라는 말을 지우기로 한다.

　최근 한국 사회에서 화두가 되고 있는 단어인 '혐오'를 마지막에 배치한 데서 짐작할 수 있듯이 이 소설은 정치적 올바름이라는 잣대로 세계의 복잡하고 유기적인 현상들을 단순화할 때의 위험성을 비판한다. 비평계에도 최근의 소설에 나타난 경향을 최근 문단을 지배하고 있는 '정치적 올바름'에의 강박으로 진단하고, 페미니즘이라는 신념이 문학의 자율성과 비평의 거리 두기를 억압하고 있다고 항변하는 진단이 제기되면서 이와 관련된 논쟁이 다양한 지면을 빌어 산발적으로 진행되고 있다. 다만 이러한 논의의 대상은 거의 소설 장르에 한정되어 있다. 2000년대 이후의 시를 돌아보건대 "시인=화자"라는 공식을 전복시킨 '시적 주체'의 출현이 '젠더적' 화자의 가능성을 열어 보이는 데 다소 무력하지 않았는가 하는 회의감을 지울 수 없다. 더구나 '미래파'의 주역으로 일컬어졌던 시인들이 성추행 혐의로 고발되는 사태가 벌어지고, 남성 시인들의 텍스트에 나타난 젠더 무의식을 비판적으로 다시 읽는 작업이 진행되면서[2] 한국문학 전반에 젠더 감수성이 얼마나 부재했는지를 명시적으로 확인할 수 있는 기회가 마련되고 있지 않은가.

2000년대 당시 소위 '미래파' 시인들의 미학적 테제를 '자아에서 주체로'라고 정리할 수 있을 정도로 이들이 '화자=자아=시인=실체' 라는 가상을 무너뜨렸다는 점은 일종의 '혁명'으로 치부되었다. 그런데 최근 한국문학에 활력을 불어넣어 주고 있는 당사자성이 부각된 퀴어소설의 부상은 '시적 주체'가 내포한 봉합되지 않은 간극을 현시하기도 한다. 이런 맥락에서 2000년대 시의 미학적 전복성이 기존의 보수적인 젠더 무의식을 갱신하지 못하고 급진적 페미니즘·퀴어 담론과 접속하지 못했던 사정을 살펴보기 위해서는 단연 '시적 주체' 의 문제를 되짚어 볼 필요가 있다. 이를 통해 정치적 올바름에 대한 논쟁의 성과를 한국시를 지배해 온 젠더 무의식을 돌아보는 데 있어 적용해 볼 수 있지 않을까 한다.

2.

한국문학을 지배하는 아주 오래된 이분법으로 우리는 순수문학 과 참여문학의 구도를 떠올린다. 하지만 이보다는 덜 알려진, 하지

---

2 대표적으로 웹진 쪽(https://zzok.co.kr)에서 진행 중인 '페미의 시 읽기' 코너와 같은 집단에 의해 기획된 '여성주의적 시각으로 시 읽기' 모임을 들 수 있다. 이들은 실비아 플라스, 오드리 로드, 김언희, 최승자, 이연주와 같은 여성 시인들의 작품을 다시 읽는 것과 더불어 류근, 장석남, 황지우, 박남철, 김경주에 이르기까지 남성 시인들의 시에서 여성이 재현되는 방식을 문제시하는 작업을 병행하고 있다.

만 훨씬 오래되고 공고한 이분법으로 문학과 여성문학의 구도가 있다. 대부분의 한국문학사 저서들은 한 챕터 혹은 그것도 안 되는 분량으로 여성문학을 '구분' 지어서 서술하는 방식을 취하고 있다(아예 다루지 않는 경우도 있다). 이는 여성시도 예외가 아니어서 일반적으로 '여류'라는 명칭으로 한데 묶였던 소수의 여성 문인들은 이를 기존의 남성 중심의 문학장에 대항하는 역량을 규합하기 위한 표지로 활용하기도 했지만 그들의 의도와는 무관하게 일반적으로는 '여류 작가'라는 차별적 기호로 분류되었다.[3] 이들은 저자(author)로서의 권위(authority)를 부여받지 못하는 열등한 존재로 취급받았다. 이에 따라 여성 시인들 가운데 여성으로서의 자기 정체성을 부정하며 '여류'라는 딱지를 불명예스러운 것으로 여기는 경향이 나타난다. 물론 이는 모윤숙을 비롯한 '여류 작가'들의 작품이 지배적인 담론에서 강요하는 여성성을 재현하면서 센티멘털리즘에서 벗어나지 못했던 여성문학의 흑역사와 관련되는 것이기도 하다.

그런데 이는 소수자 재현에서의 곤란과 유사한 측면이 있다. 최근 김건형이 정리한 퀴어 서사의 계보에 따르면, 초기 퀴어 서사는 "젠더 규범 자체를 '정지'하는 타자 재현이 아니라, 자신이 상상한 여성(성)이라는 (내게 필요한) 타자의 '소환'일 뿐"이라는 데 한계를 지닌다.[4] 가령 1990년대에 발표된 일련의 소설들에 나타난 남성 등장인

---

3 다음과 같은 손소희의 발언을 보자. "창작활동을 꾸준히 하고 있는 우리들에게는 언제 어느 곳에서나 「女流」라는 관사가 붙어서 쫓아다닌다. 여류라는 관사에는 몇 개의 의미가 내재되어 있다. 그것은 단순히 성의 구별인 경우도 있고, 어딘가 조금은 색다른 데가 있는 여자로. 그래서 썩 만만하게 볼 수만은 없는 대신 그러나 그녀들이 하고 있는 문학작업은 한 수 놓고 보아도 무방하다는 그러한 뜻이 곁들어 있기도 하다." 손소희, 「책머리에」, 『한국대표여류문학전집』, 을유문화사, 1977.
4 김건형, 「2018, 퀴어전사」, 『문학동네』, 2018.가을, p.361. 바로 여기에서 젠더 무의

물들의 여장은 타자로서의 여성을 이해하기 위한 행위로 진정성 있는 것으로 인정받는다. 이후에도 여성을 경유해 '남성 자신의 성숙을 뿌듯하게 응시하는' 동성애 서사가 지속되었다. 이러한 서사들은 미학적 보편성을 주문하는 요구를 만족시키면서 기실 퀴어(성) 자체를 지우는 데 일조하게 된다. 김건형이 김봉곤과 박상영의 소설에 주목하는 것도 이 지점이다. 이들은 "퀴어(성) 자체를 재현하는 퀴어"들로서 "이름을 상실하고, 존재의 재현을 위한 담론을 빼앗긴 문제의 원점"에서 "사랑을 퀴어화하고 재발명하는 쓰기를 선포"한다.[5] 김봉곤과 박상영의 서사는 가부장제 사회에서 사회화된 주체로 인정받기 위해 보편성을 지향해 온 기존의 퀴어 서사와 정반대의 방향으로 나아감으로써 한국 사회의 이분화된 젠더 무의식을 적나라하게 폭로하고 야유한다.

   마찬가지로 기존의 여성 재현에서 문제시되는 것은 여성은 남성이 상상한 환상적 타자로서 소환될 뿐 젠더 이분법을 '정지'시키지 못했다는 데 있다. 여류라는 이름표를 거부한 여성 작가들의 경우에는 미학적 보편성을 만족시키기 위해 자신의 여성성을 소거해 버렸다. 한데 이러한 점에서 재평가되어야 할 것이 1980-90년대 여성시의 성취이다. 최승자, 김혜순, 김언희 등은 가부장제 사회의 젠더 무의식을 폭로하며 여성을 윤리적으로 올바르지만 억압받는 희생자로

식이 드러난다. 젠더 무의식은 "사회화되기 위해 자기 안에 있는 특정한 욕망"을 억압하게 되면서 "그로 인해 부상하지 못한 잉여"를 의미한다. 남성 중심적인 사회에서 남성 주체가 자신이 시선의 주체라는 환상을 유지시키기 위해 타자로서 여성의 응시를 억압하며 타자에게 집어삼켜질지도 모른다는 공포가 베일 바깥으로 나오지 못하게 한다. 임옥희, 『젠더 감정 정치』, 여이연, 2016, pp.31-40.

5 김건형, 「2018, 퀴어전사」, pp.378-379.

그려 왔던 재현 전략을 해체했다. 이들의 시에 나타나는 여성 주체의 파괴적인 폭력성은 억압되어 있던 여성의 극단적이고 모순적인 얼굴을 귀환시켰다. 이들의 영향은 여기서 그치지 않는다. 조금 더 상세한 분석이 필요한 부분이기는 하나, 이들의 성취야말로 2000년 대 '미래파' 시인들의 출현에 결정적인 영향을 미쳤다고 말할 수 있지 않을까. 김행숙의 시에 나타난 미성숙, 미성년, 비인간(귀신)의 주체나 황병승의 시에서 노골화된 '여장남자'라는 퀴어 코드는 억압적인 젠더 이분법에서 벗어나 '수다한' 여성의 목소리를 탐구해 온 여성 시인들의 지난한 고투와 무관치 않다.[6] 그런데도 "단일한 화자로 환원하기 어려운 복수적인, 비의지적인 목소리들"로서의 '주체'[7]를 젠더 무의식의 형태로 급진화시킨 기원으로서 여성 시인들의 존재는 어째서 언급조차 되지 못했는가.

3.

여성 시인들의 두드러진 성취에도 불구하고 이를 '여성시'에 국한 지어 논의해 온 관행은 1980-90년대 여성시와 2000년대 '미래파' 시와의 접점을 비가시화하였다. 더구나 이는 '자아에서 주체로'라는 테

---

6 그럼에도 불구하고 이러한 계보는 (무)의식 중에 지워져 버렸다. 김행숙의 『사춘 기』 해설을 쓴 이장욱은 김행숙 시에 나타나는 불화하는 남자와 여자에 대해 논평하 며 "페미니즘 같은 이데올로기와는 무관한 지점에서, 그들은 불화한다"(이장욱, 「아 이들, 여자들, 귀신들」, 김행숙, 『사춘기』, 문학과지성사, 2003, p.141)라며 이 시집이 '페미니즘적으로' 해석되지 않도록 조심하고 있다(이장욱은 '페미니즘'을 앞서 말한 '정치적 올바름'이라는 용어와 유사한 의미로 사용하였을 것이다). 한국 문단은 여성 시인들의 성취를 바탕으로 계보를 재구성하거나 그 영향력을 평가하는 작업에 게으 르고 무감각하며 무지하다.

7 권혁웅, 『시론』, 문학동네, 2010, p.29.

제가 함의하는 정치적 가능성을 일정 부분 봉쇄해 버리는 부수적이면서 치명적인 부작용을 낳기도 하였다. 그러니까 '자아에서 주체로'라는 테제는 낡은 서정을 갱신한다는 미학적 실험의 차원에서 주로 논의되었을 뿐 여성시가 지녔던 급진적인 정치성은 소거되었다. 그 결과는 2000년대 '미래파' 시의 유산이 2010년대 시에서 어떻게 계승되었는지를 살펴보면 어렵지 않게 이해할 수 있다. 2010년대 시들 가운데 일부는 '미래파'의 스타일을 추종하며 그 컨셉을 차용하거나 기교를 위한 장치로 재활용하는 데 그쳤다. 주체를 특정 발화가 만들어 내는 수행적인 효과로서 출현하는 것이라 할 때 그것의 폭발력을 젠더 문제에서만큼 명확하게 확인할 수 있는 영역도 드물 것이다.

가령 라캉은 여성이 남성이 욕망하는 대상이 되기 위해 여성성이라는 가면을 쓴다고 보는 데 비해 버틀러는 가면의 겉모습으로 구현되는 수행적 정체성 자체를 중시한다. 여기서 여성이 여성성의 가면을 쓰고 있다면 그 가면 안에 남성성이라는 진짜 얼굴을 가리고 있는 것인지 아니면 가면 그 자체가 그 사람의 정체성인지에 대한 것이 쟁점이 된다.[8] 젠더 정체성의 수행적 성격을 논하는 것은 생물학적 본질로서 가정된 성별 이분법조차 특정한 도덕적 명령이 내면화된 결과로 파악할 수 있기 때문이다. 니체가 『도덕의 계보』에서 행한 계보학적 탐구를 젠더에 적용해 보면, 애초에 진짜 얼굴과 가면의 이분법이라는 대립 구도 자체가 허위적인 것이다. 이분법적 젠더 규범은 정상성과 비정상성의 기준이 되어 젠더의 불안정성, 불확실성을 지워 버린다.

이러한 논쟁점을 화자와 주체에 대한 문제로 옮겨 가 보자. 화자

---

8 조현준, 『젠더는 패러디다』, 현암사, 2014, p.123.

를 시인이 쓴 가면으로 인식해 온 기존의 담론 안에서는 그 가면이
지니는 수행성의 문제가 제대로 논의되지 않았다. 다시 말해 시인
이 전달하고자 하는 메시지가 화자에 의해 어떠한 균열도 없이 매끄
럽게 전달될 수 있다는 형이상학적 전제를 자연스럽게 받아들였다.
'시적 주체'에 대한 담론은 화자라는 개념 자체를 부정함으로써 출현
했다기보다 발화 행위 자체가 '가면'을 쓸 수밖에 없다는 수행성 자
체에 주목한 것이다. 가면의 안과 바깥이 없다면 서정시의 화자가
거주하는 장소로 상상되었던 '내면'의 존재 어부 역시 문제시될 수밖
에 없다. 젠더에 대한 논의는 서정시의 본질을 의심하며 그것의 범
주를 열고 재의미화하여 봉합되지 않은 문제로 만든다. 여성에 대한
대상화와 마찬가지로 자연을 아름답게 노래하는 자기동일성의 미학
이 무엇을 억압하고 있었는지가 의문시된 것도 이에 따라 가능해졌
다. 그럼에도 불구하고 유독 젠더 문제는 '여성들만의' 문제이므로
시에 대한 논의 일반을 전개할 때는 제외되어야 할 것처럼 이야기해
왔다. 젠더에 대해 이야기하면 그것은 소수자의 일부 이해관계만 대
변하는 것으로 여기거나 혹은 다른 맥락에서 '정치적 올바름'의 차원
에서 미학적 자율성을 억압하는 기제로 치부되어 온 것이다.

　다시 앞서 언급한 구병모의 소설로 돌아가 보자. 이 소설을 읽으
며 우리는 어째서 천사는 단어를 지우기만 하고 세계를 더 나은 것
으로 만들기 위해 새로운 단어를 추가하지는 않는지에 대해 이야기
해 볼 수 있다. 가령 '시스젠더(cisgender)'라는 용어는 어떤가. 이 단
어는 정체성이 트랜스젠더가 아닌 사람을 의미하는 것으로, 이 단어
가 등장하기 전까지 '관행적인 젠더(gender conforming)'에 속하는 사
람은 그저 '정상'이라는 의미로 통용되었다. 하지만 이 단어의 등장
으로 "정상/비정상에 내재한 계급적, 배제적" 성격에 눈뜨게 되었

다.[9] 시스젠더는 트랜스젠더만큼이나 우리가 우리 몸과 맺는 관계가 '자연스러운' 것이 아님을 암시한다.[10] 자신의 얼굴인 줄 알았던 '가면'을 인식하게 만들고 그리하여 정상/비정상의 베일을 찢고 젠더 무의식을 작동시킨다. 이렇게 어떤 단어는 이 세상에 이미 있던 기존의 존재를 완전히 다른 방식으로 인식하게 만든다. 시적 혁명이란 당연히 이런 것을 말하는 것이 아닐까.

---

9 시스젠더는 20년 전에 만들어진 신조어로 2015년 옥스퍼드 영어 사전에 등록되었다. Anastasia Walker, 「시스젠더'라는 단어가 주는 의외의 의미론적 혁명」, 『허핑턴 포스트』, 2016.7.15.

10 다음의 문장을 참고로 적어 둔다. "우리 중 누구도 완전한 주류에 속하지 않는다. 퀴어 이론가들이 인식했듯이 완벽한 정상은 정상이 아니다. 우리는 모두 자기표현을 위해 분투한다. 하지만 누구에게나 커버링을 하는 자아가 있다." 여기서 커버링(covering)은 장애인, 노인, 비만인 등 '손상된' 정체성을 지니고 살아가는 사람들이 자신에게 찍힌 사회적 낙인이 두드러져 보이지 않도록 하는 행위를 가리킨다. 켄지 요시노, 『커버링』, 김현경·한빛나 역, 민음사, 2017, p.49.

퀴어비평은 어떻게 '클리셰'에서 벗어날 수 있는가
—황병승과 김현의 시

1. '그 무엇'을 재현하기

2016년 이래 페미니즘과 함께 퀴어에 대한 비평적 기획이 문예지마다 앞다투어 다루어지면서 거의 폭발적이라고 표현해도 좋을 만큼 이에 대한 구체적 논의들이 쏟아지고 있다. 일시적인 기획으로 소모될 가능성에 대한 우려가 완전히 사라지지는 않았으나, 그럼에도 불구하고 페미니즘과 퀴어비평이 기존의 문학과 문학성을 해체하고 재정립할 수 있는 유용한 도구가 되리라는 목소리에 힘이 실리고 있다.[1] 그렇다면 퀴어문학이란 무엇인가/무엇이어야 하는가. 퀴어는 성적 소수자, LGBTIQQA(레즈비언(lesbian), 게이(gay), 양성애자(bisexual), 성전환자(trangender), 퀴어(queer), 퀘스쳐닝(questioning), 그리고 그 동맹(allies)) 등과 바꾸어 사용될 수 있는 용어이자 규범적인 질서와 안정적인 정체성에 저항하는 실천을 가리키는 의미 역

---

1 인아영, 「시차(時差)와 시차(parallax)」, 『문학과 사회 하이픈』, 2019.가을, pp.14-16.

시 지닌다.[2] 여기서 퀴어의 정치적 효능이 결코 '정체성 정치'를 공고히 하면서 성적 규범의 경계를 구획 짓는 데 달려 있지 않다는 점에서 후자의 의미는 전자를 보충하지 않으면 안 되는데, 즉 퀴어는 LGBTIQQA 중 어느 하나의 정체성에 자신을 동일시하는 집단을 협소하게 지칭하는 것이 아니라 "'가능성들의 구역'이고 그 구역은 아직 정연하게 표현될 수 없는 잠재성에 의해 항상 변화하고 있는 곳"[3]이어야 한다는 점이다.[4]

마찬가지로 퀴어문학을 고정적이고 규범화된 범주로 사고하는 것은 퀴어문학이 지닌 정치성을 탈색시키고 퀴어문학을 '게토화'시킬 위험이 있다.[5] 이는 퀴어문학이 어떻게 '다른지' 그리하여 우리가 익

---

2 시우, 『퀴어 아포칼립스』, 현실문화, 2018, p.277.

3 애너매리 야고스, 『퀴어이론 입문』, 박이은실 역, 여이연, 2012, p.8.

4 가령 장애 여성의 몸에 주목한 『어쩌면 이상한 몸』의 서문에서 퀴어함은 다음과 같이 재의미화된다. "장애여성들은 정상성의 기준을 해체하고 사회의 규범에 도전하는 퀴어한 사람들이며 각기 다른 몸을 가지고 고유의 방식으로 자신의 삶을 만들어나가고 있다. 퀴어함은 성소수자를 '이상하다'며 비하하는 말이었지만, 사회와 불화하는 그 이상함이 사회가 추구하는 정상성의 폭력을 알아차리고 새로운 길을 모색하게 하는 정신이 되었다." 장애여성공감, 『어쩌면 이상한 몸』, 오월의봄, 2018, p.20.

5 이에 대해 오혜진은 퀴어문학을 고정적이고 규범화된 범주로 사고해서는 안 된다고 주장하며 다음과 같이 서술한 바 있다. "누군가의 젠더와 섹슈얼리티를 본질주의적으로 상상하는 모든 시도는 필패다. 퀴어문학에 대해 우리가 확인할 수 있는 것은 그것이 성별이분법과 이성애적 지배질서로 환원되지 않는 현상 및 상상력을 포착하고 실험함으로써 '정상성'이라는 기율이 허구임을 드러내는 정치적·미학적 효과를 산출하는 문학이라는 점뿐이다."(오혜진, 「지금 한국문학장에서 '퀴어한 것'은 무엇인가」, 『지극히 문학적인 취향』, 오월의봄, 2019, p.390.) 퀴어 연구자 시우 역시 "다양성을 반영하겠다는 명목으로 매우 적은 수의 사회적 소수자를 포섭하는 일은 주류와 비주류, 지배계층과 피지배계층, '우리'와 '그들'을 분할하는 위계질서를" 강화하는 데 사용될 수 있다며, 중요한 것은 "권력관계를 재배치하고 지배질서를 재구성하는 일"이라고 강조한다. 시우, 『퀴어 아포칼립스』, p.168.

숙하게 여겨 온 '정상적인' 한국문학의 문법을 어떻게 위반하고 있는지를 살펴야 한다는 의미이기도 하다. 가령 권명아는 배수아의 소설에서 퀴어적 존재와 문체의 관계를 다음과 같이 정리한다. "한국인이라면 일반적으로 이해 가능한 언어와 의미화 방식을 자연스럽게 채택하고 있"는 공지영과 신경숙과 달리 배수아의 소설에는 "표면적으로도 한국 사회 구성원들이 일반적으로 이해 가능한 한국어의 체계를 따르고 있지 않다." 이는 배수아가 "문학장이나 담론장의 공통된 관심 대상으로부터 멀어"진 "어떤 재현 불가능한 영역"을 그리고 있기 때문이다. 이에 따라 배수아의 소설은 "적절한 분류의 대상으로 간주되지 못하고, 정체를 알 수 없는 '그 무엇'으로 남겨져 있다."[6] 여기서 권명아가 발견한 재현 불가능한 것으로서의 '그 무엇'은 규범적 질서와 안정적 정체성에 저항하는 실천으로서 퀴어한 것과 맞닿아 있다. 한국문학에서 비주류적 감수성으로 한국문학 전통에 기반한 의미화 경제로 환원되지 않는 배수아의 소설은 퀴어적 감수성의 측면에서도 독해 가능하며, 이는 퀴어문학의 형식적 측면에도 주의를 기울일 필요성을 제기한다.

퀴어를 다루기 위해 '자연스럽다고' 여겨지던 기존의 문법을 파괴하며 새로운 정동으로 독자를 감응시킨 사례를 시에서도 찾아볼 수 있을까. 황병승과 김현의 시만 해도 퀴어한 것에 대한 재현이 '기이한' 문체, 그러니까 번역체와 같은 어색한 한국어 문장과 더불어 출현하지 않았던가. 물론 퀴어시를 논하면서 황병승과 김현의 시를 다시 꺼내어 드는 것이 '클리셰'처럼 느껴질 법도 하다. 그런데 내가 이 글에서 문제 삼고 싶은 것이 바로 퀴어문학을 다루는 비평의 '클리

---

6 권명아, 『무한히 정치적인 외로움』, 갈무리, 2012, pp.57-63.

세'다. 퀴어가 등장하는 작품에 대해 따져 보지도 않고 시혜적 태도로 찬사를 바치거나 보편성으로 환원해 버리는 등의 틀에 박힌 비평적 태도가 퀴어문학의 가능성을 압살해 버린 것은 아닐까. 퀴어의 규범화가 퀴어의 비극적인 종말이 될 것이라던 주디스 버틀러의 말은 그대로 퀴어비평에도 적용된다. 우리는 이제 '다른' 방식으로 퀴어시를 읽는 법을 배워야 한다.

2. 문화적 기호로 소비된 퀴어

황병승의 시를 '다시' 읽는다는 것이 어떤 의미를 지니는가. 그가 '#문단_내_성폭력' 운동 당시 가해자로 지목되었다는 사실과 더불어 여전히 자신이 가해자라는 사실을 부정하며 2차 가해를 벌이고 있는 남성 시인과 언론의 태도를 떠올리면서 가해자의 시를 '다시' 읽는다는 것의 의미를 고민하지 않을 수 없다. 결론적으로 그의 시를 다시 읽으며 황병승을 비롯해서 2000년대 '미래파' 시에 대한 비평적 담론을 비판적으로 독해해야 할 필요성을 느끼게 되었고, 이것이 가해자의 작품이라는 이유로 문학사에서 삭제시켜 버리는 것보다 생산적인 방식의 대응이라고 생각한다. 황병승의 시가 혼종적 주체와 퀴어적 상상력을 다룬 것으로 2000년대 비평에서 적지 않은 주목을 받았던 것은 부인할 수 없는 사실이다. 그렇다면 그의 시에서 퀴어한 것은 어떻게 재현되었는지, 그에 대한 평단의 반응은 어떠한 것이었는지를 돌아볼 필요가 있지 않을까.

『슬픈 게이』(문학과지성사, 1994)를 발간하며 크로스드레싱(cross-dressing)을 하는 남성 화자를 등장시킨 채호기와 마찬가지로 황병승의 시에도 '여장남자' 캐릭터가 등장한다. 하지만 남성 화자가 여성 연인을 애도하기 위한 수단으로 여장을 활용한 채호기와 달리,[7] 황병승 시에서 여장남자는 하위문화 코드를 대표하는 존재로 그 당당하고 발칙한 목소리를 과시한다. 그의 시는 퀴어의 목소리를 빌어 한없이 가볍고 발랄하면서도, 약간의 비극성을 가미한 새로운 스타일을 탄생시켰다. 그렇게 황병승의 스타일은 2000년 문학청년들에게 '워너비'로 부상했고, 그들은 '시코쿠'에 매혹되어 그의 문장을 자기 소유로 삼으려 했다.[8]

열두 살, 그때 이미 나는 남성을 찢고 나온 위대한 여성
미래를 점치기 위해 쥐의 습성을 지닌 또래의 사내아이들에게
날마다 보내던 연애편지들

(다시 꼬리가 자라고 그대의 머리칼을 만질 수 있을 때까지 나는 약속하지 않으련다 진실을 말하려고 할수록 나의 거짓은 점점 더 강렬해지고)

어느 날 누군가 내 필통에 빨간 글씨로 똥이라고 썼던 적이 있다

(쥐들은 왜 가만히 달빛을 거닐지 못하는 걸까)

미래를 잊지 않기 위해 나는 골방의 악취를 견딘다

---

7 천운영과 김연수의 소설에도 여장이 죽은 여성을 경유해 남성이 세계를 이해하는 방법으로 그려진다. 이에 대해 김건형은 "젠더 규범이나 성 정체성이 비어 있는 퀴어 재현들은 보편자의 세계 재인을 위해 봉사하는 자기 연민의 감상적 원리라는 의혹"을 사고 있다고 비판한다. 김건형, 「2018, 퀴어전사」, 『문학동네』, 2018.가을.
8 김상혁, 「황인찬, 낭독회, 그리고 여성」, 『모든 시』, 2019.겨울, p.65.

화장을 하고 지우고 치마를 입고 브래지어를 푸는 사이
조금씩 헛배가 부르고 입덧을 하며

도마뱀은 쓴다
찢고 또 쓴다

포옹을 할 때마다 나의 등 뒤로 무섭게 달아나는 그대의 시선!

그대여 나에게도 자궁이 있다 그게 잘못인가
어찌하여 그대는 아직도 나의 이름을 의심하는가

—「여장남자 시코쿠」 부분

황병승은 이전까지 서정시에 초대되지 않았던 불청객을 자신의 시에 불러들인다. 여장남자, 매춘부, 그리고 '왜색'이 물씬 풍기는 시적 공간은 기존의 한국문학이 얼마나 보수적이고 일률적인 방식으로 시적 주체를 선택해 왔는지 충격적으로 깨우쳐 주었다. 황병승의 문체에는 이전에 창작되었던 서정시의 문법을 '낡은 것'으로 느껴지게 하는 중독성을 지니고 있었다. 하지만 채호기가 퀴어적 범주에 대한 무지를 드러냈듯이, 이 시에도 퀴어에 대한 무지가 나타난다. 시코쿠가 스스로를 '자궁'을 지닌 존재로 지칭하는 대목을 보자("그대여 나에게도 자궁이 있다"). 당시 한 비평가 역시 황병승의 시가 "자궁의 상상력으로 세계를 재창조"하는 남성으로 "성애적 가부장제가 설명할 수 없는 퀴어(qeer)적인 정체성을 구성하"고 있다고 분석한 바 있다.[9] 여기서 '성애적 가부장제(?)'로 설명할 수 없는 퀴어적 정체성이 의미하는 바도 모호할 뿐더러, 자궁을 기준으로 남성과 여성을

구분할 수 있다는 상상력이야말로 젠더 이분법에서 벗어나지 못한 편견에 불과하다.[10]

당시 '시코쿠'에 대한 비평적 언설들이 혼성 주체나 혼종성에 주목하여 황병승 시가 지닌 미학적·정치적 실천의 의미를 적극적으로 의미화해 주고 있는 장면들을 보면,[11] 최근의 한국문학이 '정치적 올바름'에 구속되어 '정체성 정치'의 한계를 반복하지 않을지를 우려하

---

9 허윤진, 「나의 분홍종이 연인들, 언어로 가득 찬 자궁이 있는 남성들」, 『문예중앙』, 2005.여름.

10 태어날 때 지정받은 젠더와 다른 젠더 구성원으로 살기 위해 섹스 형태를 바꾸려는 것은 트랜스섹슈얼에 해당한다. '여장남자'와 같이 태어날 때 지정받은 젠더와 다른 사회적 젠더에 일반적으로 어울리는 옷을 입는 사람은 트랜스베스타잇이나 크로스드레서라 한다. 트랜스젠더는 젠더 규범과 기대에서 벗어난 모든 종류의 변이를 말하는 것으로, 가장 폭넓은 젠더 변이 실천과 정체성을 가리키는 데 사용된다. 다시 말해 자신의 성별과 다른 옷차림을 선호한다고 해서 그/녀가 그 성으로 섹스 형태를 바꾼다고 단정할 수는 없다. 수잔 스트라이커, 『트랜스젠더의 역사』, 제이·루인 역, 이매진, 2016, pp.41-46.

11 참조할 비평이 많지만, 우선 여기서는 『트랙과 들판의 별』에 실린 이광호의 해설을 적어 둔다. "이런 다중의 서사는 다중의 등장인물, 다중의 캐릭터, 다중의 주체를 끊임없이 만들어 낸다. 단 하나의 시적 자아가 통어하는 진정성의 시적 담화는 기대하지 말자. 서사적 중력의 중심으로서의 자아 역시 이 공간에서는 이탈한다. 무수한 등장인물 속에서 이 시집을 떠받치고 있는 **동일한 시적 실존을 생각한다는 것, 혹은 그 등장인물들과 시인의 내면을 동일성의 끈으로 연결시켜본다는 것은 헛된 일**이 된다. 더 나아가 각각의 시들에 등장하는 인물은 물론 화자의 인격적 동일성 역시 확보되지 않는다. 시적 자아의 정체성으로부터 근원적으로 결별하는 이런 등장인물들을 '혼성 주체'라고 부른다면? **'혼성 주체'는 주체화에 저항하는 개별자들, 끊임없이 하위적인 타자들과 몸을 나누는 '복수'로서의 존재들이다**."(이광호, 「숭고한 뒤죽박죽 캠프」, 황병승, 『트랙과 들판의 별』, 문학과지성사, 2007, p.203. 강조는 인용자.) 하지만 나는 이 시집에서 동일한 시적 실존을 상상했고, 이를 시인의 내면과 연결 지을 수 있으리라는 생각에서 벗어날 수 없었다. '혼성 주체'가 어떠한 메커니즘에서 "하위적인 타자들과 몸을 나누는" 윤리성을 확보할 수 있는지에 대한 논증이 생략되어 있는 것도 미학적 전위에 손쉽게 윤리성을 추인해 주는 비평적 클리셰는 아닌지 의심스럽다.

는 이들이 2000년대 비평에 대해서는 어째서 침묵하고 있는지 의문스러워진다. 이수명이 "시대의 문화적 풍속도에서 헤게모니를 장악한 것은 사실상 비주류"라면서 "미성년 아이들의 비순응적인 감성과 게이, 트랜스젠더 등장인물로 상징되는 이성애 가족에 대한 공격은 이미 영화나 만화에서 참신할 것이 없는 소재"[12]라고 일침을 가하기도 하였지만, 퀴어가 문학적 소재로서 주류가 되었을지언정 이성애 중심주의에 대한 '공격'으로서의 의미가 거의 부각되지 않았다는 것은 너무나 문제적이다. 비주류적 감수성을 기호적으로 이용한 문학이 '문학'이라는 닫힌 범주 안에서만 기능하며 미학적 급진성을 실험하기 위한 도구로 사용되는 데 그쳐 버린 까닭은 무엇일까.

다시 위의 시로 돌아가서, 다르다는 데서 오는 차별과 배제를 황병승은 지나치게 매혹적으로 '처리'해 버린다. 성소수자들은 높은 비율로 폭력과 살인을 경험하는 집단 중 하나다. 그들에게 위협은 상상이 아니라 실제다. 누군가 신체적·정신적 위해를 가할지도 모른다는 공포와 불안에 대해 이 시는 무감각하다. "쥐들은 왜 가만히 달빛을 거닐지 못하는 걸까"와 같이 감각적인 문장은 이러한 공포를 이해하지 못한 자의 태평한 넋두리처럼 읽힌다. 황병승의 '시코쿠'는 퀴어들이 시민권과 성원권을 지니지 못한 '사회'를 환기시키는 데는 실패한다.[13] 퀴어적 감수성이나 캠프적 상상력과 같은 하위문화적 스타일을 문화기호적으로 소비하며, 비천한 위치로 추락한 자기 자신을 전시하는 데 사용하고 있을 뿐이다. 위 시만 해도 시적 주체의 변신은 글쓰기 과정에 유비되어 새로운 주체성을 낳는 상상으로 이

---

12 이수명, 『횡단』, 민음사, 2019, p.119.
13 오혜진, 『지극히 문학적인 취향』, p.397.

어지고 있다.[14] 이에 따라 문화적 기호로 소비되는 퀴어적 존재들은 탈정치적·탈역사적 존재에 머물고 만다. 황병승 시에 나타난 '세계'는 개인과 세계를 매개하는 사회가 소거된 닫힌 세계로 나타날 뿐이다.[15]

3. 비인간적인, 퀴어 인간

김현의 『글로리홀』(2014)은 캠프적 상상력이 나타난다는 점에서는 황병승 시와 같은 계보에 놓을 수 있다. 다만 김현은 LGBT 중에서도 '게이' 캐릭터를 전면적으로 차용할 뿐만 아니라 3인칭 시점에서 인물들을 건조하게 묘사하거나 각주를 집어넣는 등의 방식으로 독자의 몰입을 방해하고 지연시키는 방식으로 황병승과 스타일의 차이를 보여 준다. 이에 따라 황병승 시에 나타났던 파토스, 특히 자기혐오와 연민을 동시에 불러일으키는 감정의 격렬한 운동성이 김현의 시에는 나타나지 않는다. 황병승 시의 주체들은 고통을 주거나 받는 것을 즐기며, 비규범적 성적 실천을 비장하고 숭고한 것으로

---

14 쓰는 자로서 황병승의 비관은 『여장남자 시코쿠』(2005)에 이어 『트랙과 들판의 별』(2007), 『육체쇼와 전집』(2013)에 이르기까지 일관된 것이다. 그의 시집에는 '문학하는' 자신을 알아주지 않는 세계를 저주하며 공동체로부터 소외된 고독한 은둔자의 형상이 나타나는데, 이는 '문학의 죽음'이 이야기되던 1990년대 후반에서 2000년대 초기의 한국문학장의 정동을 보여 주는 것이기도 하다. "미래를 잊지 않기 위해 나는 골방의 악취를 견딘다"라니! 룸펜 프롤레타리아트로서 시인의 형상이 투영되어 있지 않은가. 이에 대해서는 박상수, 「기대가 사라져버린 세대의 무기력과 희미한 전능감에 대하여」, 『너의 수만 가지 아름다운 이름을 불러줄게』, 문학동네, 2018, pp.41-43 참조.
15 이러한 점에서 2010년대의 시적 흐름을 분석하기 위해 사용된 '세카이계'라는 개념은 황병승의 시에도 적용될 수 있으리라 생각된다. 박상수, 「너의 수만 가지 아름다운 이름을 불러줄게」, pp.74-75.

포장한다. 그는 세계를 뒤죽박죽의 '육체쇼'로 보고 있으며, 악마성에 매력을 느낀다(「Cul de Sac」,『육체쇼와 전집』). 황병승의 페르소나들은 출구 없는 세계에 갇혀 이 세계가 끝나기만을 기다리고 있는 연기자들이다.

황병승이 속임수를 쓰는 악마와 같은 존재를 가정한다면, 김현은 중첩된 세계를 내려다보는 천사의 시선을 포착해 낸다. 「고요하고 거룩한 밤 천사들은 무엇을 할까」의 각주 3번 전문을 읽어 보자. "어떤 영감은 그것이 찾아온 시간을 절대로 벗어날 수 없습니다. 이 노래를 부르고 있을 때 **저는 노래의 바깥에서 들려오는 또 하나의 노래를 들었습니다. 저는 그 노래를 이 노래와 포개야 한다고 생각했습니다. 또한 저는 그 노래를 이 노래와 분리시켜야 한다고 생각했습니다.** 그러므로 그 노래는 이 노래의 전체를 이루는 일부면서 동시에 눈송이가 둥근 물방울로 녹아 있는 붉은 하이힐, 하이힐이 또각또각 뚫고 지나온 밤, 계단의 난간을 조심스럽게 잡는 가늘고 긴 손가락, 푸른색 아이라인이 흘러내린 **여장남자가 등장하는 또 다른 밤의 전체**가 되어야 했습니다."(강조는 인용자) 각주에 달린 서브 텍스트로 층층이 포개어져 있는 그의 시가 그러하듯 김현은 세계가 '노래와 노래가 포개어져 있는 것과 같이' 중층적으로 입체화되어 있는 것으로 이해한다.

세계는 우리가 모르는, 짐작하기도 어려운 비밀로 가득 차 있다. 그리고 퀴어는 그러한 비밀과 같은 존재다. 그들의 존재는 우리의 바깥에 있으면서도 포개어지며, 일부이자 전체이기도 하다. 퀴어가 이성애자와 다를 바 없다는 식으로 이들의 특수성을 지워 버리려 하거나 퀴어를 특수한 존재로 낙인찍으려는 배제의 전략의 위험성을 지적하며 김현은 이를 돌파할 수 있는 존재로 퀴어를 불러낸다. 이런 까닭에 김현은 퀴어를 '착하게' 그리려고 노력하거나 이들이 사회에서 배제됨으로써 겪는 고통을 재현하지만은 않는다.[16] 「늙은 베이비 호모」에서 '호모'라는 비하적 의미가 담긴 단어를 사용하고 있거니와 다른 시에서는 여장 남자를 보다가 "이 쓰레기 호모새끼야"(「퀴어: 늘 하는 이야기」)라고 자기 경멸적인 발언을 내뱉는 퀴어가 등장하기도 한다. 또한 이 시집은 게이 캐릭터를 내세우는 한편으로 현실을 풍자하는 방식으로 사회 비판적 메시지를 전달한다.

전격 Z는 4대강 제조 공장에서 그린그래스와 함께 수면 장력을 최종 점검했다. 그는 그린 그래스가 자신의 이름난 향수병에 담아 다니던 고약한 노래에 대해 다음과 같은 오래된 뉴 유클리드 홀로그램을 보여 주었다.

하늘엔 조각구름 ······ 강물엔 유람선이 떠 있고 저마다 누려야 할 행복이 언제나 ······ 볼수록 정이 드는 산과 들 우리의 마음속에 이상이 끝없이 ······ 원하는 것은 무엇이든 ······ 뜻하는 것은 무엇이건 ······ 이렇게 우린 은혜로운 이 땅을 위해 이렇게 우린 ······ 노래 부르네.

(중략)

---

16 당시에 이 시집에 대한 비평적 언급을 찾아보기 힘든 것은 어쩌면 이러한 태도를 어떻게 해석해야 할지에 대한 비평적 시각을 정립하지 못한 까닭은 아닐까. 황병승과는 아주 다른 의미에서 이 시집 역시 '다시' 읽혀야 한다.

돌아가는 삼각지의 하소연 사이보그 i는 그린그래스와 일주일에 한 번씩 교제했다. i는 자신의 젖꼭지를 클릭했다. 그가 물고 빨며 녹음한 하소연들이 재생됐다. i가 눈꺼풀을 내렸다. 올릴 때마다 i의 입에서 그린그래스의 늙고 천진난만한 목소리가 흘러나왔다.

　　……저 푸른 룽산 위에 그림 같은 주상복합 건물을 지으며 사랑하는 우리 님과 한 백 년 시멘트를 바르고 싶어.
　　　　　　　　　　　　　—「그린그래스(Greengrass)가 사라졌네」 부분

　　캐비지 여사는 러시아워 드림 가운데에 속기된 제 신발 좀 찾아주세요. 슬리퍼예요. 푸른 슬리퍼를 읽었다. 사람들은 다시 제각각 골몰하고 추구해온 최대 다수의 최대 행복을 위해 팔짱을 끼고 좌우로 흔들렸다. 민영화된 자세였다. 삶은 탄핵 소추처럼 다시 속력을 내기 시작했다. 이런 날 제 신발 좀 찾아주세요. 슬리퍼예요, 푸른 슬리퍼를 잃은 캐비지 여사는 내려놓고 내려야 할 역을 놓쳤다.
　　　　　　　　　　　　　—「소설을 써라, 소설을, 소설 캐비지 여사의
　　　　　　　　　　　제 신발 좀 찾아주세요. 슬리퍼예요, 푸른 슬리퍼」 부분

　　황병승 시에서 아웃사이더 감수성은 중심부에서 소외된 이들이 질서를 위반함으로써 쾌락을 향유하는 방식으로 작동한다. 이는 중심부와 주변부의 경계를 공고히 하며, 자기혐오와 자기 연민을 동력으로 삼는다는 점에서 자칫 파시즘을 용인하는 순응적 주체를 양산할 수 있다는 위험이 있다.[17] 김현은 일견 황병승의 스타일을 반복

---

17 자기혐오를 동력으로 하는 한국의 '일베'나 일본의 '넷우익'이 하위문화를 향유하는

하는 듯 보이기도 하지만(유례없는 긴 제목과 이국적 캐릭터를 등장시키는 점, 보르헤스에 대한 편애 등), 결정적으로 그의 시에는 세계와 개인을 매개하는 사회가 지워져 있지 않다. 「그린그래스(Greengrass)가 사라졌네」는 SF 장르를 차용한 작품이지만 인용한 부분을 통해 알 수 있는 것처럼 정수라의 「아 대한민국」(1983) 가사를 통해 한국의 사회 현실을 풍자한다. 이명박 대통령 재임 기간에 창작되었으리라는 사실을 어렵지 않게 짐작할 수 있는 이 작품에서 4대강 사업을 통해 대한민국을 토건 국가로 재건하려는 계획은 「아 대한민국」의 가사처럼 시대착오적인 것으로 그려진다.

이 시집에는 SF적 디스토피아를 그린 작품이 적지 않으며 이는 현실을 '다른' 시각에서 바라보려는 의도 하에 다양하게 변주되어 나타난다. 이는 시에 '픽션'이 도입되어야 하는 이유이기도 하다. 「소설을 써라, 소설을, 소설 캐비지 여사의 제 신발 좀 찾아주세요. 슬리퍼예요, 푸른 슬리퍼」에서 이러한 태도가 전면적으로 실험되는데, 거칠게 정리하면 그것은 픽션을 시에 도입함으로써 논픽션과 픽션의 경계를 해체하고, 그리하여 궁극적으로는 끊임없이 구성되는 것으로서의 진리를 논하기 위함이다. 이 시의 마지막 문장에는 "본 픽션의 사실은 논픽션의 허구와는 다른 점이 있다"는 각주가 달려 있는데, 이 문장을 통해 사실과 허구의 이분법을 해체하려는 의도가 드러난다. 김현은 '픽션'으로 리얼리티를 재구성할 수 있으리라 믿는다. 소설을 쓰라는 명령은 "최대 다수의 최대 행복을 위해 팔짱을 끼고"

한편으로, 역사수정주의와 같은 우익의 프로파간다를 지지·재생산하는 세력으로 자리 잡아 버렸다는 점은 의미심장하다. 이들은 사회의 주류 이데올로기를 승인하는 방식으로 작동하는 우익의 프로파간다를 내면화함으로써 주변부에서 중심부로 편입되고자 하는 욕망을 노골적으로 드러낸다.

또 다른 진실이 있을 수도 있다는 점을 외면하는 경직된 시각을 경계하자는 것일 테다.

본질주의와 거리를 둔 유연한 태도가 "아직 정연하게 표현될 수 없는 잠재성"을 지닌 것으로서 '퀴어한 것'이 이 사회에서 존중받으며 생존할 수 있는 기반임은 분명하다. 퀴어는 정체성(identity)이 '동일시(identification)'라는 수행적 과정을 통해 구성된다는 사실을 체현하는 존재다. 마찬가지로 픽션과 논픽션의 경계를 해체하려는 김현의 기획은 공고화된 젠더 이분법을 겨냥하며 궁극적으로 시차(parallax)를 생성해 내려는 의도를 지니고 있음은 분명하다. 지금 우리가 상상하는 것과는 다른 방식으로 젠더가, 진실이, 사회가 재정립될 수 있다는 점을 환기함으로써 시차를 두고 세계를 다시 보게 하려는 것이다. 그럼으로써 그는 우리가 다른 존재가 되길 바란다. 이 시집의 첫 페이지에 실려 있는 시에는 다음과 같은 마지막 문장이 적혀 있다. "그림자 없이 농성을 시작한 한 유령이 집으로 들어와 촛불의 노동[18]을 밝힙니다. 인간 인간 인간은 마침 표 사라집니다."(「비인간적인」) 인간이 사라진 그 자리에는 그동안 보이지 않던 유령 같은 존재들이 미약한 빛을 발하고 있을 것이다.

---

[18] 2014년 12월 성소수자 차별 금지에 대한 내용이 수록되어 있던 서울시민인권헌장이 폐기된 데 항의하기 위해 '성소수자 차별 반대 무지개농성단'이 서울시청을 점거 농성한 바 있다. 2007년 차별금지법, 2011년 서울시 학생인권조례 등 퀴어 이슈를 외면하는 정치인과 시민사회에 퀴어 집단이 겪는 차별과 폭력에 대해 책임질 것을 요구하는 메시지를 전달하려 한 것이다. 2008년 '성소수자차별반대무지개행동'에서 펴낸 『지금 우리는 미래를 만들고 있습니다』(사람생각, 2008)에는 이들이 올바른 차별금지법 제정을 위해 투쟁한 기록들이 정리되어 있다.

종언, 종말 그리고 미러링

1. 순수한 피해(자)는 없다

최영미 시인이 고은을 민족문학이 만들어 낸 '괴물'에 비유했다면 1990년대 포스트모더니즘의 기수로 불렸던 하일지는 윤리 허무주의라는 가면을 쓴 속류 포스트모더니즘의 '괴물'이라 할 수 있을 것이다. 전자가 후자를 만들어 낸 억압의 원천인 것처럼 설명되어 왔지만, 이들 모두가 희생자로서의 '여성'을 필요로 했다는 점은 미투 운동을 거치면서 마침내 폭로되었다. 하일지는 자기 입장을 변호하기 위해 "소설에서는 때때로 자신의 이념과 다른 것들도 있을 수 있"으며 "어쩌면 여러분들이 부끄러운 걸 감추기 위해서 내 사과가 필요한지도 모르겠다는 생각이" 든다고 말했다(기자회견에서 행한 하일지의 발언을 있는 그대로 옮긴 것이다). 기자회견 이후 그는 성추행을 당했다고 주장한 학생을 허위 사실 유포에 의한 명예훼손 및 협박으로 고소했고 "어떤 명분으로 이 나라 사법질서를 무시한 채 익명 뒤에 숨어 한 개인을 인격 살해하는 **인민재판**이 용납되어서는 안 된다는 선례를

남기고 싶다"(강조는 인용자)며 고소 이유를 밝혔다.[1]

약자의 자리에 서지 않으면 피해자로 인정받기 어려운 한국 사회에서 여성들은 '피해' 자체를 인정받기 위해 희생자 혹은 약자와 자신을 동일시한다. 한국에서 페미니즘 담론이 폭발적으로 터져 나오는 계기를 마련한 강남역 9번 출구 사건 역시 '여성이라는 이유로' 살해당한 피해자에 대한 동일시에서 비롯된 것이 아닌가. 여성들은 단지 여성이라는 이유로 죽임을 당한 여아 낙태의 사례에서부터 데이트 폭력에 이르기까지 그전까지 그 심각성을 인지하지 못했던 사태들을 페미사이드, 가스라이팅 등으로 개념화하며 피해자로서의 '여성'이라는 정체성을 구성해 나갔다. 문제는 가해자로 지목된 남성 역시 자신을 '피해자'라고 인식한다는 점이다. 성폭력 가해자가 피해자에게 손해배상을 청구하거나 명예훼손으로 역고소하는 일들이 발생하는 것은 이 때문이다. 이들은 자신이야말로 피해자라고 주장하며 자신들의 억울함을 호소하고 있다.

이러한 일련의 문제와 관련해 오혜진의 「퇴행의 시대와 'K문학/비평'의 종말」은 근대문학의 종언이 '선언'된 이후 한국문학이 처한 난경을 보여 준다. 이 글은 한국비평계에서 여전히 곱씹어지고 있는 가라타니 고진의 『근대문학의 종언』만큼이나 파급력을 지닐 것으로 보이는데, 한편으로 오혜진의 글에 대한 더욱 '냉소적'인 반론으로 가라타니의 『근대문학의 종언』을 들 수 있을 듯하다. 그러니까 가라타니가 주장한 것은 '근대'에 특별한 가치를 부여받았던 '근대문학'이 종언했다는 것으로, 이때의 특별한 가치란 "학생운동과 같은 위치"

1 「"인민재판 용납 안돼" 하일지 교수, 성추행 피해주장 학생 고소」, 『중앙일보』, 2018.4.22. (http://news.joins.com/article/22558307)

에 있다고 할 수 있을 정도의 정치적 영향력을 지니고 있던 근대(한국)문학의 특수한 위상과 관련된다. 일종의 '상품' 혹은 '오락'으로 변질된 1990년대에 이미 그 수명을 다한 민족문학이라는 유령은 고은의 사례에서 명백히 드러나듯 성추행 논란으로 비로소 그 종말이 확인되었다. 이제야말로 가라타니 고진의 예언이 실현된 셈이다.

한데 일찌감치 더 이상 문학에 기대할 것이 없다고 냉정하게 돌아선 가라타니와는 달리 오혜진은 "한국문학/비평이 '더 나은 공동체에 대한 인식의 기준'을 갱신"해야 한다는 딩위론을 폐기하지 않고 있다. 그러니까 특유의 냉소적 문체로 'K문학'에 대한 혐오를 드러내고 있는 글의 표면적 태도와는 달리, 한국문학/비평이 독자들의 기대를 저버리고 있는 현 사태를 오혜진 역시 '즐겁게' 관망하고 있는 것은 아니다. 정색하고 진지하게 문학의 종말을 선언하고 있는 가라타니와 달리 오혜진이 선언한 'K문학/비평'의 종말은 근대문학으로서의 기능을 상실한 이후에도 문학이 계속해서 무언가를 할 수 있고 또 해야 한다는 기대를 품고 있다.

그럼에도 불구하고 이에 대해 '정치적 올바름'을 척도로 문학을 재단해서는 안 된다는 비판[2]과 이에 대한 반론[3]이 이어지며 논쟁의 불씨를 살려 나가고 있다. 정치적 올바름에 대한 경직된 관점이 "새

---

[2] 정홍수, 「당신은 왜 한국문학을 걱정하는가」, 『문학동네』, 2016.여름; 이은지, 「문학은 정치적으로 올발라야 하는가」, 『문학 3』(웹진), 2017.3.7.(http://www.munhak3.com/detail.php?number=970&thread=21r02r01); 복도훈, 「신을 보는 자들은 늘 목마르다―2017년의 한국문학과 '정치적 올바름'에 대한 비판적 단상들」, 『문장웹진』, 2017.5.8. 등.

[3] 강동호, 「반복과 시작」, 『21세기문학』, 2017.가을. 강동호의 글에 대한 재반론으로는 이은지, 「정체성 정치의 시대에 비평을 한다는 것」(요즘비평포럼 발표문, 2018.3.29.)이 나온 바 있다.

로운 치안의 논리"를 대두시켜 정체성 정치에 머무를 가능성에 대한 우려는 일면 타당해 보인다.[4] 한국문학이 모두 'K문학/비평'인 것은 아니라는 애정 고백이 오혜진의 글에 대한 일정한 오독을 포함하고 있기는 하지만, 어쨌든 정치적 올바름이 문학(예술)을 억압하는 치안의 논리로 변질되어 가해자들이 자기 옹호의 논리로 사용하는 '인민재판'으로 변질될 수 있다는 점은 경계하는 것이 옳을 것이다.

그런데 이에 대해서는 오혜진 역시 충분히 경계하는 태도를 보여 준 바 있다.[5] 그리고 보면 「퇴행의 시대와 'K문학/비평'의 종말」을 불편해하는 이들과 오혜진의 글이 목표로 하는 것은 사실 그리 다르지 않은 듯하다. 이들은 공통적으로 '감각의 재분배'를 통해 치안의 논리를 넘어서 '정치적인 것'(랑시에르)을 만들어 내는 것에 있다는 데 동의하고 있는 것이 아닐까. 이들의 글에는 '취향입니다. 존중해 주세요'라는 '취존'의 윤리가 팽배한 이 시대에, 어떻게 '더 나은 공동체에 대한 인식의 기준'에 부합하도록 공동체 구성원들의 취향을 재조정할 수 있을지에 대한 공통된 고민이 표출되어 있다. 시민으로서 지켜야 할 최소한의 '윤리'를 요구하는 행위를 '인민재판'으로 오인하는 괴물을 만들어 내지 않기 위해 한국문학에 어떠한 변화가 필요한

---

4 이은지, 「문학은 정치적으로 올발라야 하는가」, p.4.
5 오혜진은 「미지의 세계」 사태를 논하면서 〈미지의 세계〉 수용 및 소비 행위를 2차 가해로 의미화한 후, 이 작품을 삭제・환불하거나 혹은 해당 작가와 관련된 다른 콘텐츠들을 삭제함으로써 자신들이 스스로에게 부여한 범죄혐의에 대해 또 다시 스스로 면죄부를 발급하는 식"의 행태를 비판하였고, 이를 통해 페미니스트들의 실천이 '소비자 운동'의 방식으로 관철되는 형태와 특히 "처벌로서의 삭제"의 방식이 남용되는 사태에 대한 우려를 표한 바 있다. 오혜진, 「'예술(장)의 민주주의와 '포스트페미니즘'—〈미지의 세계〉 사태와 ○○계_내 성폭력 해시태그 운동을 중심으로」, 『2017 국제한국문학문화학회(INAKOS) 워크숍: "반동의 시대"와 "성전쟁" 학술대회 자료집』, 2017.2.10., p.9, p.12.

지에 대한 고민 말이다.

2. 억압된 것은 다시 돌아온다

이런 점에서 '가장 미학적인 것이 가장 정치적인 것'이라는 2000년대 시와 정치 논쟁의 결론을 다시 들춰 보게 된다. 이 당시 논의에서 '정치적인 것'이란 무엇이었는가? 논쟁을 처음 제기한 이도 이어받은 이들도 '정치적인 것'의 범주를 넓히기 위해 무던히도 애썼지만 이 논쟁도 결국 "'이성애자-남성-지식인'들의 문학"[6]의 범주에서 결코 벗어나지 못했다. '퀴어'의 목소리를 빌려 시적 주체의 상투적인 서정시의 문법을 전복시키고 전위의 미학적 가능성을 열어 보였다는 평가를 받아 온 2000년대 시인들은 **지금** 어디에 있는가. "문장의 주어인 '나'와 그 문장을 쓰는 '나' 사이의 간극을 인식하고 그 틈을 힘껏 벌려" "'자아'라는 헛된 정체성(동일성)과 작별"하고 "'주체'라는 끔찍한 폐허"[7]를 탄생시켰던 이들이 있었던 몇몇 자리는 그야말로 폐허가 되었다.

더구나 자칭 '리버럴' 예술가들 못지않게 정치적 올바름을 자처했던 소위 '진보'라고 불렸던 인물들까지 성폭력 가해자로 지목되었다는 사실은 이 사태를 보다 다층적으로 사유해야 할 필요를 일으킨다. 미투 운동의 시발점이 된 영화제작자 하비 와인스타인과 마찬가지로 이들이 "자신들의 덕행과 뛰어난 취향에 대해 연민의 눈물을 흘리면서 뒤틀린 도덕적 거울의 미로를 헤매고 있"음이 폭로되었기 때문이다.[8] 이는 이전까지 이들이 주장해 온 정치적 올바름의 범

---

6 오혜진, 「퇴행의 시대와 'K문학/비평'의 종말」, 『문화과학』, 2016.봄, p.100.
7 신형철, 「전복을 전복하는 전복」, 『몰락의 에티카』, 문학동네, 2008, p.275.

주 안에 젠더 감수성이 포함되지 않았음을 반증한다. 이들이 말하는 '민중'에 여성의 자리는 없었다. '좌파'나 '진보'이기를 자처하는 이들이 페미니스트가 아니어도 정치적 올바름에 타격을 입지 않았다. 페미니즘 의제에 동의하는 이들을 '메갈'이라며 마녀사냥하는 일에는 '진보/보수'가 없다. 어쩌면 '페미니스트'에 대한 정의조차 좌파 진영 내에서 일관되게 통용되고 있지 않다는 사실부터가 문제적인지도 모른다.

하지만 이러한 일련의 상황이 이들의 작품을 '삭제'해야 한다는 요구를 정당화시켜 주는 것은 아니다. 성폭력 가해자로 지목된 문인들의 작품이 즉시 교과서에서 삭제되어야 한다는 주장은 왜 문제가 되는가. 교육적 가치를 지녀야 하는 교과서에 성폭력 가해자의 작품을 실어서는 안 된다는 지적과 더불어 교과서에 작품을 실을 경우 이들에게 상당 금액의 저작권료가 지급된다는 사실은 삭제해야 한다는 주장에 힘을 실어 준다. 김기덕, 오태석, 이윤택 등의 예술을 향유했던 이들 역시 자신들의 미적 취향을 '의심' 혹은 '반성'하거나 혹은 그래야 한다는 당위론이 제기되기도 한다. 과거에 이들 작품의 가치를 언급했던 비평가들은 이에 대해 해명해야 한다는 요구를 받기도 한다. 문단 내 성폭력 해시태그 운동에서 문제시된 가해자들의 시집을 '문지시인선'에서 제외시켜야 한다는 주장은 어떤가.

그런데 이 문제에 대한 프레임을 다른 것으로 전환해 보자. 가령 일제 식민지 시절에 협력한 작가의 작품 역시 교과서에서 빼야 한다는 주장은 어떠한가. 친일 협력한 문인들의 작품을 미학적으로 옹호

---

8 토마스 프랭크, 「세속적 신자유주의 '좌파', 와인스타인의 정치참여」, 서희정 역, 『르몽드 디플로마티크』 115호, 2018.3.29.

하는 것은 그들의 친일 행위를 비호하는 것인가? 친일 협력한 문인들의 작품을 완전히 삭제하자는 주장은, 이들의 작품 가운데 '미학적으로' 가치가 있는 작품만 선별해서 실어야 한다는 주장만큼이나 편협한 것이 아닌가. 이보다는 이광수의 「육장기」나 채만식의 「민족의 죄인」처럼 친일 행위에 대한 반성과 후회와 변명이 뒤섞인 문제적인 텍스트를 통해 학생들에게 현실의 복잡함에 대해 생각해 보게하는 것이 교육적 가치가 있지 않을까. 친일 협력의 문제를 선악 구도에 가두는 것은 어떠한 생산적 논의도 불러일으키지 못한다.

정치적 올바름 운동의 일부를 이루는 정전 논쟁의 한계는 정전의 선택/배제 원리로써 건재하게 작동하는 사회구조를 비가시화한다는데 있다. 더욱이 정전을 해체하고 재구성하고자 하는 본래의 목적과 달리 정치적 올바름에 대한 주장은 그 자신을 옭아매는 족쇄가 되기 쉽다. 실제로 2016년에는 한 게임 회사의 성우 교체에 항의한 웹툰 작가들을 겨냥해서 정부의 웹툰 규제를 환영한다며 일부 누리꾼들 사이에 '예스컷 운동'이 일어나기도 했다. 가해자의 작품을 무조건 '삭제'하는 것이 자칫 부메랑이 되어 돌아올 수 있다. 이에 대해 정희진은 '부끄러운 역사'도 가르쳐야 한다며 고은, 김기덕, 이윤택, 오태석 등의 작품을 삭제하는 데 반대 의사를 밝힌 바 있다. 그들의 '문학적 업적' 때문이 아니라 "한국 사회의 서구 콤플렉스와 남성 패거리 문화를 영원히 기록"하는 한편으로, 이러한 행동을 한 이들을 고발한 여성들의 투쟁을 기억하기 위해서 말이다.[9]

최근 미투 운동의 격화되는 흐름에 비판적인 견해를 밝힌 바 있는 서동진은 2006년에 "성적 소수자를 둘러싼 배려와 관용의 문화

---

9 정희진, 「고은의 시, 교과서 삭제를 반대한다」, 『경향신문』, 2018.4.17.

는 그들을 생활양식을 선택한 소비자, 게토화된 사적인 공간에 속한 순수한 삶으로 한정하고 나아가 격리하는 전략의 일부일 뿐"이라며 소수자 운동이 제도화되는 데 대한 우려를 밝힌 바 있다.[10] 가해자가 정당한 처벌을 받아야 하는 것은 당연하지만 이를 선악 구도로 몰고 가는 것이 오히려 역효과를 낳을 수 있다. 후지이 다케시 역시 혐오에 대한 대응책을 "법적인 처벌이나 어떤 규범의 강요에 주로 의지하게 된다면, 그것은 결국 이 사회를 근본적으로 바꾸는 동력이 되지 못할 것이며, 억압된 것은 언젠가 반드시 돌아오고야 만다"고 지적한다.[11] 가해자의 작품을 '삭제'하자거나 문단을 '해체'하자는 식의 극단적 주장은 '인민재판' 운운하며 자꾸만 귀환하는 괴물을 만들어 낼 뿐이다.

3. 투명한 것은 없다

식민 지배의 경험으로 인한 민족주의의 내면화와 분단 이후 교조화된 반공주의의 유포로 인해 한국문학은 순수와 참여라는 극단의 선택을 강요받아 왔다. 마찬가지로 '순수한' 피해자나 '피해자다움'을 내세우며 피해자와 가해자를 선악의 구도로 대비시키는 도덕주의 프레임은 반격(backlash)의 빌미를 제공할 수 있다. 이러한 구도가 한국에서 사회적 이슈에 대응하는 지배 권력의 전략으로 빈번히 활용되어 오는 것은 이제 놀랍지도 않은 일이다. '귀족 노조' 운운하며 노동운동의 도덕성에 흠집을 내려는 전략이라든가, 세월호 유족들이 막대한 보상금을 받을 것이라거나 단원고 생존 학생들을 위한 대학

---

10 서동진, 「성적 소수자는 민중이다 시민이다」, 『황해문화』, 2006.봄, p.384.
11 후지이 다케시, 「정치적 올바름, 광장을 다스리다?」, 『문학 3』 2호, 2017, p.27.

입시 전형이 마련될 것이라며 진실 규명을 요구하는 유족들의 요구를 묵살해 온 것도 마찬가지의 프레임으로 설명된다.

지배자의 폭력은 쉽게 은폐되며 지배 권력에 저항하는 이들은 '빨갱이' '종북' '폭도' 혹은 '순수'하지 않은 '외부 세력'으로 둔갑한다. 하지만 **순수한 피해자는 없다. 순수한 프롤레타리아도 없다. 순수한 유가족도 없다.** 그리고 동일한 맥락에서 **순수한 '재현' 역시 없다.** 재현은 언제나 매개를 필요로 한다. 그리고 어떠한 매개도 있는 그대로의 현실을 비춰 줄 수는 없는 법이다. 이것이 여성 혐오를 재생산하는 한국문학의 오랜 관습적 재현을 문제 삼을 때 이를 작가 개인의 문제로 환원시켜서는 안 되는 까닭이기도 하다. 재현 장치로서의 문학은 결코 투명하게 '정치적인 것'일 수 없다. 미학적으로 가치 있는 작품을 쓰는 작가라도 정치적으로는 올바르지 않을 수 있으며, 그 역 역시 성립한다. 그 사이의 분열과 간극을 성급하게 봉합하기보다 그것을 더욱 적극적으로 드러내는 방식으로 미학적이면서 동시에 정치적일 수 있는 재현의 윤리를 어떻게 얻어 낼 수 있을지를 고민해야 한다.

재현에는 여러 층위가 있을 수 있다. 가령 『82년생 김지영』이 보여 주는 재현은 여성이 한국 사회에서 겪는 부정의를 대표하고 있다는 점에서 큰 호응을 얻었지만, 그것이 피해자화로 귀결되어 결국 '치안의 논리'에 안주할 가능성 역시 적지 않다는 점도 지적되고 있다. 근대문학의 종언과 더불어 3인칭 시점이 사라질 것이라 예견한 가라타니의 『근대문학의 종언』을 상기하지 않더라도, 3인칭 관찰자 시점으로 전개되고 있는 이 소설은 미학적으로는 구태의연해 보인다. 하지만 이러한 미학적 요인들은 이 소설이 어떻게 독자들에게 폭발적인 반응을 이끌어 냈는지를 온전히 설명해 주지 못한다. 매체로서의 소설이 독자와 만났을 때 어떤 식의 굴절이 일어날 수 있는 지를 근래의 작품 가운데 이 소설만큼 잘 보여 주는 사례도 드물 것 이다. 각종 통계와 신문 기사를 이용해 '팩트'를 강조하고 있는 이 소 설은, 역설적이게도 매체로서의 소설이 결코 투명하게 '사실'을 재현 할 수 없다는 것을 보여 준다.

이 지점에서 미러링과 미투 운동의 전략과 의미에 대해 생각해 보 자. 2010년대 한국 사회에서 정치적 올바름은 '일베'에 제대로 대응 하지 못했다. 정치적으로 올바르지만 현실에서는 공허하고 무력한 윤리적 가치는 이들에게 조롱감이 될 뿐이었기 때문이다. '즐기라' 는 초자아의 명령에 충실한 일베 사용자들은 정치적 올바름을 강요 하는 이들을 속물 취급한다. 스스로를 '일베충'이라고 비하할지언정 자신들은 최소한 인간의 '본능'에 충실하다고 주장한다. 이런 점에서 일베는 그저 '찌질한' 일이십대 남성들의 전유물이 아니라 대한민국 의 지배적 무의식을 대표하는 집단이다. 일베만큼 대한민국의 정치 가 어떤 식으로 작동하는지를 단적으로 보여 주는 대상은 없다. 모 두가 일베의 위험성을 지적하면서도 여기에 손을 대지 못하고 있는 것은 그것이 대한민국 권력 장치의 외설적 초자아의 형상을 지니고 있기 때문이리라.

미러링(mirroring)은 일베와 같이 혐오 장치에 포획된 이들을 그로 부터 해방시킬 수 있는 가능성을 지닌 재현 전략이다. 무엇보다 미 러링의 재현 원리를 사용한 메갈리아는 자신을 혐오의 대상으로 삼 는 이들에게 지극히 '무관심하게' 눈을 맞추고 시선을 돌려주었다('우 리는 너희들이 하는 대로 반복할 뿐이다'). 일베가 혐오의 대상으로 삼는 한 국의 여성들이 일베와 마찬가지로 재현의 매개('거울')일 뿐이라는 사 실을 무덤덤하게 자임하면서 초자아의 명령대로 혐오를 '즐기는' 이미지를 돌려준다. 이를 통해 일베가 목표하는 것(자신들이야말로 대상을 지배할 수 있는 '보는 주체'라는 것)을 기각해 버린다. 무엇보다 이들은 정치적으로나 도덕적으로 부끄러운 것은 혐오라는 장치라는 것을 드러냈다. 미러링은 세속화할 수 없는 것을 세속화시켰다.[12]

하지만 미러링 전략은 공적 언어의 자리에 기입될 수 없다는 한계를 지닌다. 미러링이 일베의 소수자 혐오에 대응할 수 있는 계기를 마련한 것은 분명하지만 이는 공적 담론으로의 진입이 어려운 분열적인 말하기일 뿐이기 때문이다. 다만 메갈리아가 실패한 자리에서 미투 운동이 일어났다는 사실을 덧붙이지 않을 수 없다. 미투 운동은 '협의의 당사자성'을 극복하며 피해자와 함께하겠다는 연대의 가능성을 보여 주었다. 이들의 발화는 자신과 같은 피해가 반복되기를 원하지 않는다는 대의를 지니면서도 각자의 피해와 고통을 억압하지 않는다. 해일이 몰려오는데 조개나 줍고 있을 수는 없다며 내부의 차이를 억압하는 대의론의 과오를 넘어선다. 지극히 사적인 피해 내용을 공적인 자리에서 말하면서 한국 사회가 만들어 낸 전형적인 '피해자'의 이미지를 부순다.

미투 운동을 통해 성폭력을 당하고도 침묵할 수밖에 없던 여성들은 다른 피해 여성들을 '대변'하는 공적 주체로 발화하였다. 이들은 이전까지 남성과 동등한 시민의 자격에서 발화하지 못했던 이들이다. 미러링을 통해 기존의 가해/피해 구도가 역전되는 '미적' 경험을 하고 나서야 여성들은 자기의 피해에 대해 말하기 시작했다. 그 말이 다시 지배자의 언어에 포섭되지 않으려면 도덕주의라는 올가미에서 벗어나 공감과 연대를 통해 지금의 현실을 만들어 낸 체제를

---

12 조르조 아감벤, 『세속화 예찬』, 김상운 역, 난장, 2010, p.135.

바꾸어 내야 한다. 지금의 한국문학에 필요한 것 역시 가해/피해의 구도를 유지시키는 정치적으로 올바른 작품이 아니라 정치적으로 올바른 문학을 쓸 수 없게 만드는 체제의 허위성을 폭로하는 작품일 것이다.

틀어막혔던 입에서
—임승유의 『아이를 낳았지 나 갖고는 부족할까 봐』 다시 읽기

1.

한국 사회에서 페미니즘 이슈가 전면화된 것은 2016년 5월 17일 강남역 살인 사건을 기점으로 한다. 이어서 2018년 1월 29일 서지현 검사에 의해 한국에서 미투 운동이 시작되었고, 이윤택, 오태석, 고은, 김기덕 등 문화계 인사들의 성폭행 실상이 고발되었다. 문학계에서는 2016년 10월 '#문단_내_성폭력' 운동이 일어나면서 성폭력 피해 사실에 대한 공론화가 폭발적으로 일어났으며, 그 여파는 지금까지 이어지고 있다. 미투 운동에서 고발자 역할을 자처한 이들은 자신들의 침묵이 또 다른 성폭력 생존자[1]의 고통으로 이어질 수도 있다는 사실에 용기를 냈다. 성폭력 피해 사실을 밝히는 것이 자신

---

[1] 성폭력 피해로부터 목숨을 잃거나 포기하지 않고 살아남은 것을 존중받아야 한다는 의미에서 피해자(victim) 대신 '성폭력 생존자', 혹은 '생존자'라는 표현을 사용한다. 이에 대해서는 다음 책을 참조하였다. 엘렌 베스·로라 데이비스, 『아주 특별한 용기』, 이경미 역, 동녘, 2012, p.17.

의 삶을 송두리째 바꿔 버릴 수도 있다는 것을 감내하고서라도 이들은 고통스러운 현실과 직면하기를 선택한 것이다. 그럼에도 불구하고 여전히 미투 운동을 조롱하거나 가해자에게 감정을 이입하며 기울어진 '공정성'의 잣대를 들이미는 이들을 보며, 한국 사회에서 생존자가 피해 사실에 대해 증언하고 가해자에 대한 처벌을 요청하는 것이 얼마만큼의 용기를 필요로 하는 일인지를 무겁게 깨닫는다.

한국문학에서도 여성의 목소리는 그 의미화 과정에서 험난한 여정을 거쳐 왔다. 김행숙의 『사춘기』(2003)에서 페미니즘을 지워 버리려 했던 당대 비평적 규범이 지적된 바 있듯이,[2] 2000년대 이후 시 비평에서 페미니즘은 문학의 자율성을 침해할 수 있는 '이데올로기'로서 금기시되었다. 이는 1990년대 비평이 여성 작가들의 작품을 '여성문학'이라는 카테고리 안에서 제한적으로 다루면서 작가들의 성 정체성을 과도하게 부각시킨 데 대한 반작용으로 보이기도 하는데,[3] 어찌 되었든 이후 비평가들이 여성 작가들의 작품에서 '여성'의 목소리를 적극적으로 읽어 내려는 작업을 다소 기피하게 된 것은 분명하다. 심지어 2016년 이후 문단이 '정치적 올바름'에 사로잡혔다고 비판하는 비평가 중에는 페미니즘을 문학에 도덕적 잣대를 들이미

---

2 장은정, 「죽지 않고도」, 소영현 외저, 『문학은 위험하다』, 민음사, 2019, p.99.
3 이러한 점에서 "특정 문학을 읽고 쓰는 데 적임자가 있다는 인식 혹은 특정 작품이 선보이는 정치적·미학적 상상에 대한 해석권은 바로 그 작품의 등장인물과 '동종同種'으로 분류되는 이들에게 귀속돼야 한다는 논리는 퀴어문학에만 강박적으로 부착된다"(오혜진, 「지금 한국문학장에서 '퀴어한 것'은 무엇인가」, 『지극히 문학적인 취향』, 오월의봄, 2019, p.392)는 주장에 이의를 제기하고 싶다. 여성문학을 비롯해 노동자문학, 이주자문학, 장애인문학에도 정도의 차이는 있을지언정 마찬가지의 논리가 적용되어 왔기 때문이다. '당사자주의' 혹은 '정체성 정치'로 환원되어 탈정치화되어 버린 것은 이들 문학 역시 다르지 않다.

는 '비문학적인 것'으로 간주하며, 이러한 태도가 문학을 '질식'시키고 있다고 주장하는 이도 있다.[4] 이러한 태도들은 그동안 여성 작가들의 작품이 어떤 방식으로 비평되어 왔는지를 단적으로 증명한다. 그러니 여성 작가들이 자신의 작품이 '여성문학'으로 카테고리화되는 것에 대해 거부감(혹은 곤혹스러움)을 표명해 온 것도 어찌 보면 당연한 일이다.

출간된 지 5년 정도 지난 지금 이 시점에 임승유의 『아이를 낳았지 나 갖고는 부족할까 봐』[5]를 다시 읽어 보려는 것은 이 때문이다. 임승유의 시집은 2015년에 출간되었음에도 미투 운동의 문제의식을 연상시키는 부분들이 적지 않다. 이 시집에는 발화의 자리를 빼앗겼던 피해자들의 목소리가 군데군데서 재생되며, 피해자에게 피해자다움을 강요하는 공동체의 억압이 폭로된다. 피해자성에서 탈피해서 새로운 주체성을 모색하는 모습도 나타난다. 하지만 이러한 부분들은 시집 출간 당시에는 오히려 부각되지 않았다. 다시 강조컨대, 이는 페미니즘적 문제의식을 읽어 내는 비평적 작업이 "상투적 전형성"[6]을 발견하는 데 머물러 시집의 미학적 가능성을 축소시킬 수 있

---

4 복도훈, 「유머로서의 비평—축제, 진혼, 상처를 무대화한 비평의 10년을 되돌아보기」, 『메타-크리틱: 문학과 사회 하이픈』, 2018.봄, p.113.

5 임승유, 『아이를 낳았지 나 갖고는 부족할까 봐』, 문학과지성사, 2015. 이후 작품 인용 시 페이지 수만 표시한다.

6 이소호의 『캣콜링』에 대한 해설에서 장은정이 지적한 것처럼, 여성문학의 상투적 전형성을 비판하는 이들은 "가부장적 현실의 폭력을 단순하게 재현하는 것에 그쳐서는 안 된다는 원론적인 비판에서부터 현실에 대한 당위적 접근 때문에 미학성이 결여되어 있다는 평가, 현재 득세하고 있는 페미니즘 담론에 편승해 대중들이 읽고 싶은 것을 조악하게 합성한 것에 불과하다는 폄하"하는 태도를 보인다. 그런데 다른 한편으로 "페미니즘 비평에서 작동하고 있는 주요한 '질문들' 자체가 특정한 시대적 규범의 재생산에 불과할 수도 있"다는 성찰을 하지 않을 경우 1990년대 여성문학 담론이

으리라는 우려가 부지중에 작동했기 때문으로 보인다.

2.

　사촌이 몸 안으로 들어오면 여긴 모르는 곳 구름과 이불 이불과 구름 잘못된 발음을 할 때처럼 죄책감이 들어 풀잎과 꽃잎 꽃잎과 풀잎 우린 그만큼 가까운가요? 풀숲의 기분으로 달려도 도착하게 되지 않는다 모자 속에서는 나쁜 냄새가 나는 것만 같다

　짓이겨지는 풀잎과 짓이겨지는 꽃잎 중에 뭐가 더 진할까? 피는 물보다 진할까? 친척이 물 한 컵을 줄 때는 숨을 참으면 된다 맛도 안 나고 냄새도 안 난다

　웃는 이가 된다
　젖은 웃는 이가 된다

　친척 집에 간다는 건
　페도라, 클로슈, 보닛, 그런 모자를 골라 쓰는 일 그런 모자 속으로 사라지는 일 모자는 아무것도 모르지만 그건 또 모자만 아는 일
　　　　　　　　　　　　　　　　　　　　　—「모자의 효과」 부분

　임승유는 성폭력 중에서도 가장 피해 사실을 밝히기 어려운 친족

그러했듯 여성문학을 타자화하여 계토화할 수 있다. 장은정, 「겨누는 것」, 이소호, 『캣콜링』, 민음사, 2018, pp.136-137.

성폭력에 대한 시 「모자의 효과」로 시집을 시작한다. 사람들은 가족 안에 '성'이 작동한다는 사실을 직면하기 힘들어한다. 피해 사실을 가족에게 털어놓았을 때 가해자의 편에서 성폭력 생존자가 비난을 받게 되는 사례도 적지 않다. 해서 성폭력 생존자는 자신의 피해 사실을 숨기는 쪽을 택한다. 그러니까 그녀의 입은 비자발적으로 틀어막혀진다. 「모자의 효과」는 "친척 집에 다녀와라"라는 무심한 일상의 언어로 시작한다. 자신에게 어떠한 일이 일어날지도 모르고 여자아이는 친척 집을 향해 길을 떠난다. 그리다 불현듯 "사촌이 몸 안으로 들어오면"이라는 불길한 구절이 등장하고, "짓이겨지는 풀잎과 짓이겨지는 꽃잎 중에 뭐가 더 진할까? 피는 물보다 진할까?"라는 구절을 통해 성폭력이 일어났음을 추측할 수 있다.

피해 사실을 발설해서는 안 된다는 암묵적인 금기를 임승유는 모자에 비유한다. 혹여 자신의 잘못 때문에 이런 일이 벌어진 것이 아닌지 죄책감에 시달리거나("잘못된 발음을 할 때처럼 죄책감이 들어"), 피해 사실이 밝혀질까 불안해하고("친척이 물 한 컵을 줄 때는 숨을 참으면 된다") 피해 사실을 숨기기 위해 억지로 감정을 감추는("웃는 이가 된다/젖은 웃는 이가 된다") 성폭력 생존자의 모습이 그려진다. 피해 사실을 숨기는 것을 모자를 쓴다는 일상적 행위에 비유함으로써 이 시는 이러한 일이 대수롭지 않게 벌어지고 있는 끔찍한 현실을 낯설게 강조한다. 그런데 이 시가 명시적으로 피해 사실을 주장하지 않기 때문일까. 시집 해설에서는 이 시에서 "사건에 비스듬하게 연루된 자의 공동 책임 내지는 미필적 고의에 의한, 쉽게 정리할 수 없는 불투명한 정서"를 읽어 내는 데 그친다. '여자아이'라고 시적 주체를 특정하고 있음에도 "사건이 폭력성에 항거하며 비탄을 터뜨리는 희생자의 목소리가 없다는 점"을 들어 "둘만의 은밀한 쾌락"까지 읽어 낼 수 있

으리라 본다.[7]

그렇다면 다른 시들은 어떨까. 피해자가 피해 사실을 발설하지 못하게 압박하는 사회구조를 비판하고 있는 다음 시를 읽어 보자.

애원…… 원망…… 증오…… 달빛은 그렇게 부드럽다는데 밤새 회초리를 맞은 것처럼 따갑고 잘못했어요 잘못했어요 붙들고 매달리며 달의 몸속을 헤집고 들어서면 소년은 늘어나는 팔다리를 가졌다

육신의 발달은 잠 속에서 그늘을 도왔다 며칠 등을 돌린 후에 돌아다보면 애원의 형태는 더욱 견고해져 있었다 우주는 막다른 골목이라서 호두 껍데기를 까고 있는 것처럼 쓸쓸했다

도망치지 그랬니?
사람들이 물었을 때
소년은 안쪽으로만 자라는 등에서 피리를 꺼냈다 살의는 급소를 지나면서 음악이 되었다 뿌려놓은 소금처럼 하얗게 빛나는 음악으로 떠돌다가
소년은 정시에 도착했다 예전처럼 웃으며
너는 죽기로 하지 않았니?
소년을 끌어내리려 하자

---

7 박상수, 「딱딱하지만 달콤하지 그리고 아이들이 태어난다」, 임승유, 『아이를 낳았지 나 갖고는 부족할까 봐』, p.128. 박상수와 마찬가지로 이 시를 "여성이 집을 나서서 친척집으로 가는 도중에 경험하는 유혹과 위험에 관한 장르(가령 '빨간 두건 아가씨')의 패러디"로 읽는 해석도 있다. 김익균, 「자꾸 태어나기 혹은 영원히 낳기」, 『시작』, 2016.봄, p.250.

이불 밖으로 발이 먼저 나와 있었다 발은 가장 멀리 있어서 나중에
야 온도를 기억해냈다

여자들은 몰려와 발치에 불꽃을 던져주었다
　　　　　　　　　—「밖에다 화초를 내놓고 기르는 여자들은
　　　　　　　　　　　　안에선 무얼 기르는 걸까?」 부분

　친족 성폭력도 그렇지만 수용하기 힘든 진실과 마주했을 때 사람
들이 하는 악의적 반응 중 하나가 사실을 부정하는 것이다. 폭력에
시달리는 소년에게 "도망치지 그랬니?"라는 물음에서는 피해 책임
을 가해자가 아닌 피해자인 소년에게 귀책시키려는 불순한 의도가
읽힌다. 이어서 살아 있다는 것을 이유로 피해자를 조롱하는 악랄
한 목소리("너는 죽기로 하지 않았니?")마저 들려온다. 정희진은 피해가
발견되는 것이 아니라 '담론적 실천'으로 발명되어야 하는 대상이라
고 말한다. 피해 사실이 '사실'로서 인정받기 위해서는 투쟁이 필요
하다. 그것이 진실인지 아닌지와 무관하게 피해 사실을 증명하는 과
정에서 가해자가 아닌 피해자의 행동과 성격, 생활 방식 전체가 문
제시되기 때문이다.[8] 여성과 아이에 대한 폭력이 가부장 남성의 권
리처럼 허용되어 온 사회에서 이들의 피해는 '사실'로 수용되지 않
을 가능성이 높다. 이 시는 피해자가 자신의 고통을 호소하지 못하
게 입을 틀어막아 버리는 사람들의 2차 가해로 인해 트라우마에 시
달리는 피해자를 그려 낸다.

---

8 정희진, 「피해자 정체성의 정치와 페미니즘」, 권김현영 외저, 『피해와 가해의 페미니
즘』, 교양인, 2018, p.209.

다른 시에서는 폭력을 행사하는 가부장이 "하루 종일 어디 갔다가 아버지/한꺼번에 아버지가 되려 하는 아버지"라고 묘사되어 아버지의 귀가와 함께 가정 폭력이 시작됨을 암시하기도 한다(「저녁」). 하지만 이는 어디까지나 모호하게 암시될 뿐인데, 이를 통해 피해자의 언어가 은폐, 왜곡, 소거될 수밖에 없음을 간접적으로 드러내는 셈이다. 그런데 다른 한편으로 '상투적 전형성'에서 벗어나는 몇 작품들은 이러한 방식으로 시집을 매끄럽게 독해하는 것을 방해하기도 한다. 「건강하고 안전한 생활」 「하고 난 뒤의 산책」처럼 성적 행위를 지시하는 '하다'라는 서술어가 사용된 시편들이 그렇다. "나는 너의 그곳을 만졌고 개처럼 끙끙거렸다"(「배웅」)라는 노골적인 문장도 보인다.[9] 성폭력을 언급한 시편들과 성행위를 재현한 시편이 같이 있는 장면은 일반적인 통념에 비춰 볼 때 어색할 수밖에 없다. 문제는 임승유가 바로 그 통념을 겨냥한다는 데 있다.

3.

박상수는 문단 내 성폭력 사태 이후 2000년대 시를 돌아보며 "정체성의 경계를 넘나드는 혼종적 작업에 몰두한 나머지 '여성'이라고 하는 정체성을 놓친 것에 대한 시인들의, 비평가들의 자각이 필요하다는 점"을 이야기하는 한편, 광기, 무의식, 공백, 잉여, 히스테리로 표현되어 온 여성의 언어가 현실에서 고통받는 여성의 실상을 잘 담아내지 못하는 방식으로 정형화된 것이 아닌지를 고민해야 한다고

---

[9] 임승유는 성행위를 일상적으로 이뤄지는 행위 중 하나로 심상하게 그리는데, 한편으로 이 일상이 폭력이 만연한 그로테스크한 공간이라는 점이 독특하다. 특히 「건강하고 안전한 생활」에는 성행위와 폭력, 그리고 육식이 그로테스크의 삼위일체를 이룬다.

지적한 바 있다.[10] 그런데 이러한 고민에 깊이 공감하는 한편으로, 자칫 고통받는 여성의 실상을 재현하려는 노력이 여성을 '피해 여성'의 자리에 고정시켜 버릴 수 있는 것은 아닐지 염려스럽기도 하다. 여성이 피해자일 때만 주체가 될 수 있는 것은 그 사회가 남성 중심 사회라는 증거에 다름 아니다. 피해자화가 여성의 불가피한 생존 전략일 수밖에 없는 현실과는 별개로, 여성은 피해자다움에서 벗어나 타자와 연대할 수 있는 주체를 재정립하지 않으면 안 된다.[11]

그런 점에서 1990년대 여성시의 한계 역시 분명하다. 1990년대 여성시는 여성의 출산 능력과 섹슈얼리티에 주목함으로써 '여성'으로서의 정체성을 강조하였으나, 여성이 처한 현실, 즉 남성의 섹슈얼리티를 실현하기 위한 대상이나 남성 중심적 공동체를 유지하고 계승하기 위한 도구로 간주되어 온 현실 자체가 변하지 않는 이상, 여성성을 강조하는 것이 오히려 여성 억압 구조를 재생산하는 데 기여하고 만다. 이와 더불어 주변화, 배제, 종속의 상처를 통해 존재를 증명하려는 정체성 정치의 덫에서 벗어나지 못할 때, 여성은 자신의 고통을 타자에 대한 혐오를 정당화하는 근거로 사용하게 될 수 있으며, 이는 타자와의 연대를 가로막는 걸림돌이 된다.

저기 대문을 잠가줘요

말랑하고 빨갛고 냄새가 나고 손으로 문대면 으깨지는 산딸기의 성

---

10 박상수, 「잘 닫히지 않는 상자」, 『너의 수만 가지 아름다운 이름을 불러줄게』, 문학동네, 2018, pp.168-169.
11 정희진, 「피해자 정체성의 정치와 페미니즘」, pp.224-225.

장이 두려워 산딸기를 씹어 먹었다 내 이빨과 혀가 나의 성장에 관여했다

  잇몸을 드러내며 아버지는 웃었다 나는 왜 고함을 쳤다라고 적지 않고 웃었다, 라고 적는지 모르겠다

  엄마는 아궁이 앞에서 머리카락을 잘라내고
나는 조금씩 사라지는 법을 배우고

  저기 대문을 나서면
어디서나 짙푸른 멍처럼 풀들이 자라났다

  잇몸이 가려우면
아버지를 뜯어 먹었다
아버지만 뜯어 먹고도 이렇게 살아 있다니

  성장은 징그러워요

  입을 작게 벌리고도 훌륭하게 식사할 수 있다
메뚜기도 괜찮고 개구리도 괜찮고 방아깨비는 좀 더 우아하지
쇠국솥 가득 우아하게 저녁을 삶고 있는 엄마
나는 잘 크고 있다

  아버지의 입안에서 맴돌던 냄새가
내 입안에서 맡아진다

자꾸만 내 이빨이 무시무시해진다

　　―「아버지는 아침마다 산딸기를 따 들고 대문을 들어섰다」 전문

　임승유에게 가족은 사랑이 아니라 폭력이 점유하는 공간이다. 폭력의 기억은 성인이 되어서도 트라우마로 남는다. 「원피스」에는 "사람들이 돌멩이를 들고 쫓아올거야//여긴/꿈속이라 괜찮아//맞아도 괜찮아"라고 말하는 '계집애'가 시적 주체로 등장한다. 폭력의 흔적이 희미하게 드러나는 시편들은 한결같이 모호하게 상황을 묘사한다. 그 기억을 다시 떠올리고 싶지 않다는 듯 다른 기억으로 밀어내 버리기도 한다. 위 시에도 "으깨지는 산딸기" "짙푸른 멍", 그리고 고함을 치는 아버지를 "웃었다"고 적으며 피해 사실을 은폐하는 장면 등을 통해 가부장에 의한 폭력이 드러난다. 한데 이 시에서 아이는 아버지에 대한 증오를 키우며 폭력을 견디는 것으로 그려지며("내 이빨과 혀가 나의 성장에 관여했다", "아버지만 뜯어 먹고도 이렇게 살아 있다니"), 이에 따라 아이가 아버지의 폭력을 대물림할 위험성이 감지된다("성장은 징그러워요"). 이를 통해 피해자가 피해자다움의 틀에 갇혀 폭력적인 질서를 재생산하는 데 가담할 수 있음을 경계한다.[12] 이와

---

12 이러한 태도는 임승유의 창작 태도에도 반영되어 있다. 시인은 이를 "백년 전의 나"가 아니라 "백년 후의 메리 카마이클로" 쓰는 것이라고 설명한다. 버지니아 울프가 「자기만의 방」에서 "자기만의 방과 연간 500파운드"를 받게 되면 더 나은 책을 쓸 것이라고 언급했던 작가 메리 카마이클이 되어 시를 쓰겠다는 것이다. 이는 현실 문제에 미학적으로 접근하기 위한 방편이기도 하겠으나 무엇보다 피해자 정체성에 함몰되어 글을 쓰지 않겠다는 다짐으로 읽힌다. 다음은 이 글의 한 대목이다. "이 집 창문에서 저 집 창문으로 건너가는 도둑고양이의 유연성과 용기로. 아버지에 대한 분노와 엄마에 대한 연민으로는 안 된다. 슬픔에 절여진 딸기로는 안 된다. 구운 빵에 딸기쨈을 바를 때 부드럽게 녹아드는 방식으로 가능하다." 임승유, 「백년 후에, 메리 카마이클의 글쓰기」, 『작가세계』, 2014.봄.

더불어 『아이를 낳았지 나 갖고는 부족할까 봐』에서 우려하는 것은 타자와의 연대가 무조건적인 해결책이 될 수 없다는 사실이다. 다음 시는 연대 과정에서 발생하는 무수한 시행착오와 오해, 갈등과 상처를 포착함으로써 연대하는 주체들이 빠질 수 있는 함정을 예견한다.

한 번도 빼먹지 않고 시작되는 아침에 너와 나의 반성문은 다 읽히고 너는 너를 용서하고 나는 나를 용서하고 우리를 용서한 사람들을 용서하기 시작하면서 왜 잘못을 저질렀는지 다 잊고 나면 포도를 껍질째 먹을 때와 알맹이만 빼 먹을 때 어느 게 더 안전하지? 그런 질문에 답해야 하는 순간이 오고

미래를 끌어다 쓰기 위해 약속을 하고 우리는 미래보다 먼저 망가질지도 모른다

—「적용되는 포도」 부분

연대의 시작은 '언니'라는 말을 하면서부터 시작된다("포도는 살과 살을 맞댄 결속"이며 "언니라는 말을 할 수 있게 되면서부터 우리라는 말을 이해하게 됩니다", 「가능성 있는 포도」). 언니를 둘러싼 소문에 함께 맞서 그 소문의 부당함에 항의하면서 '우리'라는 결속이 시작된다는 것이 「가능성 있는 포도」의 내용이다. 하지만 연대 이후 예상치 못한 난관에 부딪힐 가능성도 배제할 수 없다. 「적용되는 포도」가 말하고자 하는 것이 그 지점이다. 이 시에 따르면 연대는 또한 끊임없이 반성문을 써야 하는 지난한 작업이기도 하다. 아직 가 본 적이 없는 길을 만들면서 걸어야 하는 것이라서 아무리 반성문을 써도 잘못이 사라지지 않을지 모른다. 그러한 고단함에 지쳐서 익숙한 질서로 되돌아갈 때, 그리

하여 서로가 서로를 용서하면서 왜 잘못을 저질렀는지를 잊어버릴 때, 혹은 어떠한 연대가 더 안전하고 덜 안전할지에 대해 골몰할 때 우리의 미래는 심각하게 망가져 버릴 것이다.

임승유의 문제의식은 여전히 유효하다. 피해자의 목소리가 어떻게 침묵하게 되는지, 그 목소리를 피해자 정체성에 가두지 않고 연대의 장으로 끌어올리기 위해 무엇을 경계하고 또 추구해야 하는지 이 시집은 현재의 우리에게 질문을 되돌려준다. 이러한 질문들은 2016년 이후 한국문학의 규율을 갱신시킨 페미니즘의 도래가 아니었다면 발견되지 못했을 것들이다. 미투 운동은 성폭력 생존자가 틀어막혔던 입을 열고 말할 수 있는 용기를 주었다. 그리고 그들의 말은 비로소 막혀 있던 두 눈과 귀를 열어 주었다. 덕분에 우리는 그전에 보지 못하던 것을 보고 들을 수 있게 되었다. 다시 읽고, 쓰고, 말할 것들이 너무나도 많다. 이제 시작이다.

제3부 고통의 좌표들

카메라 옵스큐라, 그리고 고독의 냄새들[1]
—이현승·송재학·김수복의 시

　롤랑 바르트는 동질적인 것 속에서 비동질적인 것으로서 자신을 '찌르는' 세부 요소로서의 푼크툼에 대해 말한 바 있다. 그것은 고통을 일으키는 무언가(something else)이다. 바르트는 상처를 주고 동요하게 만드는 것으로서 푼크툼이 없는 사진은 아무런 갈등도 교란도 불러일으키지 않는다고 했다. 이는 시도 마찬가지다. 푼크툼이 없는 시는 동질적인 시간에 머물러 있다. 명확한 목적의식과 단일한 주제의식 아래 구성되어 말하고자 하는 바가 분명할수록 그것은 실패한 것이다. 좋은 시들에는 분명하게 설명하기 힘들지만 그 시의 순간에 머물게 만드는 무언가가 있다. 비록 그것이 자기 안의 상처를 아프게 건드릴지언정 그것은 어떠한 깨달음을 준다.

　『밝은 방』에서 바르트는 푼크툼이 나타나지 않는 것으로 포르노 사진을 든다. "포르노 사진보다 더 동질적인 것은 없다. 그것은 언제

---

1 이 글의 제목은 송재학의 시 「카메라 옵스큐라 중, 고독의 냄새들」에서 가져온 것이다.

나 천진하고, 의도도 계산도 없다. 조명이 비춰진 단 하나의 보석만을 보여 주는 진열창처럼, 그것은 단 하나 오로지 섹스라는 것의 제시를 통해 전적으로 구성된다." 그러니까 포르노 사진은 감추거나 주의를 흩트리는 세부 요소가 없다는 점에서 동질적인 것이라 할 수 있다. 그렇다면 어떠한 방식으로 동질적인 시간에서 벗어나 섬광과도 같은 깨달음을 주는 시가 가능한가. 문제는 이러한 세부 요소가 작가의 의도에 의한 것이 아니거나 최소한 완전히 의도적인 것은 아니라는 사실이다. 푼크툼은 특정한 의도를 넘어서는 의미의 잉여의 부분에서 발생한다. 다만 이 혼란을 작가가 고유의 방식으로 풀어낼 때 거기에는 특유의 명명이 발생한다. 가령 이 글에서 함께 읽어 볼 이현승, 송재학, 김수복의 시에서 그것은 '생활', '검은색', 그리고 '하늘'이라는 기표로 나타난다.

『생활이라는 생각』(창비, 2015)은 이현승의 세 번째 시집이다. 이현승은 첫 시집에서부터 '일상'이라는 사태를 분명하게 이해하기 위해 고군분투했다. 이 당시 일상은 "속속들이 구획되고 등록되어 투명하지만 친밀성의 땀내를 잃어버린 곳"이었다.[2] 문명의 뒤편에 자리한 야수성이라는 은폐된 기원을 폭로하는 데 초점이 맞춰졌던 이 시집에는 기지 넘치는 공격적 유머가 빛을 발했다. 한데 두 번째 시집을 거치면서 그의 시에는 내성적인 관찰자의 시각이 분명해졌고 비루하고 무서운 삶에 대한 측량할 수 없는 슬픔이 나타나기 시작했다. 『생활이라는 생각』에도 이현승 특유의 블랙 유머가 없는 것은 아니지만 이보다는 황폐한 진실을 마주한 자의 고독과 참담이 짙어졌음을 확인할 수 있다.

---

2 정한아, 「거기 수심이 얼마나 됩니까?」, 『친애하는 사물들』, 문학동네, 2012.

집으로 향하던 발걸음들이 갑작스러운 눈발에
하나같이 낭패감으로 허둥대는 길에서
나는 큰아이가 다니는 병원의 소아과 선생을 지나쳤다.
호주머니에 돌멩이를 잔뜩 넣은 버지니아 울프처럼
그녀는 잔뜩 앞으로 쏠린 채 걸어가고 있었다.

(중략)

우리는 좁은 인도를 황급히 지나쳤다.
한줄기 불빛이 시력을 빼앗아버렸던 것이다.
그리고 잠시 시력을 회복하는 동안 나는
망자의 뜬 눈처럼 열린 채 닫힌 눈으로
잿빛으로 지워져가는 하늘을 바라보았다.

　　　　　　　　　　　　　　　—「갑자기 시작된 눈」 부분

　이 시는 예기치 않았던 순간의 만남에 대해 이야기한다. 갑자기
내린 눈으로 허둥대면서 돌아가던 거리에서 시적 주체는 큰아이가
다니는 병원의 소아과 선생을 지나친다. 아픈 아이로 인해 그녀에게
다급하게 매달리며 희망을 갈구했던 자신에 대한 이미지가 동시에
시적 주체의 뇌리를 스쳐 지나간다. 당시 어쩔 줄 몰라 하며 발을 구
르던 자신을 "차갑게 다독여" 주던 그녀에게서, 시적 주체는 무섭게
일렁이는 강물을 앞에 두고 죽음을 생각하는, "호주머니에 돌멩이를
잔뜩 넣은 버지니아 울프"를 상기한다. 그녀의 "지폐처럼 피로한 낯
빛"이 잠깐 비친다. 시적 주체는 그녀에게 도대체 무슨 일이 있었던
것일지를 상상해 본다. 혹시 자신이 그러했듯이 "다급하고 성마른

사람들이 하루종일" 그녀를 붙잡고 괴롭혔기 때문은 아닐까.

시적 주체는 그 자신도 예상치 못한 죄책감을 느낀다. 그녀가 누군가에게 시달렸다고 한들 그것은 자신과는 아무런 상관이 없는 일이다. 그럼에도 불구하고 그녀의 피로한 낯빛은 푼크툼이 된다. 그녀의 이미지가 시적 주체에게 푼크툼으로 작용했음이 시의 마지막 연을 통해 분명해진다. "한줄기 불빛이 시력을 빼앗아버렸던 것이다." 이현승은 이를 "망자의 뜬 눈"에 비유한다. 눈을 뜨고 있지만 그 눈은 아무것도 보지 못한다. 만일 그 눈이 무언가를 본다면 그것은 비어 있음(空)에 불과할 것이다. 여기서 그녀는 시적 주체에게 "한줄기 불빛"이 되어 시력을 앗아가 버리는 존재다. 시적 주체는 그녀에게서 측정 불가능한 허무를 본다. 마치 죽음을 앞둔 버지니아 울프를 마주친 것처럼 말이다. 하지만 그들은 그 거리에서 스쳐 지나가는 낯선 사람들과 마찬가지로 서로 타인일 뿐이다. 그녀의 피로한 낯빛에서 '나'는 자신이 어찌할 수 없는 운명과 마주했을 때의 무력함을 느낀 것은 아닐까.

이현승이 "미망으로만 붙들 수 있는 사물이 있다"(「롤러코스터」)라고 말하거나 "터널과 터널 사이 구간의 운전자처럼/백일에 눈이 아프다"(「인정도 사정도 없이」)라며 갑자기 눈이 멀어 버리는 사태에 대해 말하기 시작했다는 것은 징후적이다. 그는 "무언가를 결정적으로 놓친 자들은/물고기에게 눈을 파먹힌 얼굴로 남겨진다"(「사라진 얼굴들」)라고 말하기도 한다. 이는 그가 심연을 응시하며 볼 수 없었던 것을 보고 있음을 말해 준다. 무언가를 놓쳤기 때문에, 볼 수 없음을 보고 있다는 사실로 인해 이현승의 시적 주체는 눈이 파먹힌 얼굴로 허공을 응시한다. 그리고 그렇게 뚫어지게 본 것을 시로 쓴다("뚫어지게 보고 있는 사람은 역시 쓰는 사람이다", 「천국의 아이들 2」). "그럭저럭 살아지고 그럭저럭 살아가면서"(「생활이라는 생각」) 삶에서 참으로 모자란 것이 '생활'이 되어 버린 이 시대의 절망을 그는 순간적인 눈멂의 체험을 통해 그려 내고 있다.

이현승이 운명론적 허무주의를 절망적으로 그려 내고 있는 데 반해 송재학의 경우(「검은색」, 문학과지성사, 2015)에는 허무주의를 존재의 본질적인 것으로 상정하면서 그것을 긍정하는 데 이른다. 이는 시집의 제목이기도 한 '검은색'에 대한 시인의 태도를 통해서도 짐작되는 바다. 송재학은 「시인의 말」에서 "어둠이라고 적었지만/그건 햇빛이기도 하고 메아리이기도 하고/무엇보다 시선(視線)이기도 하다"고 적는다. 송재학에게 검음은 주체의 내부에 존재하면서 주체가 대상을 바라보는 것을 가능케 하는 인식론적 배경과 같은 기능을 한다. 어둠이 "무엇보다 시선"이라는 말은 이러한 맥락에서 이해할 수 있다. 얼룩과 같이 형상조차 분명치 않은 어둠이 무언가를 보는 시선을 가능케 한다. 송재학은 「카메라 옵스큐라 중, 고독의 냄새들」과 「카메라 옵스큐라 중, 길의 운명」과 같은 시에서 풍경을 가능케 하는 카메라 옵스큐라의 어둠을 고독에 비유하기도 한다. 이 고독은 태어나자마자 죽음과 마주하면서 살아가는 자들에게는 숙명적인 것이다. 더구나 유난히 죽음의 감각에 민감한 이들은 종종 죽음의 눈동자와 눈이 마주치기도 한다.

물끄러미 정지한 생(生)에
나뭇잎 한 장 날아와서 얼굴을 가렸다
벌레 먹은 흔적 때문에 잎새에도 눈이 생겨
내 시선과 마주쳤다
물결 일렁이고 햇빛 으깨어지면서

송사리 떼 사금파리 하나씩 물고 물속으로 사라졌다

(중략)

내 얼굴은 자꾸 어머니 얼굴 닮아가고

한 마장쯤 떠내려가면서도

다북쑥 손바닥 불쑥불쑥 내 생채기 건드린다

어머니 떠내려가면서

다북쑥만으로 내 속은 먹빛 물드는데

─「물 위에 비친 얼굴을 기리는 노래」 부분

파리하게 머뭇거리는 얼굴이 물결 위에 일렁인다. 그것이 물 위에 비친 자신의 얼굴이라 할지라도 그것은 다분히 죽음의 분위기를 암시한다. 죽은 후의 자신의 얼굴을 마주하는 심정으로 시적 주체는 거기에서 지치고 피로한 생의 몰골을 맞닥뜨린다. 이때 분위기를 전환해 주는 것은 어디에선가 날아온 "나뭇잎 한 장"이다. 그것은 시적 주체가 죽음과 마주하는 순간을 유예시킨다. 그런데 나뭇잎에 새겨진 "벌레 먹은 흔적"으로 인해 다시 잎새에도 눈이 생겨 서로의 눈이 마주친다. 갑작스러운 시선의 마주침으로 인해 시적 주체는 갑자기 어지러움을 느끼며 세계가 으깨어지는 것을 경험한다. 세계 도처에 깔려 있는 사물들의 어둠과 마주한 데서 현기증이 인다. 이를 달래 주는 것은 "어머니 윤곽"과 같은 낮달이다. 시적 주체는 파리한 자신의 얼굴에서 어머니의 얼굴을 발견하고 아마도 어머니의 죽음으로 인해 얻었던 상처를 다시 감각하게 된다. 허나 그것은 자신의 죽음에 대한 공포를 아득한 슬픔으로 전환시키면서 어머니라는 부재하는 존재와의 연결 고리를 이어 주는 역할을 한다.

이처럼 송재학이 『검은색』에서 반복해서 발견해 내고 있는 '먹빛'

은 먹먹한 슬픔을 상기시키는 한편으로 사물들 간의 경계를 흐릿하게 하여 공통감각을 일깨워 주는 역할을 한다. 그러므로 이 시집에서 그려지는 풍경들은 결코 시인의 외부에 있다고 할 수 없겠다. 경계를 공글러서 고독의 윤곽을 희미하게 드러내며 시인은 사물과 인간 간의 이진법이 존재하지 않았던 때를 상상하게 만든다. "사람과 나무가 윤곽 없이 생을 이룬 시절", "나무는 사람으로부터 돋아 나오고 사람은 나무 속에서 죄를 고백했다"(「나무가 비어 있다는 말을 들었다」)고 이야기되는 시절이 있었다. 그러한 시절에 인간은 자신의 죽음으로 인해 괴로워하지 않았을 것이다. 송재학은 그 전설 속에나 남아 있는 시공간을 재현한다. 정성스러운 손길로 탁본을 하듯이 사물의 고독한 윤곽을 부드럽게 두드리면서 말이다. 주체와 세계가 결국 중첩된 존재임을 확인하는 것, 그러니까 일종의 월식의 순간을 그는 기다린다("다시 살살 두들기고 부드럽게 문지르고 공글리자, 먹을 서 말쯤 삼킨 시커먼 월식(月蝕)이다", 「습탁」).

마지막으로 김수복의 시집 『하늘 우체국』(서정시학, 2015)을 읽는다. 자연과의 일체감을 확인하는 1부와 2부의 시집들도 인상적이기는 하지만 "고통의 꽃"(「수평선」)이 되어 자신의 인생을 참회하고 있는 시들에서 코드화되어 있지 않은 찌르는 어떤 것(푼크툼)을 발견하게 된다. 쇠백로를 바라보며 "하늘의 열쇠를 잃어버린 천사"(「문밖에서」)의 이미지를 발견한다든가, "그냥 오랜만에 첫사랑 연인이 죽도록 보고 싶어 그만 그 옛날집 골목으로 끌려가는 마음"(「연인」)에 대한 묘사들은 아득하고 저릿한 감각을 불러일으킨다. 또한 오랜만에 만난 지인들이 서둘러 자리를 뜬 이후 "아주 오래된 연인처럼 나와 마주앉아" 인연에 대한 원망 대신 고마움을 이야기하는 시에서는 연륜이 묻어난다(「예순 살 즈음에」). 하지만 이 시집에서 무엇보다 반짝이는 것은 어머니에 대해 읊고 있는 시편들이다.

재개발 아파트를 기다리며 어머니는
지난겨울 터진 보일러를 새로 놓아드린다 해도
다 허물텐데
나는 괜찮다 걱정하지 마라 하신다

환절기 조심하시라 해도
차분 데서 있다가 차분 데로 가는 거는 감기 안 걸린다
너거는 밥 제때 애들하고 끼니 거르지 말고 잘 챙기라

—「동백꽃」부분

아들이 걱정할까 봐 안심시키려는 어머니의 마음은 코드화된 것
(스투디움)이다. 그런데 이 시에는 그러한 관습화된 의미를 넘어서는
한 구절이 있다. 보일러를 놔 드리겠다는 아들에게 "차분 데서 있다
가 차분 데로 가는 거는 감기 안 걸린다"라고 말하는 구절이 그렇
다. '차가운'이 아니라 '차분'이라는 사투리에서는 친근감이 느껴지
지만, 그것이 촉각적으로 상기시키는 것은 죽음의 감각이다. 이 말
에는 어머니 혹은 시인의 의도와는 상관없이 죽음을 예감할 수 있게
하는 무언가가 있는 것이다. 삶 자체가 "차분 데서 있다가 차분 데로
가는" 것이 아니던가. 시집의 표제 시인 「하늘 우체국」에서 어머니가
"여기가/천당이다"라고 말하는 장면이라든지, 염소 두 마리의 눈에
서 "아주 오래된 할머니의 눈빛으로 나를 읽고 있는 것"(「경전」)을 발
견하는 데서도 죽음의 그림자는 얼핏 스친다. 죽음에 대한 예감이야
말로 인간에게 깨달음을 가져다주는 경전이 되며 죽음이 드리운 음

영을 담담히 바라보는 이의 텅 빈 시선은 두려움이 아니라 처연한 감동을 불러일으킨다. 읽는 이를 침묵하게 만드는 이 고요한 고통의 순간에 시는 "고통의 꽃"이 된다. 해서 나지막이 읊조리게 된다. "아, 틀어막혔던 입을 열고 피는 꽃들"(「봄꽃」)이여.

역원근법 세계의 풍요로움
—홍일표론

1.

　말레비치의 「흰 바탕 위에 검은 사각형」(1915)을 본다. 제목 그대로 흰 바탕 위에 검은 사각형이 그려진 이 그림을 보고 있노라면 사각형의 검은 구멍은 마치 블랙홀처럼 느껴진다. 말레비치는 검은 사각형을 통해 아무것도 재현하지 않음 그 자체에 이르고 있다. 현실을 재현하는 것과 무관하게 회화 자체가 존재 이유를 지니게 하기 위해 의미 없음의 의미로 나아간 것이다. 해서 혹자는 말레비치의 절대주의 회화를 현대의 이콘으로서 숭고적 예술의 이미지를 보여 준다고 평하기도 한다. 그리스어 '에이콘(eikon)'에서 유래한 '이미지'를 뜻하는 '이콘(icon)'은 중세 비잔티움 시대의 특징적인 종교예술로서, 고대 예술의 기법을 반영하고 있는 성화(聖畫)를 가리킨다. 말레비치의 검은 사각형은 아무것도 재현하지 않는 것을 재현함으로써 신의 죽음 이후 초월적 성스러움이 박탈된 시뮬라크르 시대를 대표하는 부정적 숭고의 이미지를 보여 주고 있다.

이는 "우리들 속에서 성스럽던 모든 것들, 우리들이 사랑하고 존중하던 모든 것들이 사라졌다"[1]는 의미이기도 하다. 얼굴 없는 '비인칭의 세계', 무차별적인 '절대 제로의 세계'는 모든 질서를 거부하는 혼돈과 혼종의 이미지를 추앙한다. 2000년대 이후 한국시에서 두드러진 비인칭적인 것에 대한 추구는 이러한 현대 예술의 흐름과 동궤에 있다. 회화에서 원근법이 외부 관찰자 시점을 기초로 하는 사실주의적 재현의 산물이라면, 근대 서정시의 문법은 이 원근법적 시점을 '1인칭 시적 화자'라는 형식으로 그대로 가져왔다. 재현의 문법을 거부한 이들은 서정적 자아라는 소실점을 거부하고 무의식의 심연에서 꿈틀거리는 목소리들을 끄집어냈다. 얼굴 없는 비인칭의 이미지들을 오브제(object)처럼 배치하고 있는 김행숙이나 혼종적 주체를 내세운 분열증적인 연극 무대를 연출한 황병승의 경우가 그러하다.

홍일표 역시 서정적 자아라는 소실점을 통해 유지되는 '세계의 자아화'라는 서정시의 문법을 철저히 파괴하고 있다. 다만 그의 시에는 '나'와 관련된 심연을 파고들어가 그 신비의 장막을 몽땅 걷어치우려는 최근의 흐름들과는 달리 고사(枯死) 직전에 있는 신비로운 어떤 것을 지켜 내려고 하는 고집이 나타난다. 세계를 감싸고 있는 초월적인 것에 대한 믿음을 고수하고 있는 그의 시에서 무수한 기호들은 고차원적인 것으로 끌어올려지기 위해 연금술의 시간을 굴러다니고 있다. 홍일표의 시들은 조금씩 암전되는 무대처럼 조금씩 어두워지다가 어느새 칠흑같이 어두운 암야에 도달한 것처럼 보이는데, 이는 아무런 빛도 없는 곳에서 더 찬란히 빛나는 오로라와 같은 이 세계의 신비에 한 발 더 다가서려는 것처럼 보인다. 하여 그의 시에는

---

1 이덕형, 『이콘과 아방가르드』, 생각의나무, 2008, p.603.

헛것의 신비에 매혹되어 있는 주체의 시선이 두드러지게 나타난다. 헛것에 매혹되어 있다니 도대체 무슨 일이 벌어지고 있는 것인가.[2]

2.

재현의 원리를 부정하며 소실점 자체를 소멸시키려 한 현대 예술가들의 파괴적인 행위들은 궁극적으로 그 질서의 '바깥'으로 빠져나가는 데는 실패하고 만다. 실재에 대한 열정은 자칫 자기 파괴적인 자폐증으로 변질될 수 있다. 이는 이들이 변증법적인 방식으로 문제를 해결하는 유물론과 단절하지 못하였기 때문이다. 세계를 이성적으로 설명하려고 하는 변증법자들은 기존의 질서 바깥으로 빠져나가기 위한 치열한 두뇌 싸움을 벌인다. 하지만 아무리 고도의 두뇌 싸움을 벌여봐도 결국 죽음에 대한 공포를 벗어나지 못한다. 리얼리즘이 실패할 수밖에 없는 것은 표면적 사실성을 통해서는 사물의 본질에 닿을 수 없기 때문이다.

홍일표는 표면적 사실성을 거부함으로써 아우라를 지켜 내려 한다. 홍일표의 시에 두드러지게 나타나는 주체와 대상 간의 자리바꿈은 그의 시에서 소실점이 작품 안에 있지 않다는 것을 증명하는 것이다. 그의 시는 어디선가 자신을 보고 있을 보이지 않는 존재, 즉 신의 시선을 상정한다는 점에서 역원근법(逆遠近法)의 원리를 차용하고 있다. 그에게 시를 쓰는 것은 시 외부의 인간과 시의 안쪽에 자리한 초월적 세계를 잇는 통로를 개척하는 일에 다름 아닌 것처럼 보인다. 본래 시에는 우주가 담겨 있다. 그것은 문자의 음악으로 우주

---

2 이 글은 홍일표의 시집 가운데 가장 최근에 출간된 『밀서』(문예중앙, 2015)에 실린 시들과 신작 시들을 주로 다루었다.

의 생성 원리를 보여 주는 것이다. 시를 언어의 집이자 사원이라고 하는 까닭은 이 때문이다. 여기서 언어가 세계를 있는 그대로 재현할 수 없다는 절망이 구원으로 전환된다. 언어의 본래적 쓰임은 결코 물질적인 세계를 조명하는 데 있지 않다는 사실로 인해 언어의 무능함이 전능함으로 변화하는 것이다.

바닥에 떨어지는 빗방울은 기호의 번제(燔祭)입니다 죽음으로 꽃피우는 절벽입니다 붓꽃이 터지고 물총새가 포르르 날아갑니다 몸 밖으로 쏟아져 나온 색깔은 어리둥절하여 두리번거리다 사라집니다 수많은 입들이 보랏빛을 중얼거리며 죽은 양처럼 캄캄해집니다

붓꽃은 가고 소리만 남아 떠돕니다 담을 넘고 강을 건넙니다 몇몇은 물에 빠져 죽고 몇몇은 국경을 넘습니다 죄 없는 양들이 피흘려 죄를 짓습니다 살과 공기의 경계에는 피의 깃발이 펄럭이고 이름 없는 발자국들만 낭자합니다

무명은 전능합니다 유리잔 같은 맑은 비애라서 구름 속에 뿌리를 내리고 땅속에서 꽃을 피웁니다 신분증도 주소도 없는 난민입니다 팥배나무에서 바나나를 따고 층층나무에서 수백 마리 물고기를 잡습니다 색색의 금붕어들이 파닥이며 흙 위에서 헤엄치고 죽은 양은 불태워져 하늘에 닿습니다 이곳은 어디입니까?

—「제의(祭儀)」 전문

홍일표의 시에 일관되게 나타나는 초현실적인 이미지들은 개인적 무의식의 차원에서 유래하지 않는다. 그것은 세계의 무의식에 접속

하려는 거대한 규모의 몽상적 제의이다. 이 제의의 특이성은 그것이 허공 혹은 헛것에 바쳐지는 것이라는 데 있다. 그의 시에서 '유구'하게 반복되어 온 이 헛것에 대한 제사는 보이는 것들에 의해 가려진 보이지 않는 세계의 문을 열기 위해 거행된다. 헛것들은 다채로운 이미지들을 낳는 역할을 한다. "팥배나무에서 바나나를 따고 층층나무에서 수백 마리 물고기를 잡"는 것과 같은 환상적 이미지들이 그러하다. 어느새 바깥으로 쏟아져 나와 세계를 움직이게 하는, 이 알 수 없는 에너지에 의해 주동된 시인은 "신분증도 주소도 없는 난민"이 되어 이 세계를 유랑한다.

그는 사제이면서 동시에 제물이기도 하다. 시인이 작성하는 제문(祭文)의 말들은 그의 몸에 새겨지는 것들이기 때문이다. 말의 감옥에서 풀려나 몸에서 다채로운 무늬를 만들어 내는 요동치는 말들에 의해 "한 그루 몸 떠는 나무"가 된 이의 곁에는 "떠났던 새들이 다시 돌아와 지저귀고/몸 여기저기 붉은 꽃이 피"[3]어 난다. "온전히 지워지기 위해 간신히 남아 있던" "죽은 빛들이 남긴 마지막 지문 같은" "몇몇의 희미한 무늬"를 그는 허투루 넘기지 않는다(「어느 날의 고백」). 자기 몸에 생채기를 일으키는 것을 느끼면서도 시인은 더듬더듬 다시 붉은 꽃을 피우는 길을 제 몸에 열어 간다. 이는 흡사 샤먼의 트랜스 상태를 연상시키는 것으로, 자신의 몸을 매개로 사물들을 소통시키며 새로운 차원으로 상승시키려 하기 때문이다.

그렇다면 나비의 이미지를 가져온 것은 몹시도 적절한 선택이 아닐 수 없다. 가령 그는 "내가 꾸지 않은 꿈이 나를 멀리서 바라보며 근심"(「나비 날다」)하는 장자의 호접몽 모티프를 슬쩍 가져와 이 제의

---

3 홍일표, 「실어증」, 『살바도르 달리風의 낮달』, 천년의시작, 2007.

가 비좁은 자아의 경계를 넘나들기 위한 것임을 암시한다. 나비의 가벼운 몸놀림은 '나'를 형성하기 위한 목숨을 건 경계선 넘나들기를 별일 아니라는 듯 유유히 처리해 버릴 것만 같지 않은가. 무서움을 모르고 심해를 건너는 나비는 자신의 날갯짓이 지구 반대편에서 태풍을 일으킬 수도 있다는 것을 알고 있을까. 김기림이 나비의 무모함에 공주와 같이 여린 이미지를 덧입히며 심연을 횡단하지 못하는 나비의 서러움에 주목한 것과 달리, 홍일표는 "바닷속의 날아다니던" 나비의 시체를 수집하는 아이들의 천진난만함에 주목한다. "이미 허공을 다 읽고 내려온 어느 외로운 영혼의 밀지인지도 모른다"라며 나비의 시체에서 읽히지 않는 문자를 읽어 내려고 시도하는 아이들의 서툰 문헌학을 시라고 명명한다(「나비족」).

나비의 문자를 읽어 내는 것은 지난한 작업이다. '나비족'에 이어 종족적 상상력을 발휘한 「백지족」이라는 시에서 그는 "툰드라의 설원처럼 결백을 강행"하는 백지에 맞서 붉은 꽃을 피워 내려는 모험을 보여 준다. 이 시에서 "풀 한 포기 돋아나지 않는 백지"와 맞서 자신의 피를 바쳐 꽃을 피우겠다는 그의 비장한 결의는 묘하게도 "백지위에한줄기철로가깔려있다"(「거리(距離)」)라던 이상(李箱)의 어투를 연상시킨다. 백지는 이상이 말했던바, 시인에게 그야말로 '공포의 성채(城砦)'인 것이다. 백지를 앞두고 마치 죽음을 앞둔 것처럼 하얗게 질려 벌벌 떠는 시인의 모습이 연상된다. 백지의 공포에 지지 않기 위해 이 시인이란 종족들은 나비와 같이 가녀린 영혼을 몸에 휘휘 감은 채 광막한 백지와 혈투를 벌이고 있다. 삶이 이렇게 끝나 버려서는 안 된다는 듯이 백지를 부여잡고 어떠한 의미라도 건져 내려는 이 힘겨운 사투는, 그런데 조금은 예상치 못한 방향으로 흘러간다.

3.

릴케가『말테의 수기』에서 탄식하였던 것처럼 근대에 들어 만연한 익명의 죽음은 인간에게서 삶을 고귀한 '그 자신의 것'으로 영위하게 하는 능력을 망각게 하였고, 이로 인해 죽음뿐만 아니라 삶 역시 무의미한 것으로 변모하였다. 니체가 예고한 대로 허무주의의 시대가 도래한 것이다. 이와 같은 죽음의 의미 변동은 불안에 대한 방어 기제를 차단하였다. 죽음에 대한 두려움을 지니게 된 인간에게 세계는 도처에 죽음의 위협이 상재하는 것으로 인식되었다. 자유를 위해 세계를 자신의 집으로 삼아 방랑하던 유랑인 예술가들의 삶은 불안정한 공간에 내던져지게 되었다. 신비가 사라진 자리는 그 어떤 의미도 빨아들이는 거대한 구멍이 되어 예술가들을 위협했다. 시인들은 눈에 보이는 물질세계에 갇혀 생활인들이 앵무새처럼 반복하는 것과 같은 동의어를 합창하기를 요구받았다.

기성복과 같이 제작된 말들이 넘쳐나는 시대에 규격에서 벗어나는 말들은 소통 불가능한 것으로 말들의 행렬에서 밀려났다. 이에 시인들은 백지를 앞에 두고 말로 표현할 수 없는 것을 표현해야 하는 일종의 실어증 상태에 놓이게 된다. 그들은 몸 밖으로 말이 꺼내어지지 않는 이 고통스러운 상태에서 벗어나기 위해 말의 병을 앓는다. 홍일표에게 말을 가진 인간으로서의 비극과 그 비극의 넘어섬이 말의 빈 구멍에 대한 지속적인 애도를 통해 이뤄진다. 그는 "내 몸 안의 병으로 너를 읽고 너의 부재에 닿는다"(「병」)라며 병을 앓으며 생의 쓸쓸함을 되뇐다. "이목구비 흩어져도 소리만 듣고도 우는 귀신"(「검은 숨」)이 되어 형상에 흐릿하게 남겨져 있던 상징적 이미지를 끄집어내기도 한다. 다만 이것은 일종의 천형(天刑)이어서 그에게 삶은 "들끓는 연옥"(「천진항을 지나다」)이 되어 버린다. "울고 있던 수천의 귀들이 부서져 하얗게 흩날리"(「부서진 귀」)는 풍경 같은 것은 시인이 백지와 벌이는 사투(死鬪)의 정도를 짐작게 한다.

그의 시에는 "보일 듯 말 듯" "산 것도 죽은 것도 아닌" "생멸의 경계를 들락"거리는 상태가 지속되고 있다(「주름」). 금방까지도 자기 몸에 붙어 있는 육체의 일부를 잃어버린 것마냥 시인은 허둥댄다. "산 채로 생매장된 혼령들이 우는 걸 숨어서" 보며 시인은 실어증의 상태에 놓여 있는 세계에 대한 공포를 토로하기도 한다(「조문」). 이러한 와중에 시인의 내면은 불화하고 폐허화되어 가는 것처럼 보인다. 이 폐허의 선언에는 나름의 목표가 있다. 굳어져 있던 개체적 자아의 일부를 잃어버린 대신 비인칭적인 것이 지펴 내는 모닥불은 죽은 자들까지도 위무할 수 있는 무심한 평화를 가져온다("땅이 열리고 죽은 나무에서 푸른 눈빛이 살아납니다", 「조문」). 폐허가 된 세계에 머무르며 타락한 세속적 세계의 불필요한 속박에서 벗어난 이후 시적 주체는 사물의 가장 깊은 곳에 이르게 된 것이다. 이로써 사물들의 내부에 생동하는 숨을 불어넣으며, 무의식적 깊이와 힘을 잃고 굳어지며 경직되어 가던 세계가 일순 일렁이기 시작한다.

둥근 호박이 태양의 뜨거운 눈빛에 설레며 익어갈 때 슬그머니 호박 안에 들어가 잠드는 이방의 남자가 있다 붉은 수염 덥수룩한 야생의 사내가 있다 밤새 호박은 천상과 지상을 뒹굴다가 불쑥 보름달로 떠오르기도 한다 사람들은 달을 호박이라고 부르며 조금씩 불행해진다

호박죽이 나를 먹고 있다 호박죽의 부드러운 혀가 내 몸을 감싼다 이건 사라진 손에 대한 아득한 기억이다 고마워요 나는 천 원짜리 지폐처럼 중얼거리며 서서히 녹는다 모서리 없는 죽처럼 무한히 둥근 미

풍이 될 때까지 나는 황금의 숨결로 설레며 노랗게 웃는다 빈 그릇이
서둘러 나를 비운다

—「밀행」 부분

　우리 고유의 전통에서 음식은 우주와 자연의 법칙을 담고 있는 것
이었다. 주식(主食)의 선택은 기후만이 아니라 우주적인 법칙과 관련
된다고 보는 관점이 그러하다.[4] 이는 육체의 건강을 최우선으로 여
겨 음식에 담긴 영양 가치를 따지거나 음식을 통해 얻는 감각적 쾌
락을 가장 중요한 가치로 보는 입장과 달리, 음식에 영혼의 지위를
부여하여 음식에 담긴 형이상학적 가치를 지향하는 입장과 관련된
다. 홍일표의 위 시에서는 대상과 주체의 관계를 역치시키며 자연스
레 호박죽에 영혼을 부여하고 있다. '나'가 호박죽을 먹는 것이 아니
라 "호박죽이 나를 먹고 있다"는 것이다. 호박죽의 혀가 감싸는 것은
시적 주체의 중첩된 몸이다. 육체와 영혼이 겹겹이 층을 이루고 있
는 몸을 부드럽게 안으며 그의 허기를 달래 준다. 이 몸은 도대체 어
떠한 몸일까. 근대적 사고로는 풀 수 없는 수수께끼와 같은 이 '몸'은
이 시에 등장하는 '나'가 얼마나 복잡한 존재인지를 반증한다.
　프루스트가 마들렌을 먹고 아득한 유년 시절의 기억을 불쑥 떠올
렸던 것처럼 호박죽은 어떠한 기억을 일깨우며 시적 주체를 어디론
가 데려간다. 그것은 사물들이 미묘하게 경쟁하고 어울리며 살아가
던 어떤 세계이다. 그 세계에 대한 기억으로 녹아들어 가면서 인간
은 자신조차 신성한 사물이었던 시절로 돌아간다. 그는 "천상과 지
상을 뒹굴"거리던 둥근 호박이 태양의 빛을 받으며 노랗게 익어 가

---

4 소래섭, 「'먹방'의 배경과 미래」, 『학산문학』, 2016.가을, pp.138-139.

듯이 원초적인 야생의 기억 속에서 둥글둥글하게 익어 간다. 한 그릇의 죽을 비웠을 뿐인데 삶이 이렇게나 풍요로워진다. 육체와 영혼의 허기가 달래지고 아득한 기억이 보름달처럼 떠올라 모서리 진 삶을 둥그렇게 감싸 안는다. 그러다가 빈 그릇에 웃음이 차오른다. 이내 비워질 것임에도 어김없이 차오른다. 하지만 이것이 사투의 결과물이라면 다소 의아하지 않은가. 우리는 과연 홍일표의 시를 읽으며 이 미묘한 웃음의 세계가 지니는 의미에 대해 충분히 질문을 던져 왔던가.

4.

『밀서』의 첫 페이지에 다음과 같은 사랑의 노래가 실려 있음을 새삼스레 발견한다.

뱀이 남긴 것은 밀애의 흔적입니다 어디에 가도 꽃의 언저리를 감도는 붉은 숨결입니다 구불구불 이어지는 시냇물을 따라가다 보면 나는 한 마리 뱀으로 당신을 휘감습니다 가끔 반짝이는 웃음소리에 돌들이 물방울처럼 튀어 오르고 나는 둥글게 부풀어 오른 만조의 바다가 됩니다

풀숲을 빠져나간 뱀이 허리띠로 감겨 있습니다 진달래 눈부신 해안선을 들고 봄의 옆구리로 향하던 사랑이었습니다 머리 흰 사내였던가요? 파도를 타고 내달리던 미명의 노래였던가요? 동해를 묶은 길고 눈부신 바닷길에서 풀려나오는 푸른 뱀의 무리를 봅니다 수만 마리 불멸의 젖은 영혼들입니다

마침내 멀리 돌아온 길이 하늘로 향합니다 밤바다에서 타오르는 불

길이 산과 바다를 지나 슬픔의 곡절 다하는 허공에 닿습니다 온몸이
붉은 몸부림으로 뜨겁습니다 공중으로 날아간 뱀들이 마른 나뭇가지
를 타고 분홍빛 봄비로 내려옵니다 눈 밝은 사행천이 장음의 맑은 곡
조로 흘러가는 연록의 들판입니다

—「사행천」 전문

　뱀이 지나간 자리를 연상시키는 구불구불 이어지는 시냇물의 길
은 어느덧 '나'와 일체가 되어 '당신'을 휘감는다. 사랑이란 반짝이는
것들을 함께 나누다가 "만조의 바다"가 되는 것일까. 사행천의 물줄
기를 따라가다가 보면 구별과 차이를 무시하면서도 치밀한 계산이
나 설득이 필요하지 않은 "눈부신 바닷길"에 다다르게 되는 것일까.
구별을 실수인 듯 가로지르며 차이의 경계선을 허무는 이 "푸른 뱀
의 무리"를 보라. 지상에서 시작하여 구불구불거리다가 뜨겁게 공
중으로 날아가 분홍빛 봄비가 되어 내려오는 순환 속에서 사물의 사
이를 가르는 경직된 경계선은 가볍게 무너진다. 푸르거나 붉거나 진
달래 분홍빛이거나 개나리 노란빛이거나 홍일표의 시에는 검은색의
무거운 침묵을 무너뜨리는 찬란함이 있다. 이 찬란함을 회복하기 위
해 시인은 노래를 한다. "공중으로 날아간 뱀"을 위한 제문이자 "수
만 마리 불멸의 젖은 영혼"에 바치는 찬가이기도 한 이 "미명의 노
래"는 파도를 타고 풍요롭게 일렁인다.
　시인은 새하얀 백지에다 붉은 혈흔 같은 꽃을 피울 것이다. 이 꽃
을 시인은 "인간의 마을에서 피지 않는 꽃"이라고 부른다. 그 꽃은
"입술에 얹어놓은 한 줌의 노래"이기도 하다(「푸른 늑대」). 홍일표에게
시를 짓는다는 것은 곧 이 세계를 완성시킬 한 송이의 꽃을 피워 내
는 일이기도 한 모양이다. 그 꽃은 봉숭아이거나 채송화 혹은 과실

안에 꽃을 피우는 무화과의 그것이기도 한 것일까. 혹여나 미처 꽃에 도달하지 못하는 노래들이 있을지라도, 그는 "잠 못 드는 몸을 웅크리고 연필 속으로 들어가 화석이 된 계절"(「9H」)을 견디며 밤을 지새울 것이다. 푸른 늑대가 되어, 혹은 북극여우가 되어 결연히 혹한의 백지와 대결하면서 말이다. 그의 시가 몸을 한껏 비웠다가 그득 채운다.

> 살아서 꽃에 도달하지 못한 노래들
> 혹한의 입안에서 혀가 떨어져나가고 이빨들이 고드름처럼 부서져내린다
>
> 눈보라와 함께 달려가는 여우가 한 번씩 울 때마다 주검에서 깨어난 북극의 정수리에 꽃이 핀다 그림자도 목소리도 없는
> 다만 붉은 혈흔 같은
>
> ―「북극 여우」 부분

쓸쓸한, 고통의 신비
─유안진·최승자의 시

신에 대한 믿음을 잃어버린 인간은 자기 자신의 고통도 타인의 고통도 견디어 낼 수 없다. 신의 보호 아래 있다는 믿음을 견지할 수 없게 된 근대적 인간이 기댈 곳은 자기가 사유하고 있다는 것만은 부정할 수 없다는, 이성을 지닌 존재로서의 자신에 대한 확신으로 이어졌다. 이로써 신적인 상태에 도달하기 위한 위대함을 향한 도정은 감당할 수 없는 것으로 밀려나고, 최소한의 행복하고 평온한 삶에 안착하기 위해 고통을 회피하는 삶이 당연한 것으로 받아들여진다. 그런데 속물적 인간은 자신이 행복하다는 사실을 보증받기 위해 다시금 '신'을 요청하지 않을 수 없다. 행복에 대한 요구에 화답하기 위해 요청된 신은 행복, 배부름, 그리고 평안함의 이름으로 삶의 비합리적 근원을 말살시키는 모든 행동들을 합리화해 준다. 그것이 '종교로서의 자본주의'가 해 온 역할이다. 「종교로서의 자본주의」에서 걱정, 고통, 불안을 잠재워 주는 자본주의의 종교성에 대해 지적한 벤야민은, 자본주의가 꿈도, 자비도 없는 제의를 거행하고 있다고 말한다.

인간이 이성을 지닌 '합리적' 존재라는 사실은 자본주의라는 종교에 의해 기회비용과 수지 타산에 맞춰 합리적으로 생산하고 소비하는 '경제적 동물'로서 속성을 부각시켰다. 이에 따라 손해 보지 않는 삶을 추구하는 것, 그리하여 수많은 갑과 을로 이뤄진 이 세계에서 적어도 일방적으로 착취당하는 위치에 놓이지 않기 위해 발버둥 치는 삶의 방식이 정당화되었다. 신에 대한 불신이 인간에 대한 불신으로 이어진 것이다. 이럴 때 "사랑의 방식이 바뀌는 것일 뿐" 사랑은 계속되는 것이라는 니체의 말은 얼마나 무색한가. 천상의 질서는 그것에 대한 믿음이 사라진 이상, 더 이상 통용되지 않는다. '합리적인' 것으로 가정된 한정된 선택지를 앞에 두고 그 어떤 무질서와 혼란도 용납하지 못하는 삭막한 내면은 세계를 온전히 '느낄' 수 있는 능력과 더불어 삶을 사랑할 수 있는 여유를 잃게 되었다. 이런 삶 속에서 사랑은 어떤 식으로 계속될 수 있는 것일까. 최승자의 『빈 배처럼 텅 비어』과 유안진의 『숙맥노트』를 통해 그 답을 구해 본다.

하루나 이틀 뒤에 죽음이 오리니
지금 피어나는 꽃 피면서 지고
하루나 이틀 뒤에 죽음이 오리니
지금 부는 바람 늘 쓸쓸할 것이며
하루나 이틀 뒤에 죽음이 오리니
지금 내리는 비 영원히 그치지 않을 것이며
하루나 이틀 뒤에 죽음이 오리니
하루나 이틀 뒤에 죽음이 오리니

—「하루나 이틀 뒤에 죽음이 오리니」 전문

슬픔을 치렁치렁 달고
내가 운들 무엇이며
내가 안 운들 무엇이냐
해 가고 달 가고
뜨락 앞마당엔
늙으신 처녀처럼
웃고 있는 코스모스들

—「슬픔을 치렁치렁 달고」 전문

『물 위에 씌어진』 이후 근 5년 만에 발간된 이번 시집에서 두드러지는 것은, 죽음이 곧 닥칠 것이라는 사실에 대한 담담한 인정이 나타난다는 것과 함께 슬픔을 자신의 삶을 고양시키는 계기로 적극적으로 의미화하고 있다는 점이다. 「하루나 이틀 뒤에 죽음이 오리니」가 전자에 해당한다면, 「슬픔을 치렁치렁 달고」는 후자의 흐름을 보여 준다. "하루나 이틀 뒤에 죽음이" 올 것이라는 인식은, 죽음에 삶을 저당 잡히지 않겠다는 단호한 의지가 뒷받침되어 있다. 죽음에 연연하는 것은 삶에 대한 불필요한 강박을 불러일으킴으로써 삶을 사랑하는 것을 어렵게 한다. 최승자가 슬픔의 의미를 재발견할 수 있었던 것은 죽음에 연연하지 않았기 때문에 가능했으리라. 그는 "삶이 무의미해지면 죽음이 우리를 이끈다"(「모든 사람들이」)면서, 무의미해지는 삶을 고양시킬 수 있는 자극제로서 죽음을 끌어들인다. 죽음은 삶의 모든 가능성들을 끝내 버리는 종결자가 아니라 삶의 가능성들을 더욱 풍부하게 해석하게 하는 촉매이다.

최승자는 "슬픔을 치렁치렁 달고" 죽음에 저당 잡히지 않은 삶의 축제판을 벌여 나가려 한다. "슬픔의 효가 없으면 기쁨의 음악은 울릴 수가 없다"(「나 쓸쓸히」)라거나 "슬픈 자들은 슬픈 자들끼리 잔치를 벌이고"(「그것이 인류이다」)라는 구절에서, 슬픔에 대한 긍정이 나타난다. 이전 시집들에서도 그녀는 "인간의 文物치고 애닳지 않은 것이 어디 있겠느냐"라며 살아간다는 것에 대한 비애를 드러낸 바 있다(「Godji가 말하길」, 「물 위에 씌어진」). 죽음을 매순간 인식하고 있는 인간에게는 이내 사라질 모든 것이 애달프게 느껴진다. 그리하여 그녀는 "수없이, 수없이라는 말이,/sad, sad처럼 들릴 때가 있다"(「구석기 시대의 구름장들」, 「쓸쓸해서 머나먼」)라며 사람이 산다는 게 얼마나 슬픈 것인지를 일깨워 준다. 최승자에게 슬픔의 근원이자 이 슬픔을 넘어설 수 있는 힘을 주는 것은 이 세계의 이면에 다른 세계가 있으리라는 믿음이다. 그녀는 여기에 '신비'라는 이름을 붙인다.

> 이 세상 속에
> 이 세상과 저 세상
> 두 세상이 있다
> 겹쳐 있으면서 서로 다르다
> 그 홀연한 다름이 신비이다
>
> ─「이 세상 속에」 전문

불안이 자신의 존재가 '무'에 근거하고 있음에 대한 경험에 의해 발생한다면, 최승자가 느끼는 비애는 '무'에 근거하고 있는 이 세계를 살아가는 존재자들에 대한 연민에 가깝다. 존재자들은 본래 '구름'이나 '새'와 같이 자유로운 존재로 태어났음에도, 육체적 한계로 인해 지상에 매여 초월을 경험하는 것이 어렵다는 것을 알게 된다. 여기서 발생하는 슬픔은 도달할 수 없는 초월적 시간과 시적 주체가 갇혀 있는 시간 사이의 격차에 대한 감정이라 할 수 있다. 최승자가 "나는 육십 년간 죽어 있는 세계만 바라보았다"(「나는 육십 년간」)라면서 지독한 허무 의식을 보여 주면서도 삶을 부정하지 않을 수 있는 것은 이 '이 세상'과 겹쳐 있으면서도 '홀연히 다른' 세계가 있음에 안도하기 때문이다. 이것은 너무나 쓸쓸한, 고통의 신비가 아닐 수 없다.

유안진의 시에도 슬픔을 이 세계의 남아 있는 가능성에 대해 말할 수 있게 하는 사랑의 힘과 관련짓는 태도가 나타난다. 유안진의 이번 시집은 삶을 살아가는 지혜와 관련된 소소한 일화들을 통해 삶에 생동감을 부여하는 변함없는 가치들에 대한 믿음을 보여 준다. 유안진에게 고통의 신비는 니체가 말한 대지에 대한 사랑을 가능케 하는 것으로, 그녀는 "너무나 속되어서 너무나 성스러"(「속되어서 성스러워라」)움을 발견하는 성실함으로, 무질서한 슬픔이 정신을 파괴하여 그 위대함을 앗아 가지 못하도록 스스로를 보호한다. 그런데 그녀가 인간의 위대함에 대한 믿음을 지탱할 수 있게 해 주는 것은, 아이러니하게도 신앙에 기원한다. 유안진은 조선 시대 천주교인들이 신앙을 지키는 것을 대가로 목숨을 잃은 순교지 절두산을 찾아 "적막한 사랑"에 대해 이야기한다.

묵시록의 시대가 왔나 모든 입들 닫혔다, 말보다 더 아픈 말 없음이
말은, 실연보다 깊고 실패보다 무거워도, 후미진 골짜기 산자락에는,
지고 싶지 않은 구절초 아직 피어 있어, 험악한 세상에도 꿀 수 있는
꿈들은 아직도 남았다는데

적막한 입들 적막한 사랑으로 막막한 적막이 되어, 다다르는 아득한

거기, 하늘인가 저승인가, 억울한 불행마다 결국에는 기적이 되어준다
고, 눈발은 하늘 말씀처럼 내리고 내리는데, 무신론자들도 신자가 되
는데, 마른 가지 뒤흔드는 까막까치 마디울음에 찔레가시 끝마다 열매
들 붉어

　　여기는 박해시대의 절두산 언덕인가, 충신열녀의 조선시대 언제인
가, 청상수절이 평생 신앙이었던 내 증조할머니의, 붉고도 새파란 혼
령이, 찔레가지 끝 끝을 디뎌 밟아 오시는 제삿날 자시(子時), 흔들리
는 불빛에 눈발마저 붉어라.

—「겨울 부활」 부분

　최승자가 '비린내' 나는 세속적 세계와 중첩되어 있으면서도 홀연
히 다른 초월적 세계의 신비가 존재한다는 사실에서 자유의 근거를
확보한다면, 유안진은 "억울한 불행마다 결국에는 기적이 되어준다"
는 믿음의 근거를 '신앙'과 '역사(전통)'에서 발견한다. 유안진은 죽음
에 대한 공포조차 무력하게 하였던 신앙의 힘을 "적막한 사랑", "막
막한 적막"으로 표현한다. 그것은 감히 말로 표현할 수 없는 '아득
한' 경지를 암시한다. 묵시록의 시대가 찾아와 모든 입들이 말을 감
추어도, 이러한 드높은 경지에 대한 믿음을 지닌 자들은 "꿀 수 있는
꿈"이 아직도 남았다는 사실을 외면하지 못한다. 하지만 그것이 어
떤 꿈인지는 막막한 물음 아래 잠겨 있다. 유안진은 "청상수절이 평
생 신앙이었던" 증조할머니에 대해 말하며 그 자신을 이해하거나 도
달할 수 없는 심연이 있음을 예감하며, 이 심연을 역사 속에 묻어 둔
다. 이러한 태도는 최승자가 "우거지 쌍통 같은 歷史여/이제는 물러
가련"(「우거지 쌍통 같은」)이라고 말하며, 역사에서 탈출하여 초월적 세

계로 비상하고자 하는 숨은, 그러나 강력한 의지를 드러내고 있는 것과 대비된다.

이런 점에서 최승자의 시가 대지에 대한 긍정을 완수하지 못하고 부정의 그늘에 머물러 있는 데 비해, 유안진의 시는 심연을 신앙과 역사의 몫으로 맡겨 두고 '소박한' 긍정에 머무르고 있는 것은 아닌가 하는 의문이 들지 않을 수 없다. 유안진은 "잠든 사람은 깨울 수 있어도/잠든 척하는 사람은 깨울 방책이 없다니/듣지 못하는 이는 깨닫게 할 수 있어노/들으려 하지 않으면 어썰 노리가 없는가"(「귀여, 차라리 깊이 잠들어라」)라며, 인간의 허약한 본성을 탓하기도 한다. 이는 도스토예프스키가 『까라마조프씨네 형제들』에서 나약한 인류를 옹호하며 인간에 대한 사랑의 이름으로 고뇌의 짐을 지우는 예수 그리스도를 비난했던 대심문관의 태도를 떠올리게 한다. 유안진은 잠시나마 인간이 자유를 누리기에는 너무나도 허약한 본성을 지녔음에 절망하며, 차라리 깊은 잠에서 깨어나지 않기를 기원하는 것은 아닐까.

유안진이 신앙의 역사를 되새기며 강인한 이들의 삶을 전유코자 하는 것은 이러한 절망에서 벗어나기 위함일 것이다. 그리스도교의 귀족주의에 분개하며 위대한 희생을 견뎌 낼 수 없는 허약한 자들이 대체 무슨 죄를 지은 것이냐는 대심문관의 절망은, 결국 인간에 대한 불신을 넘어서지 못하였다. 이에 비해 유안진은 나약함을 지닌 자들을 비난하는 죄를 짓는 대신 인간의 나약함마저 포용할 수 있는 강인함에 대해 말한다. 그러면서 그는 대심문관의 이어지는 추궁에 아무런 말도 하지 않았던 그리스도를 대신하여 다음과 같이 대답한다. "죽 먹은 누군가를 단죄하는 죄짓지 말고/우리도 먹어 그를 사랑하자."(「성 프란치스코식 사랑」) 이것이 바로 무한한 '사랑'의 힘일 것이다. 사랑을 통해서만 인간은 '사라진' 신이 그에게 부여한 심연을 넘어서 새로운 세계를 건설할 수 있다. 그럼으로써 그는 신을 대신하여 하나의 세계를 건설할 수 있는 강인한 인간으로 거듭난다.

아이들은 모래밭에서 공차기 한창인데, 한 아이는 조개껍데기로 바닷물을 퍼서 모래밭에 부었다
뭘 하느냐고 묻자, 바닷물을 다 퍼내서 축구장을 만들어 축구할거라고 했다
저 애들과 공차면 되지 않느냐고 하자, 아이는 고개 들어 쳐다보며 말했다
나는 쟤들 아니잖아요.

—「〈나〉라는 이유만으로」 전문

깜부기도 드문드문 도꼬마리 달개비도 섞였네
쥐도 뱀도 개구리 두꺼비도 들락거리네
숨었던가 새들도 날아오르네

꺾이고 쓰러진 보리대궁 사이사이
지나가는 댓바람이, 지나는 들쥐가, 붙잡는 도꼬마리가
보릿대를 짓밟아, 꺾기도 하고 붙잡아 세우기도 하네
저런 것들이 우연이기만 할까

저렇게 더불어야 보리밭이 되는가
갑자기 먹구름 몰려와 폭우를 쏟아 붓네
보리누름에 비 오면 흉년 든다 들었는데
폭우가 더해져야 더 큰 충만이 되는가

안다는 건 오직 모를 뿐이네.

—「충만의 조건들」 전문

「〈나〉라는 이유만으로」는 근대의 주체인 개인이 처한 외로운 처지를 보여 준다. 모래밭에서 공차기가 한창인 아이들을 옆에 두고 조개껍데기로 바닷물을 퍼서 축구장을 만들겠다는 아이의 무모함은, 시를 짓는 시인의 그것과 다르지 않다. 자신의 세계를 건설하고자 하는 욕망은 인간이라면 누구에게나 있을 것이다. 그것은 '나'와 '타자'를 구분시켜 주는 근원적 표지로써, 이로 인해 인간은 창조의 기쁨과 파괴의 고통을 동시에 느낀다. 파괴의 고통을 삶에 대한 사랑으로 전환시킬 수 있는 역량을 지닌 주체는, 자신에게 닥친 모든 우연에서 필연적 의미를 발견해 낸다. 「충만의 조건들」에서 '폭우'를 "더 큰 충만"을 위한 것으로 의미화하는 긍정의 자세는 유안진 시가 기반하고 있는 삶에 대한 사랑을 증명한다. 이를 통해 그녀는 "깜부기도 드문드문 도꼬마리 달개비도" "쥐도 뱀도 개구리 두꺼비도" 삶을 풍요롭게 해 주는 경쟁자이자 동반자들임을 깨달을 수 있었으리라.

최승자와 유안진의 시는 그 어떤 종착점을 보여 주지는 않는다. 이들의 시는 삶에 대한 불신을 지닌 자들이 경계해야 하거나 불가능해 보임에도 불구하고 추구하지 않을 수 없는 길이 있음을 제시할 따름이다. 이들은 답을 구하기 위해 헤매는 것이야말로 답을 구하는 유일한 방식임을 이해하고 있다. 김춘수는 한 수필에서 "불행을 한 의지에까지 끌고 나가야 한다. 증발해버리면 허수아비처럼 늘어졌다가도 적은 향수병으로 재생하여 쉼 없이 향수를 쏟아야 한다. 드디어 시인은 호머의 영웅들과 같은 확고부동한 사명에의 자세를 가지게 될 것이다. 시인은 스스로의 불행을 부단히 쏟아감으로써 거인의 의지를 가지게 될 것이다"라 말했다. 시인은 누구도 아닌 그 자신의 불행을 통해 삶을 향기롭게 변화시키는 생성에 이르러야 한다. 창조하는 자는 창조된 것을 통해 이 세계에서 살아남는다.

그가 저녁에 이야기하는 것들
―고영민의 시

그림자가 생기는 이유는 뭘까
불붙은 개는 저쪽에서 달려올 테지
―고영민, 「개가 사라진 쪽」 부분

『리스본행 야간열차』라는 소설에서 주인공은 사람들을 책을 읽는
사람과 읽지 않는 사람으로 구분한다. 주인공 사내의 어머니는 책을
읽지 않는 사람이었다. 그녀가 읽은 책으로는 싸구려 통속소설을 꼽
을 수 있을 정도이다. 그래서일까. 그녀는 책에 파묻혀 사는 아들을
비난한다. '너도 아버지처럼 책 속으로 들어가려는 거구나'라고 말
하면서 말이다. 그는 커서도 한참이 지난 후에야 어머니가 했던 말
을 기억해 낸다. 문자의 세계에 매혹되어 고전문헌학자가 된 사내
는 어머니의 이 말에 담긴 쓸쓸함을 그제야 이해할 수 있게 된다. 그
것은 단순한 비난이 아니었다. 어머니는 자신이 이해하지 못하는 세
계로 사랑하는 자들이 떠나 버리는 것에 대한 외로움을 표현한 것이
다. 하지만 사내는 그 사실을 너무나 늦게 깨우쳤고, 또 그것을 알았
다고 해도 어머니의 외로움을 어찌해야 할지 알지 못했을 것임을 안
다. 사내 역시 자신의 외로움을 감당하기에 벅차서 문자의 세계를
탐닉하게 된 것이기 때문이리라.

고영민의 시에 대해 이야기하려는 자리에서 갑자기 자기 자신을 찾아 나서는 한 사내에 대한 이야기를 꺼낸 것은, 그의 시적 여정에도 급작스러운 전환 같은 것이 목도되기 때문이다. 그러니까 그가 최근 펴낸『구구』(문학동네, 2015)가 그렇다. 이 시집이 기존 시집들과 뭔가 다르다는 인상을 주는 것은 그가 자기 삶에서 어떤 불일치를 발견하는 데서 비롯하는 것 같다. 스스로의 삶에서 소외되어 있다고 생각되는 사람들은 어디론가 떠나야 한다. 고영민의 시에서 이는 '그림자'에 대한 발견으로 표면화된다. 사실 고영민의 세 번째 시집을 읽을 때만 해도 그가 그림자가 생기는 이유를 궁금해하리라고 생각되지 않았다. 위악적인 제스처를 일부러 내세우는 듯 보였던 첫 번째 시집『악어』(실천문학사, 2005)를 거쳐 죽음 앞에 공손해지는 인간의 유한함을 보여 준『공손한 손』(창비, 2009), 그리고 그러한 한계가 극치에 달한 순간들을 모아 놓은『사슴공원에서』(창비, 2012)에 이르기까지도 그의 시에는 유기적 세계관이 굳건히 자리 잡고 있었다. 그것은 혹자가 지적하듯 '서정시에 대한 고집'이나 '일관된 아비튀스'라고 말할 수 있는 것이다.

그런데『구구』에 이르러 유기적 세계관에는 확연히 균열이 나타난다. 은유를 대신해서 환유가 두드러지기 시작한 것이 그 징후다. 고영민이 병치의 방식으로 유년에 대한 향수를 사물에 대한 열린 감수성으로 변환시킬 때 은유는 빛을 발했다. 그의 은유는 시적 주체의 울음과 함께 터져 나왔다. 이는 사물의 텅 빈 자리를 울음으로 채우려는 기획이었다. 죽음은 누구에게나 공평한 듯 보이지만 그 죽음을 제대로 된 울음으로 표현할 수 있는 자는 한정돼 있다. 이때 고영민은 누군가를 대신해 울어 주기를 자청하는 자였다. 그는 울음을 제대로 된 음(音)으로 진동시키기 위해 악기 속으로 들어가 자신의 몸을 악기로 만들었다(「우륵」). 그리고 이 악기를 통해 미처 이야기되지 못했던 슬픔들이 온전한 음을 지닌 채 세계에 흘러나왔다. 다음과 같은 시가 그러하다.

이 저녁엔 사랑도 사물(事物)이다.
나는 비로소 울 준비가 되어 있다 천천히 어둠속으로 들어가는 늙은 나무를 보았느냐,
서 있는 그대로 온전히 한 그루의 서녘이나.

떨어진 눈물을 주울 수 없듯
떨어지는 잎을 주울 수 없어 오백년을 살고도 나무는 기럭아비 걸음 으로
다시 걸어와 저녁뿌리 속에 한해를 기약한다.
오래 산다는 것은 사랑이 길어진다는 걸까, 고통이 길어진다는 걸까.
잎은 푸르고, 해마다 추억은 붉을 뿐.
　　　　　　　　　　　　　—「저녁에 이야기하는 것들」(『공손한 손』) 부분

저녁의 시간도, 사랑도 한 그루의 나무 속으로 들어간다. 나무는 삶과 동반되는 비애와 서러움을 그 자신 안에 담아낸다. 비애와 서러움을 언제까지 자기 안에 품고 살아가야 하는지도 모르지만 그는 그것을 받아들이지 않을 수 없다. 그것이 자신의 삶이기 때문이다. 눈물이 중력에 의해 가장 밑바닥으로 떨어질 때도 그는 "잎은 푸르고, 해마다 추억은 붉을 뿐"이라고 말할 따름이다. 인간은 사랑으로 인해, 살아 있다는 사실 자체로 고통을 감내해야 하는 숙명론적 존재다. 허나 그는 그 어떤 고통 앞에서도 겸허하다. "사랑은 우리의

비참함을 말해 주는 표시이다. 신은 자기 자신만을 사랑할 수 있으며, 우리는 우리 자신이 아닌 다른 것만을 사랑할 수 있다"(『중력과 은총』)고 했던 시몬 베유의 말이 떠오른다. 자기 자신을 사랑할 수 없는 자는 사랑을 비참함의 표시로 여길 수밖에 없다. 그 사랑은 언제까지나 불가능한 것으로 남아 있을 것이기 때문이다. 다만 그의 비참함은 "온전히 한 그루의" 나무로 표현될 수 있다는 점에서 신의 은총을 받았다고 할 수 있다. 표현될 수 있는 고통은 그나마 참을 만한 것이 되니 말이다.

그렇게 형용 불가능한 사랑의 비참함을 하나의 '사물'로 변용시킴으로써 그는 이 세계가 저물어 간다는 사실을 오롯이 인식하면서도, 한편으로 「싸이프러스 사이로 난 눈길을 따라」와 같이 아름다운 연가를 부를 수 있었다. "우리는 뒤돌아 잔뜩 몸을 웅크리고 있다가/바람이 잠잠해질 쯤 서로의 얼굴을 보며 웃었다/나는 속으로 행복하다고 말했다/그때 너와 나의 머리칼과 눈썹, 털옷에는/눈가루가 얹혀 빛나고 있었다." 이 시에서 이름도 알지 못했던 거대하고 의연한 나무의 은총 아래 시적 주체는 사랑의 가능성을 신뢰하고 있다. 이 믿음은 영혼에 대한 신화를 작동시키며 죽음을 "환한 어둠"(「누우면 눈이 감기고 일어서면 눈이 떠지는 인형처럼」)으로 인식할 수 있는 여지를 마련한다. 그는 "땅속으로 새들이 날고/그 푸른 허공으로 빗줄기가 쏴, 하고 쏟아질 때에도/나는 몇 번씩이나 속으로 행복하다고 말했다"라고 말한다. 영혼에 대한 믿음을 통해 죽음을 행복한 것으로 느낄 수 있는 자의 평온은 얼마나 부러운 것인가.

그런데 『사슴공원에서』에서부터 다가오는 죽음에 대한 불편함이 나타나기 시작한다. 사랑하는 이의 영혼이 자신의 곁에 머물러 있을 것이라는 믿음은 온전한 위안이 되지 못한다. 애도하는 자들은 그렇게 허무주의자가 된다. 헤어짐을 당연한 것으로 받아들이며 그에 연연하지 않는 의연함을 연습해 둔다. 그리하여 그들은 "아무것도 할수 없을 때는/아무것도 하지 말자고 중얼"거리기도 한다(「오지」). 그럼에도 끝내 알 수 없는 것으로 남아 있는 죽음의 그림자가 출현하는 것에 대한 당황스러움이 일어나는 것을 피하기 어렵다. "나도 서둘러 당신에게 가야 한다/사랑이 식기 전에/밥이 식기 전에"(「사슴공원에서」)라는 구절이 안타까움을 주는 것은 아무리 서두른다고 해도 그가 당신에게 도달하기에는 너무 늦으리라는 것을 알기 때문이다. 더구나 더 이상 죽음이 남의 것이 아니게 될 때 죽음의 의미는 그전과 사뭇 달라진다.

태어나기 전에 나는 무엇이었습니까
비춰보지 않고서는 귀와 입과 코를 보지 못하는 눈과 같이 나는 영원히
단풍을 보지 못합니다
　　　　　　　　　　　　—「단풍을 말하기 전」(『사슴공원에서』) 부분

아무리 샅샅이 뒤져도 공은 끝끝내 발견되지 않고 한 명씩 두 명씩 날 저문 얼굴로 숲을 나와 낡은 야구 글러브와 방망이를 챙겨 집으로 돌아가버리면 공은 그제야 숲의 덤불 속에서 또르르 굴러나와 한참을 웃다가, 웃다가 다시 숲의 덤불 속으로 천천히 기어들어가 우리가 어른이 될 때까지 비 맞고 눈 맞고 그 자리에 꼭꼭 숨었다네……숨는다네
　　　　　　　　　　　　　　　　　—「공」(『구구』) 부분

고영민은 자기 존재의 기원에 대해 묻기 시작한다. 그것에 대한

물음을 찾기만 하면 그전에 볼 수 없었던 것을 볼 수 있게 될지도 모른다는 기대 때문이리라. 그는 태어나기 전의 자신을 찬란했던 시절을 지나치고 있는 단풍에 비유한다. 이는 "우리에게 가장 아름다운 날은 아직 오지 않았다"(『독경』, 「사슴공원에서」)라고 말하며 이 생이 천천히 지나가기를 바라는 태도와 닮아 있다. 그는 "귀와 입과 코를 보지 못하는 눈"처럼 자신의 생이 저물어 가는 풍경을 조망하지 못하는 피조물임을 깨닫는다. 삶의 의미는 어딘가로 굴러가다가 끝끝내 발견되지 않는 공처럼 어딘가에 숨어 버린다. 오롯이 자신의 삶이 아닌 것 같은 이물감을 고영민은 숨어 버린 공에 비유한다. 그런데 끝내 공을 발견하지 못하고 각자 집으로 돌아가 버리는 이들만큼이나 한참을 웃는 공 역시 외로워 보인다. 그렇게 외로움을 숨기기 위해 더 꽁꽁 숨어 버리는 공이 된 기분으로 시인은 위악의 가면을 쓰고 자신이 처한 삶의 한계를 잊고자 하는 제스처를 취하거나 아포리즘의 형식으로 나름의 해법을 제시하며 해소되지 않는 물음들을 정리해 보려는 것이리라.

　다만 여전히 그의 시집에서 변하지 않는 것은 울음으로 가득 채워진 시적 대상이 등장한다는 점이다. 『구구』라는 시집의 제목에서 쓸쓸한 울음소리를 연상하는 것은 어렵지 않다. 시인은 "비둘기가 울 때마다 비둘기가 생겨난다"는 「구구」의 구절은 울음을 통해 비로소 존재하게 되는 존재의 영역이 있음을 상기시킨다. 비둘기가 울기 전까지 존재하지 않는 것처럼 보였던 영역이 열리는 이 순간은 세계와 존재가 조화를 이루지 못하는 불일치의 순간이다. 공중화장실에서 "숨죽인 채 쌍둥이 사내애를 낳고 있는/여고생"과 "빈 유모차를 밀며 공중화장실 옆을 지나는/할머니 머리 위"에서 비둘기는 운다. 여기서 비둘기의 울음은 세계와 존재 사이의 불일치를 드러내는 징표이다. 누군가에게는 너무나도 간절한 것이 다른 누군가에게는 그저 끔찍한 일로 기억되기도 한다. "자신의 죽음을 알리기 위해" 혼신의 힘으로 창문을 향해 기어간 '그녀'의 마지막 간절함이 "구더기"가 되어 떨어지는 아픈 순간을 고영민은 기어코 그려 낸다(「구더기」).「봉천동엔 비가 내리는데 장승배기엔 눈이 온다」와 같은 시의 제목은 시인이 불일치의 순간 빚어지는 비극적 장면들에 주목하고 있음을 말해 준다.

고영민이 포착한 이러한 불일치의 비극에는 얼마만큼의 냉소와 얼마간의 연민이 동시에 배어 있다. 그는 자신이 어찌할 수 없는 "가질 수도 버릴 수도 없는"(「구구」) 삶의 비극들을 저만치 밀어 놓고 관찰한다. 이러한 모순적인 시선은 그동안 고영민 시에서 작동해 왔던 은유가 나타나는 것을 방해한다. 기의를 매개로 하여 사물을 자기 쪽으로 가까이 끌어들이려는 은유의 메커니즘이 작동하는 것을 현상학적 시선이 가로막기 때문이다. 『구구』에서 사물의 이면에서 숨겨진 의미를 발견하려는 시도는 확연히 줄어들었다. 이를 대신하여 자기 자리를 찾지 못하고 방황하는 사물들의 그림자에 대한 탐구가 나타나고 있다. 고영민은 어째서 이러한 변화를 보이게 된 것일까. 익숙한 삶과 결별하려는 인간에게는 이유가 있게 마련이다. 고영민이 영혼도 육체도 아닌 그림자의 세계에 관심을 가지게 되었다면 거기에도 이유는 있을 것이다. 그의 시에서 이러한 변화의 조짐은 "불붙은 개"의 출현으로 묘사되고 있다.

그림자가 생기는 이유는 뭘까
불붙은 개는 저쪽에서 달려올 테지

댓잎이 나오는 지금쯤
어린 장어는 강에 나오고
열세 명이나 들어가던 늙은 팽나무엔 연초록 새잎이 돋고
발목에 가락지를 채워 보낸 새는
다시 돌아오고

누가 개에게 불을 붙였나
달려도 달려도 떨어지지 않고 개는
무작정 또, 달리고

나는 언제부터 지루해졌을까
차량 정비소로 뛰어든 개는
결국 건물 한 동을 홀라당 다 태울 텐데
그사이 봄은 여름에게 저녁은
밤에게 몸을 내어주고

개가 전속력으로
개로부터 빠져나가는 저녁
아무리 도망쳐도 너를 위한 몸은 없다고
모든 그림자는 가장 길게
자신으로부터 빠져나오는데

나는 우두커니
개가 사라진 쪽을

―「개가 사라진 쪽」(『구구』) 전문

고영민에게 일어난 변화는 삶과 죽음, 몸과 영혼의 이분법적 세계에 혼란이 일어났음을 암시한다. 푸코는 영혼이 "몸의 슬픈 위상학을 지워버릴 수 있는 가장 끈질기고도 강력한 유토피아를 서구 역사의 시초 이래 우리에게 제공해"[1] 왔다고 지적한 바 있다. 영혼은 생명의 유한함을 보여 주는 몸을 가진 슬픔을 간단히 제거해 버린다. 영혼은 순수하고 아름답고 순결하다. 그것은 육체가 사라진 다음에도 본래의 순수함을 복원할 힘을 지니고 있다고 믿어진다. 유기적 세계관을 견시한 시정시들이 주는 행복함이란 영혼의 존재에 대한 믿음을 통해 전달된다. 유한함에 영향을 받지 않는 비가시적인 것의 무한함은 불가능한 것을 가능한 것처럼 보이게 한다. 그런데 영혼에 대한 은유는 위태로운 지경에 빠지게 된다.

그리고 보면 "거울 속 제 모습을 두고 짝이라고 생각하는"(「거울」, 『공손한 손』) 새 한 마리는 시인의 분신이자 근원적 결핍을 상상적 동일시로 해소하고자 하는 안간힘을 보여 주는 존재라 할 수 있다. 하지만 상상적 동일시를 통해서라도 해소하고자 했던 존재론적 외로움은 결국 해결되지 않는다. 갑작스럽게 출현한 '불타는 개'와 같은 예측 하지 못한 사건이 겨우 고정해 두었던 기표와 기표 사이의 의미를 뒤흔들어 버리고 어디론가 사라져 버린다. "아무리 도망쳐도 너를 위한 몸은 없다"는 선고가 기다리고 있을 뿐이다. 이 시에서 고영민의 '새'는 '불타는 개'로 변신한다. 구슬픈 울음을 울면서 거울을 보고 외로움을 달래려는 시도가 타자에 의해 좌절된 후 그의 울음은 그 자신으로부터 빠져나오려는 혼돈의 몸부림으로서 잠시 출현했다가 사라져 버린다.

---

1 미셸 푸코, 『헤테로토피아』, 이상길 역, 문학과지성사, 2014, p.30.

그러면서 영혼을 대신한 자리에 그림자에 대한 물음이 들어선다. 영혼과 육체의 안전한 이분법 안에서 조화로웠던 세계를 대신하여 불일치와 엇갈림 속에 고통받는 그림자의 세계가 그려진다. 죽음은 그저 죽음일 따름이다. 돼지고기가 "그냥 돼기고기일 뿐"(「돼지고기일 뿐이다」)인 것처럼. 거기에 어떠한 의미를 덧댄다고 해도 들판이 불이 번졌던 자국처럼 죽음은 자신의 흔적을 지우지 않는다. 고영민은 불안을 외면하지 않음으로써 사물의 불일치를 응시한다. 이는 "죽은 자의 손"(「차가운 손」)처럼, "지우려 해도 지워지지 않는 입술들"(「붉은 입술」)처럼 낯선 사물에 그가 주목하는 까닭이 아닐까. 그렇게 불안은 보이지 않던 것을 보이게 하는 눈을 열어 줄 것이다. 시인 덕분에 한 그루의 저녁을 마주할 수 있었던 것처럼 말이다. 자신으로부터 빠져나오려는 그림자가 한없이 길어진다.

인간이라는 악몽에 대한 반성
―허수경론

"지구에서 인간들은 일종의 병원균이나, 암세포, 아니면 종양처럼 행동한다. 인류는 숫자로 보나 지구를 교란하는 정도로 보나 너무 많이 증식되어서 인류 자신의 존재 조건마저 교란하는 지경이 되었다." 가이아 이론을 창시한 제임스 러브록의 말이다. 인간의 이상 대량 증식으로 인해 지구에 재앙과 같은 일들이 벌어지고 있다는 러브록의 유체 이탈적(?)인 발언은 인간중심주의적 관점에서 벗어나 인간 역시 지구를 살아가는 하나의 종(種)에 불과하다는 인식에서 나온 것이다. 지구에 살고 있는 여타의 생명체에게 헤아릴 수 없는 파멸을 안겨 주고 있는 인류라는 존재는 지구 전체로 보면 하나의 악몽에 다름 아니다. 선사시대와 역사시대를 통틀어 인류의 발전은 생태계에 대한 파괴와 약탈과 함께 진행되어 왔다. 오로지 생태계를 약탈함으로써만 생존할 수 있는 인간의 파괴적 속성을 꼬집어 인간을 호모 사피엔스가 아니라 호모 라피엔스(Homo Rapiens), 즉 '약탈하는 사람'이라고 불러야 한다고 냉소하는 이도 있다.[1]

허수경의 신작 시에서 두드러지는 것은 인간이라는 종에 대한 환멸이다. 그녀가 근작 시집 『누구도 기억하지 않는 역에서』(문학과지성사, 2016)에서 인간이 앞당기고 있는 이 세계의 종말에 대해 비관적으로 예언하듯 말했음을 떠올려 보면 이러한 태도가 새삼스러운 것은 아니다(대표적으로 「지구는 고아원」이나 「겨울 병원」과 같은 시를 보라). 몇 세기에 걸친 문명사를 조감하며 "이름 없는 것들"(「빌어먹을, 차가운 심장」)이 죽어 가면서 내던 목소리를 담담히 상상할 수 있게 된, "차가운 심장"을 지니게 된 그녀가 이제 인간의 문명을 넘어선 자연에 대해 말하기 시작했다. 문명을 인간의 유일한 발명품으로 치부하려는 인간들은 그 문명이 통제할 수도 없는 기술을 발전시켜 문명의 종말을 앞당기고 있음을 인정하기를 거부한다. 그 문명이 돌이킬 수 없는 전쟁을 일으키고 수천의 난민을 양산하며 같은 종의 고통 역시 철저히 무시하고 있다는 사실 역시 은폐된다.

　독특한 분위기를 풍기는 산문에서 허수경은 묻는다. "인간만큼 폭력적인 종이 이 세계에 존재한 적이 있었을까요?"(「바쿠는 오늘도 오지 않고」) 그녀와 같은 종에 속한 나는 대답할 말을 찾지 못한다. 잠이 든 것처럼 고요히 해안가에 쓸려 온 난민 아이의 사진을 보았을 때처럼, 전 세계에서 일어나고 있는 테러로 가족이나 친구를 잃어버린 사람들의 절규를 들었을 때나 녹아 가는 빙하 위에서 어쩔 줄 몰라 하는 북극곰을 보았을 때처럼, 할 수 있는 일이란 참담한 침묵일 따름이다. 나 자신이 동참하고 있는 인류의 역사에서 벌어지고 있는 이 악몽에서 '바쿠'와 같은 존재가 나타나 자신을 구원해 주길 바라는 그녀의 심정에 동참해 본다. 허나 허수경은 그러한 일말의 소망

---

1 존 그레이, 『하찮은 인간, 호모 라피엔스』, 김승진 역, 이후, 2010.

마저 부정한다. 인간이라는 존재 자체가 악몽인 이상, '바쿠'라는 존재가 있다면 제일 먼저 사라지는 것 역시 인간일 것이라면서 말이다. 그녀는 어쩌면 이러한 말들을 무자비하게도 내뱉을 수 있게 되었을까.

등단한 지 30여 년간 여섯 권의 시집을 낸 시인의 시력(詩歷)을 간단히 정리하는 일이란 난망한 일이거니와, 허수경과 같은 진폭을 보여 준 경우라면 더구나 엄두가 나지 않는 일이다. 그럼에도 불구하고 이 작업을 통해 인간이라는 종에 대한 그녀의 불신과 여전히 그녀가 놓지 못하고 있는 인간에 대한 연민의 깊이를 이해할 수 있다. 허수경은 첫 시집 『슬픔만한 거름이 어디 있으랴』(1988)에서 "돌아오지 않아도 불러야 할 이름 석 자/도처에 깔려 있어 시를 쓸 만한 땅"(「진주초군」)에 대해 노래하며 식민지 백성으로서의 설움과 분노를 토했다. 그녀의 시에는 '아버지'라는 존재가 자주 등장했고 그 그늘에서 허수경은 나이에 어울리지 않게 늙수그레한 어법을 획득했다. 능청스럽기도, 청승맞기도 한 그녀의 어투는 『혼자 가는 먼 집』의 「불취불귀」와 같은 시에서 빛을 발했다. 이 도저한 패배주의에 패배하지 않은 사람은 드물었고 그렇게 언제나 패배할 수밖에 없는 순정에 대해 노래하며 그녀는 "인생을 너무 일찍 누설하여 시시"(「늙은 가수」)하다고 읊조렸다. 시 역시 한 시대에 대한 기록이라 할 수 있는 것은 그 시대의 사랑과 상처를 시를 통해 어렴풋이나마 짐작할 수 있기 때문이리라. 사랑을 하는 순간에조차 그 사랑의 끝을 예감하며 애절해하는 청승맞음에는 그 시대의 불우가 오롯이 담겨 있다.

그러던 허수경이 독일로 훌쩍 떠나 버리듯 청승맞은 시대의 불우와 과감히 헤어진다. 그리고 설화나 전설 같은 시간 속에서 불렸던 '오래된 노래'를 들려주기 시작한다. 과거 그녀의 등단을 앞두고 그녀의 시가 지나치게 세련됨을 우려하였던 평론가의 글을 읽으며, 그 세련됨이란 최신의 유행을 따르는 데서 비롯되는 것이 아니라 너무나도 오래되어 그 기원을 알기 힘든 어떤 것을 따르는 데서 비롯한 것일지도 모른다는 조심스러운 추측을 해 본 적이 있다. 그녀가 조곤조곤 아주 먼 옛날에 있었던 일인 양 사라져 버린 것이나 사라지는 것들에 대해 이야기할 때, 그것이 얼마나 오래된 일이었는지를 상기하는 행위에는 시대를 초월하는 세련됨이 깃들어 있다. 그녀의 시를 읽는 것은 시간을 거슬러 올라가는 것이 아니라 시간 속을 거닐면서 시간을 하나의 사물로 관찰하는 기묘한 태도를 경험하는 것을 의미하는 것이었음에랴.

이것은 인간의 시간이 아니라 자연의 시간을 환기하는 시도로 이어졌다. 그녀가 "옛 노래들은 뜨겁고 옛 노래들은 비장하고 옛 노래들은 서러워서 냉소적인 모든 세계의 시간을 자연신의 만신전 앞으로 데리고 갈 것 같기에, 좋은 노래는 옛 노래의 영혼이라는 혀를 가지고 있을 것 같"(「시인의 말」, 『빌어먹을, 차가운 심장』)다고 말하였던 것을 되새겨 보면, 그녀의 시가 영혼으로서 품고 있는 옛 노래들이 인간 중심적인 시간관에서 벗어나려는 지난한 노력과 관련된 것임을 짐작할 수 있다. 하지만 이 시도가 결국 실패로 귀결되고 말았다는 것을 근작의 시편들을 통해 확인할 수 있다. 『빌어먹을, 차가운 심장』에서 그녀는 이미 "이제는 자연에서 혼자 사는 법을 완전히 잊어버린 저 누에들은/어떻게 저 폭력을 참아내었을까"(「삶이 죽음에게 사랑을 고백하던 그때처럼」)라며 인류의 역사가 시작된 이래 폭력이 함께하지 않은 적이 있었는가라는 의문을 던지고 있었다.

근래 들어 그녀의 회의는 더 지독해진 듯하다. 「토끼는 내 말을 모른다」에서 허수경은 가을 문턱에 새끼를 낳는 토끼에 대한 자신의 안타까운 심정이 결코 토끼에게 전달되지 않을 것이라고 단언하며, 그럴싸하게 인간과 자연의 화해를 포장하기보다 인간과 자연이 가는 길이 같을 수가 없음을 인정하고 만다. 여기에는 일종의 독기가 서려 있기까지 하다.

> (그건 내 자유다 자연이 날 배반한 만큼 나도 자연을 배반할 준비가
> 되어 있다. 파멸로 가더라도 파멸로 가서 나라는 종을 지울지라도)
>
> ─「토끼는 내 말을 모른다」부분

마치 지독한 사랑에 배반이라도 당한 것처럼 허수경의 단언에는 오기가 느껴진다. 화해할 수 없는 상대와 함께 살아가기 위해서는 그를 철저하게 배반하는 삶을 살아가야 한다는 양 그의 태도는 단호하다. 파멸로 가서 '나'라는 종을 지우는 일이 있더라도 자연을 배반할 준비가 되어 있다는 오기가 없이는 자유도 없다는 것일까. 내가 살아갈 자유를 얻기 위해서는 결코 자연과 화해하지 않으리라는 다짐인 것일까. 자기 자신도 인간이라는 악몽에서 벗어날 수 없음을 독하게 인정하고 만 것일까.

죽는다는 것이 얼마나 치졸하고 구차스러운 일인지를 아는 자들은 죽음 앞에 호언장담하는 것이 얼마나 어리석은 짓인지를 안다. 시간은 그의 편이 아니며 졸아드는 기억 앞에서 한 줌이라도 가치 있는 무언가를 얻어 보겠다고 이리저리 따지는 마음이 생긴다. 참으로 치사한 일이 아닐 수 없다. 악몽 같은 삶일지라도 어떻게든 부여잡고 살아 보려는 마음을 여며 두고 허수경의 「토끼는 내 말을 모른다」의 지독한 독설들을 읽으면서, 한편으로는 시인이 이러한 문장을 쓰기까지 도대체 얼마나 머뭇거리는 시간들을 보내야 했을지를

생각한다. 아무리 고통스러운 역사를 마주하고도 그것을 청승맞은 사랑으로라도 보듬어 안고 가려던 시인이 아니었는가. 그런 시인이 "아무도 폭력을 폭력이라 여기지 않는 오후를!" 홀로 기억해야 했던 순간과, 가을 문턱에 새끼를 낳은 토끼가 다가올 겨울에 죽음을 맞이하더라도 그걸 막을 수 없는 무력함과, 그것을 감당할 수 있으리라 자신하는 오만에서 벗어나기 위해 지독한 회의와 독설을 선택한 것은 아닌가.

그렇다면 「산책 정물화」에 나타나는 무채색의 어두는 자연의 말을 알아들을 수 없다는 반성에 이른 인간이 다다른 풍경이 아닐까 한다. 「봄꿈」에 나타나는 무심한 풍경 역시 인간의 시간과 다른 궤적을 지니는 시간이 존재함과 관련되는 것일 테다. 간첩이 내려왔다는 뉴스나 아가씨 셋이 변사체로 발견되었다는 신문 기사는 자연의 무심한 소화기관을 거치며 흔적도 없이 사라져 버릴 것이다. 허무는 죽음 그 자체가 아니라 죽음이라는 사태 앞에서도 꿈쩍도 않는 무심한 풍경을 의미한다. 정지용이 보여 준 「장수산」 연작이나 「백록담」과 같은 후기 산수시에서 느껴지는 쓸쓸함이 이러한 시편들에도 배어 있다. 적막한 산천의 풍경에서 오히려 안락함을 발견할 정도로 이들의 고독이 사무친다. 인간을 죽음으로 이끄는 것이 고독이라 하였던 시인이고 보면, 그녀가 근작 시에서 천착하고 있는 고독한 풍경은 예사롭지 않다.

허수경의 시에서 고요는 공포로 이어진다. 「산책 정물화」에서 "시체처럼 가족없이 죽은 시체처럼 발목에 명찰을 단 시체처럼"이라는 구절이 그렇다. 고요의 뒤에 끔찍한 공포의 그림자가 어른거린다. "조금 더 나은 삶을 꿈꾸다가 물에 빠져 죽는 것이 21세기의 일입니다"(「유령들」, 『누구도 기억하지 않는 역에서』)라는 좀처럼 잊히지 않던 냉소적 허무주의가 이 정물화에도 나타난다. 무엇보다 그것은 그 누구도 아닌 우리에게서 비롯한 악몽이기에 공포스러운 것이다.

> 이 지옥은 어디에서 온 것일까, 하고 한 기자가 혼잣말을 하자 다른 기자는 우리에게서, 라고 혼잣말을 하며 맥주 한 잔을 더 청했다.
> —산문 「바쿠는 오늘도 오지 않고」 부분

인간의 역사가 얼마나 참담한 것인지 허수경은 잘 알고 있다. 도대체 인간이 다른 인간을 노예로, 난민으로, 시체로 만들지 않은, 폭력적이지 않은 문명이 있었을까. 그러한 문명이 있었다면 왜 지속되지 못하고 말았는가. 아마도 허수경은 그렇지 않은 문명이 있으리라 믿으며 고대 문명을 탐구해 나갔는지도 모른다. 그런데도 지옥은 과거에도 지금도 사라지지 않고 있다. 그 지옥은 바로 "우리에게서" 비롯된 것이기 때문이다. 인간이 사라지지 않는 이상 이 세계에서 악몽을 없애는 것은 불가능하리라. 하지만 다행스럽게도 지극히 인간적인 절망이 무색하게 그 절망을 배반하는 풍경이 펼쳐진다. 인간들이 "이 모든 풍경을 집어 삼"키는 "검은 전쟁"을 일으킬지라도, 지옥은 인간들만의 지옥이지 자연과는 무관한 것이다(「흰 호텔 2016년」).

> 이 거리 처음 본다
> 이 건물 본 적 없다
> 이 사람들 모른다
>
> 그들은 내가 여기에서 이십 여 년째
> 살고 있다고 하는데

나는 이곳을 처음 방문한 것 같다

─「카프카 날씨 1」부분

악몽이 악몽인 것은 거기에서 빠져나갈 방법을 알지 못하기 때문은 아닐까. "카프카 날씨"가 펼쳐지는 이 세계는 난민들의 세계일지도 모른다. 영원히 떠돌 수밖에 없는 운명을 타고난 떠돌이의 세계, 하지만 어디를 가서 아무리 오래 머물러도 여전히 낯선 도시, 낯선 사람들 사이에서 잠에서 깨어나야 하는 세계. 언제까지나 이방인이 되어 내가 벌이지도 않은 사건들에 연루되어 소송을 당하고 재판을 기다려야 하는 삶. "누군가 끌고 가는 바퀴가 달린 가방만큼/어릿하게 슬픈 세계는 없었다"라는 위 시의 마지막 구절이 슬프게 와 닿는다. 그것은 매일이 새롭다는 의미가 아니라 어디에서 어딘가로 이동하지 않으면 안 되는 고독한 바퀴 소리 같은 것일 테니.

허수경은 이를 '글로벌'한 슬픔과 관련짓는다. 「글로벌 유령」이라는 단상을 읊은 그녀의 시에서 소비는 곧 죄책감으로 연결된다. 글로벌 탓이다. 커피 한 잔을 마시면서도 착취당하는 제3세계 아동노동과 최저 생활을 보장받지 못하는 아프리카와 중남미 지역의 열악한 노동환경이 아른거린다. 너무나 글로벌해서 커피 한 잔을 마시면서도 글로벌한 죄책감에 젖어 들어야 한다는 왜소함과 무기력이 시인을 지치게 한다. 도무지 그 실체를 알 수 없는 '글로벌 유령'의 영향력 아래에서 글로벌하게 굴러가는 "가짜 문장"과 같은 일상들에서 빠져나올 길을 찾을 수가 없다. 「지난 여름아」는 이러한 상태를 "내가 두고 온 내가 나를 쓰고" 있는, "내가 두고 온 내가 나를 살고" 있는 것으로 그려 낸다. 나는 누구이고 내가 두고 온 나는 누구이고 나를 살고 있는 나는 누구인가.

어쩌면 "내가 나를 잊어버리지 못"하고 있는 것이야말로 가장 큰 재앙일지도 모른다. 천지(天地)는 어질지 않아 만물을 짚으로 만든 개(芻狗)와 같이 여긴다("天地不仁 以萬物爲芻狗")고 한 노자라면 이런 모습에 혀를 끌끌 찰 것이다. 인류가 지구를 황폐하게 하여 머지않아 인간 종이 멸종된다고 하여도 천지는 꿈쩍도 하지 않을 것이다. '나'가 명을 다하여 이 세상에서 사라진다고 해서 달라질 것이 없는 것처럼 말이다. 어쩌면 이러한 무심함이야말로 오만과 아집에서 벗어나게 함으로써 악몽에서 깨어나게 하는 묘안이시는 않을까. 내가 나에서 벗어날 수 있다는 것을 믿음으로써 인간은 사물의 눈으로 세계를 다르게 바라볼 수 있게 될 것이다. 나는 환생의 의미를 그렇게 이해한다. 다시 태어난다는 것이 반드시 육체에 국한된 문제일 까닭은 없을 것이므로.

마지막으로 「가지빛 추억, 고아」를 읽는 마음으로 허수경의 절망의 의미를 이해해 보려 한다. 너덜거리는 바지를 입고 나타난 이모부가 씹어 대던 가짓빛을 떠올리는 마음으로 인간의 치졸함에 대한 무심한 시선은 추억에 몰입하지 않고 다만 그것을 고아로 내버려 둔다. 그 시선은 무자비하기도, 아련하기도, 혼곤하기도 한 그 가짓빛이 실은 텅 빈 빛깔이었음을 끝내 외면하지 못한다. 누구든 그렇게 죽음을 앞에 두고는 고아가 되어 홀로 침묵하겠거니 한다. 허나 그 빛은 "오른 팔을 잃은 이모부"가 앓을 환통(幻痛)과도 같이 없으면서 또한 있는 것이다. 가짓빛 추억을 고아라고 부르는 신산한 마음과 그럼에도 '보랏빛 뭉치'를 빌어 누군가의 마음을 헤아려 보려는 심사를 아울러야 이 시가 읽힌다. 이것이 인간에 대한 허수경의 독한 절망에 헤아릴 수 없는 연민이 서려 있거니 짐작하는 까닭이다. 배반할 것이라고 말하면서 끝내 배반하지 못하는 마음을 숨기는 심사야

오죽하려나.

참을 수 없는 '돼지'의 불편함
―김혜순의 『피어라 돼지』

특정한 잘못을 저지른 한 인간을 혐오하는 데 그치는 것은 정작 그를 비난하는 자신에게는 면죄부를 준다. 만일 특정한 사건을 계기로 한 인간이 아니라 인간이라는 종(種) 전체에 대한 혐오에까지 이르게 된다면 어떨까. 가령 돼지에게 사용하는 약을 '여자-사람'에게 사용해 강간을 모의했다는 과거사를 철없던 젊은 시절의 실수담으로 눙치려 하는 인간이 있을 때, '인간도 아니다'라며 비난하는 데서 그치지 않고 여전히 '인간' 중심적인 관점에서 빗겨나 '돼지에게는 그런 약을 사용해도 되는 것일까'를 고민하는 것은 어떠한가. 물론 '돼지흥분제는 그 시절의 추억이었다'며 '철없는' 실수에 동참하는 자들에게는 동물 혐오에 대한 문제 제기가 언급할 가치도 없는 것이겠지만 말이다. 인간이 다른 인간에게 가하는 폭력을 일상의 규범으로 용인하는 질서와 인간 종이 다른 종에게 무차별적인 폭력을 가해도 된다는 상상력은 긴밀하게 연결되어 있는 것인지도 모른다.[1]

김혜순의 『피어라 돼지』(문학과지성사, 2016)의 1부 「돼지라서 괜찮아」는 2011년 330만 마리의 돼지와 15만 마리의 소가 생매장되었을 때 구상되었다고 한다. 권혁웅은 시집의 해설에서 이를 "돼지 판 홀로코스트"라고 표현하기도 하였다. 그런데 우리가 모두가 알고 있는 것처럼 동물들의 홀로코스트는 한 번으로 그치지 않았다. 지난해 말에는 고병원성 조류독감(AI)이 발병하면서 무려 3,500만 마리의 닭과 오리가 생매장되었고 올해 봄에도 구제역이 발생하면서 5일 만에 소 1,000마리가 죽임을 당했다. 2010년부터 2017년까지 7년 동안 가축전염병으로 땅에 묻힌 동물이 5,918만 마리에 이른다. 하지만 소와 돼지와 닭을 좁은 공간에 몰아넣고 더 빨리, 더 많은 '고기'를 생산하기 위한 시스템은 바뀔 기미를 보이지 않는다. 아우슈비츠에서 일어난 일만큼 이 문제를 문제시하는 '인간'이 드문 까닭이다. 그러니 다시 한 번 묻자. 이 문제가 단지 인간과 동물 사이에 해당하는 문제일까. 인간 사회 안에서 차별이 정당화되는 방식 역시 이와 유사하지 않은가.

> 검은 포클레인이 들이닥치고
> 죽여! 죽여! 할 새도 없이
> 알전구에 통칠한 벽에 피 튀길 새도 없이
> 배 속에서 나오자마자 가죽이 벗겨져 알록달록 싸구려 구두가 될 새

---

1 동물 해방을 주장하는 윤리학자 피터 싱어는 동물권의 맥락에서만이 아니라 인간다움을 어떻게 규정할지에 대해 적지 않은 문제의식을 던져 준다. 그는 인간이 동물보다 우위에 있다고 보는 까닭이 이성을 가지고 있다는 것이라면, 동물들보다 이성의 능력이 떨어지는 유아나 심각한 정신지체인의 경우는 어떻게 보아야 하느냐고 묻는다. 더구나 인간이 동물에게 행하는 폭력을 정당화하는 기제는 인간이 다른 인간에 대한 차별을 정당화하는 방식과 그리 다르지 않다.

도 없이

　새파란 얼굴에 검은 안경을 쓴 취조관이 불어! 불어! 할 새도 없이
　이 고문에 버틸 수 없을 거라는 절박한 공포의 줄넘기를 할 새도 없이
　옆방에서 들려오는 친구의 뺨에 내리치는 손바닥을 깨무는 듯
　내 입 안의 살을 물어뜯을 새도 없이
　손발을 묶고 고개를 젖혀 물을 먹일 새도 없이
　엄마 용서하세요 잘못했어요 다시는 안 그럴게요 할 새도 없이
　얼굴에 수건을 놓고 주전자 물을 부을 새도 없이
　포승줄도 수갑도 없이

—「피어라 돼지」 부분

　이 시는 '돼지'에 대한 시이면서 동시에 '돼지'에 대한 시가 아니다. 「돼지라서 괜찮아」에서 김혜순은 '돼지적인 것'에 대해 면벽 사유하는 돼지로서의 자신에 대해 읊는다. 그녀는 자신을 "노출증 환자 돼지", "제 몸을 제가 파먹는 돼지", 그리고 끝내는 '죽어야 하는' 돼지로 변신시킨다. 하지만 대부분의 인간들은 '돼지적인 것'을 특정 존재(그러니까 '돼지')에게 귀속시키고 고문을 당하고 죽어도 무방한 존재를 만들어 낸다. 이는 동물뿐 아니라 다른 인간 종에게도 적용된다. 「피어라 돼지」에서 교차편집되는 영상을 보듯이 땅에 파묻히는 돼지들의 울부짖음은 "포승줄도 수갑도 없이" "옆방에서 들려오는 친구의 뺨에 내리치는 손바닥을 깨무는 듯" 고문을 당하는 '친구' 그리고 '나'의 이미지와 겹쳐진다. 그러니까 '돼지적인 것'은 타고나는 것이 아니라 부여되는 것이다. 혐오는 다른 존재에 대한 차별을 정당한 것으로 자연화하는 힘을 발휘한다. 본래부터 혐오스러운 존재가 있는 것이 아니라 권력을 유지하기 위해 혐오가 재생산되는 것이다.

'돼지적인 것'을 지녔다고 낙인찍힌 존재들은 고문을 가해도, 박해해도, 죽여도 '괜찮은' 것으로 취급받는다. 돼지라서 괜찮은 것이다.

어디 돼지뿐인가. 일본에서 매년 무차별적으로 학살되는 돌고래들은 어부들에게 혐오의 대상이다. 일본 정부는 돌고래로 인한 어획 감소량을 들어 돌고래 학살을 정당화한다. 혹은 돌고래를 보호하려는 외부의 압력에 저항하는 '애국적인' 행위로 둔갑한다. 해서 어부들은 피 흘리는 돌고래를 보면서도 낄낄거리며 웃는다. 돌고래들의 죽음 역시 하나의 예시에 불과하다. 모욕이 일상화되고 있는 사회에서 맨살을 찢어발기고 뼈를 으스러뜨리고 피를 솟구치게 해도 괜찮은 것으로 지목되는 존재들이 있다. 돼지흥분제를 먹이고 강간을 모의하고 언제 일어날지 모르는 폭력에 대한 공포를 조성하고 그렇게 해서 한 존재가 다른 존재를 굴복시킨다. 여성은, 동성애자는, 유색인종은, 장애인은 혐오스러운 존재이기에 차별해도 된다는 용인을 해주는 것이 권력이다. 인간으로 취급받기 위해 다른 존재를 인간 이하의 존재로 만들어 버리는 이 끝없는 비극에서 인간은 어떻게 구제받을 수 있을까. 김혜순은 이 무간지옥에서 벗어나려고 발버둥 친다.

나의 내용물, 슬픔과 불안, 일평생 꿀꿀거리며 퍼먹은 것으로 만든 것
슬픔과 불안, 그 보리밭 사잇길로 뉘 부르는 소리 있어 돼지 한 마리
지나가네

그런데 돼지더러 마음속 돼지를 끌어내고 돼지우리를 청소하라 하다니
명상하다가 조는 돼지를 때려주려고 죽봉을 든 스님이 지나간다
—「돼지는 말한다」부분

밤하늘 드넓은 궁창을 우러르기만 해도 무서워 뒈져버리는 돼지다
뒈지는 돼지는 돼지라고 생각하는 뒈지는 돼지다

—「뒈지는 돼지」 부분

나는 돼지인 줄 모르는 돼지예요
그렇지만 세숫물에 얼굴 쏟으면 일단 돼지가 보이죠
나는 돼지인 줄 모르는 선생이에요
매일 칠판에 구정물만 그리죠
나는 몸 안의 돼지를 달래야 하는 환자예요
그러고도 사람들 몸 안에 좌정한 돼지만 보여요
하루만 걸러도 냄새 진동하는 이 짐승을 어찌할까요
하루만 먹이지 않아도 꿱꿱 소리 지르는 이 돼지를 어찌할까요

—「돼지禪」 부분

인간이 자신의 육체에, 죽음에, 더러운 것에 혐오를 느끼고 그것을 밀어내려고 하면 할수록 그는 죽음에 먹히고 만다. 불안과 우울이 그를 먹어 버린다. 돼지라는 점을 견디지 못하고 먹기를(食), 자기를(眠), 싸기를(排泄) 거부하는 돼지를 상상할 수 있는가. 인간은 그가 유한한 육체를 가진 존재라는 점을 인식하면 할수록 거기에서 벗어날 수 없음을 깨닫게 된다. 육체와 정신은 서로 꼬여 있는 매듭이다. 해서 돼지와 인간을 구분하려고 하면 할수록 매듭을 푸는 것은 점점 어려워진다. 그럼에도 불구하고 성미 급한 이들은 아예 이 매듭을 칼로 싹둑 잘라 버렸고 돼지와 인간을 서로 분리된 것으로 취급하는 이중 잣대는 더욱 강고해졌다. 과학과 기술에 대한 관심과 정치와 영혼의 문제에 대한 사유를 별개의 것으로 취급하는 문명의

변화는 이와 무관치 않을 것이다. 그러니까 인간은 자기가 돼지임을 모르는 돼지가 되어 버렸다. 다른 돼지를 죽이고 자신의 폭력성을 정당화하는 데 거리낌이 없게 되었다. 인간은 바닥으로 떨어져 날아오를 수 있는 능력을 잃어버렸다. 인간이 잘라 버린 것은 꼬인 매듭이 아니라 그의 날개다.

김혜순은 이 매듭을 다시 연결시키려 한다. 이것이 그녀가 말하는 '돼지선'이리라. 그녀는 사람들 몸 안에 좌정한 돼지를 본다. 아무리 벗어나려고 해도 돼지에서 벗어날 수 없음을 자각한다. '더러운' 존재로서 혐오의 대상을 밀어내려 할 때에도 우리는 여전히 돼지다. 우리 모두가 돼지라는 것, 그것이야말로 환대의 절대적 조건이 아닐까. 자신이 돼지임을 부인하지 않음으로써 극단적 혐오의 재생산을 중단시킬 수 있다. 하여 김혜순은 단지 생매장된 동물들을 동정하고 그들을 생매장한 인간들의 매정함을 비난하는 데 그치지 않는다. 동물들의 영혼을 위무하는 위령제를 지내는 것도 아니다. 신기하게도 그녀의 시에서는 모든 것이 뒤섞이는 혼돈 속에서 파우스트의 '고전적 발푸르기스의 밤'을 떠올리게 하는 돼지들의 향연이 펼쳐진다. 내가 돼지가 되고 돼지가 내가 되는 뒤섞임 속에서 돼지들이 날아오른다.

피어라 돼지!
날아라 돼지!

멧돼지가 와서 뜯어 먹는다
독수리 떼가 와서 뜯어 먹는다

파란 하늘에서 내장들이 흘러내리는 밤!

머리 잘린 돼지들이 번개치는 밤!

죽어도 죽어도 돼지가 버려지지 않는 무서운 밤!

천지에 돼지 울음소리 가득한 밤!

내가 돼지! 돼지! 울부짖는 밤!

돼지나무에 돼지들이 주렁주렁 열리는 밤

—「피어라 돼지」 부분

생매장된 돼지를 위해 동정의 눈물을 흘리는 것은 윤리적이며 숭고한 행위임을 부인할 수 없다. 하지만 희생을 당한 돼지에 대한 죄스러움은 고통으로부터 면죄받고자 하는 본능적 방어 기제의 발로이기도 하다. 그러한 죄책감은 돼지와 인간 사이의 권력 비대칭을 해소하는 데 아무 도움이 되지 않는다. 대신 김혜순이 택하는 것은 축제다. 김혜순의 돼지들은 아무런 죄가 없음에도 용서를 빌다가 구덩이에 묻힌다. 그리고는 썩은 내장이 되어 부패한 육체에서 새어 나오는 가스가 되어 찌개처럼 끓는 핏물이 되어 봉분 위로 부활한다. 그 어떤 신성함도 제거된 이 그로테스크한 부활의 시간은 축제의 밤이다. 여기에 돼지의 죽음에 동정하는 시선 따위는 없다. 누가 누구를 동정하겠는가, 우리가 모두 돼지인 것을! "내가 돼지! 돼지!"라는 울부짖음은 돼지의 부활을 알리는 서곡이라 하겠다. 돼지는 결코 죽지 않는다. 그 어떤 혐오에도 불구하고 부활하고 또 부활할 것이다. 그러니 구분선을 공고히 하려는 그 어떤 노력도 무력할 뿐이라는 것을, 그 위대한 돼지의 힘을 시인은 긍정해 낸다.

시인은 신화를 쓴 셈이며 이것은 우주의 탄생에 비견된다. 이것은 무엇을 의미하는가. 돼지가 좀비가 되어서 돌아오건, 인간까지 멸종시킬 수 있는 바이러스가 되어 돌아오건 인간이 자연에 가하는 그 모든 위해가 그 자신에게 돌아오리라는 것을 깨달아야 한다는 예언이 아니겠는가. 혐오는 반사된다. 돼지의 복수는 이제 시작이다. 그 누구를 위해서가 아니라 그 자신을 위해 혐오를, 살인을, 오만을 멈추어야 한다는 것을 깨닫지 않는 이상 구원은 없다. 생살여탈권은 누군가를 죽이거나 살릴 수 있는 권리만을 의미하지 않는다. 죽여도 되는 존재를 지정함으로써 그러한 권력에 순종하는 주체를 양산하는 것까지 포함한다. 누군가를 혐오해도 되는지를 그 대상을 지정해 줌으로써 생살여탈권은 순조롭게 작동할 수 있다. 그러니 "죽어도 죽어도" 돼지에서 벗어날 수 없다는 바로 그 사실을, 동시에 내가 돼지를 죽일 수 있는 만큼 돼지도 나를 죽일 수 있다는 그 사실을 받아들임으로써 잘렸던 매듭을 다시 묶어 무의미한 폭력의 작동을 멈출 수 있을 것이다. 그제야 구세주는 오신다. "기쁘다 돼지 오셨네/ 만백성 맞으라!"(「산문을 나서며」)

여성, 새하다
―김혜순의 『날개 환상통』 읽기

> "이제 고통의 어머니가 나를 반죽할 시간이 다가온다"
>
> ―「리듬의 얼굴」(『날개 환상통』)

0.

시인은 발화기계이자 사랑기계이면서 고통기계이다. 자신을 고통스럽게 하는 병증을 알지 못하는 발화기계로서 시인은 이름을 가진 것들의 세계를 해체하는 주술의 언어를 내뱉는다. 고통과 불가피하게 맞닿아 있는 여성적 경험들은 그 지워진 이름들 안에서 증후로 방출되고, 거기에서 타자와 주체, 비실재와 실재의 경계가 무화되면서 사랑이라는 혼돈이 빚어진다. 여성시는 무명의 존재들이 고통이라는 어머니에 의해 새롭게 빚어져 사랑이라는 탈경계화된 뭉그러진 시적 현실을 생산해 내는 역동적인 현장에 다름 아니다. 그것은 정지되지 않고 끊임없이 유동하는 흐름이며 완성 불가능한 수행문이다. 김혜순은 '시하다'라는 동사를 통해 시적 현실의 영토를 두고 벌어지는 고통스러운 카오스의 시간을 소환한다. 여성은 고통을 초월하는 대신 고통을 유희한다. 여성의 고통이 히스테리라는 이름으로 뭉뚱그려지는 역사 현실 속에서 여성시는 사물들 사이에서 여성을 구원해 내는 "고통스러운 유희"[1]가 된다.

김혜순은 근작 『피어라 돼지』(문학과지성사, 2016)에서 고전적 발푸르기스의 밤을 상기시키는 그로테스크한 난장판의 축제를 벌이며 무자비한 폭력이 인간과 동물의 경계를 무너뜨리는 끔찍한 현실을 풍자했다. 가축전염병으로 인해 살처분된 돼지의 부패한 육신은 폭죽이 터지듯 묻혀 있던 지표면 아래에서 폭발하듯 튀어 올라 난장판을 더욱 수습 불가능하게 만든다. 누구도 초대받고 싶지 않을 이 살벌한 잔치에서 산 채로 매장당하는 무시무시한 형벌을 당하는 것은 돼지만이 아니다. 김혜순은 돼지에 "얼굴에 수건을 놓고 주전자 물을 부을 새도 없이/포승줄도 수갑도 없이"(『피어라 돼지』) 고문을 당하는 정치범의 이미지를 겹쳐 놓는다. 이 장면에서 인간보다 하등한 동물이 당하는 고통을 동정이나 연민 어린 눈으로 바라보던 지극히 인간적인 시선은 경악으로 돌변한다. 우리 스스로가 '돼지'라는 것을 깨닫지 못하면 종전의 비극은 계속 반복될 것이기에 타자의 고통은 무엇보다 시를 읽는 이의 몸으로 체험되어야 한다.

다소 잔인하게 느껴지기도 하는 이러한 시적 전략은 『날개 환상통』(문학과지성사, 2019)에서도 여전하다. 다만 몽타주를 통해 빠른 템포로 이미지를 연결시킨 전작과 달리 이번 시집에서 고통의 이미지는 유장한 리듬을 따라 켜켜이 펼쳐진다. 김혜순의 상상계를 점유하고 있는 이미지들이 고도로 압축된 강렬한 상징이 되어 솟아오르고 있다. 이 시집에 실린 연작 시편들은 독립적으로 주제를 담지하고 있으면서 동시에 각각의 파동들이 어우러져 하나의 우주를 형성해 낸다. 시인은 유령처럼 인식 불가능한 타자에 의해 해체된 주체

---

1 김혜순, 『여성이 글을 쓴다는 것은』, 문학동네, 2002, p.229.

가 겪는 고통을 환상통이라 이름 붙인다. 현실을 초월하고 싶으나 "오늘은 없는 이 날개"(「날개」) 때문에 극심한 환상통에 시달리는 발화기계의 입에선 유령의 노래, 새의 노래가 흘러나온다.[2] 그것은 바리데기처럼 이름을 지니지 못하고 세계로부터 추방된 자들, 영원히 유랑할 운명을 지닌 자들의 없는 날개다. 해서 『날개 환상통』은 시집이 아니라 새집이다. 새가 잠시 머물렀다가 떠나갈 임시적인 둥지다. 그렇다면 그들의 고통은 어떠한 얼굴을 하고 있는가. 이 글은 다음의 물음들을 통해 그 윤곽을 어렴풋이 짐작해 보려 한다. 고통은 평등한가, 고통은 압도적인가, 그리고 고통은 전염되는가.

1.

여성들의 이해할 수 없는 고통을 설명하려고 시도했던 남성 정신분석가들은 이들이 어째서 아픈지를 제대로 이해하지 못했다. 가령 프로이트는 히스테리의 주요 원인을 유년기에 발생한 성적 트라우마라고 믿었는데, 그의 환자 중 전형적인 히스테리 증상을 보였던 도라 역시 마찬가지였다. 도라는 남동생 오토와 달리 집에 갇혀 제대로 된 교육을 받지 못했고 도라의 가족이 알고 지내던 부부와 시간을 보내던 중 사례연구에서 K 씨라고 언급된 남편에게 성추행을 당했다. 하지만 K 씨의 부인과 도라의 아버지 모두 도라가 거짓말을 한다고 말하며 그녀를 믿지 않았다. 도라는 K 씨의 추행이 처음이 아니었고 그것이 혐오스러웠다고 프로이트에게 털어놓았지만 프로

---

2 그런 점에서 『날개 환상통』은 『피어라 돼지』와 거울상을 이루는 짝패이자 49편의 시편을 통해 죽음과 삶의 경계에 있는 유령적 존재들을 다룬 『죽음의 자서전』(문학실험실, 2016)의 연속선상에서 해석되어야 한다.

이트는 성적 흥분을 혐오감으로 받아들이는 도라의 태도를 '히스테리적 반응'이라고 진단한다. 부모의 관심을 끌기 위해 꾀병을 부리는 것과 비슷한 동기를 지닌 것일 뿐이라고 말이다.[3]

여성의 고통이 언어화되기 위해서는 다른 차원의 고통이 수반된다. 김혜순은 이렇게 쓴다. "여성시인들의 언어는 여성이라는 존재가 자신의 몸에 새겨진 숙제의 문신들을 얼마나 고통스럽게 경험하는지를 공감하고 난 뒤에 설명될 수 있을 것 같습니다. 이 경험의 때, 여성의 언어는 스스로의 살을 끊어 파는 정육점의 언어입니다. 피가 뚝뚝 떨어지고, 비명들이 쏟아져 나옵니다. 그로테스크하고, 비참합니다. 여성시인들은 이 그로테스크의 강을 건너야 언어의 세계에 입문할 수 있습니다."[4] 이 말은 아마도 이렇게 정리될 수 있을 것이다. 고통을 제대로 이해받지 못한 여성의 언어는 그로테스크해진다고. 그녀의 목소리는 '다락방의 미친 여자'가 내지르는 비명이거나 피할 수 없는 파멸을 불러오는 사이렌의 노래로 치부될 따름이다. 이러한 진단은 한국문학장에서도 그대로 통용되었다. 그리하여 여성시의 병리적 상상력에만 주목하면서 그녀들의 시가 다루고 있는 분명한 현실을 외면해 온 것은 아닌가. 하지만 이것보다 얼마나 더 분명하게 여성들의 구체적 고통을 증언할 수 있는가.

---

3 이러한 프로이트의 진단이 도라의 증상 완화에 도움이 되지 않았던 것만은 분명하다. 도라는 프로이트에게 정신분석 치료 받기를 중단하고 자신을 추행한 K 씨에게 자신을 성추행한 사실을 인정하게 한 뒤에야 자신을 괴롭히던 증상에서 벗어나게 된다. 애비 노먼, 『엄청나게 시끄럽고 지독하게 위태로운 나의 자궁』, 이은경 역, 메멘토, 2019, pp.180-184.
4 김혜순·조하혜, 「고통에 들린다는 것, 사랑에 들린다는 것」, 『열린시학』, 2006.여름, p.33.

네덜란드에서 출항한 레베카 곰퍼츠의 배, '파도 위의 여성들'은 낙태가 금지된 나라의 임신한 여자들과 의사와 간호사들을 싣고 공해로 나간다. 그 배가 낙태 금지 국가의 항구에 잠시 정박하면 배에 승선한 성모마리아가 제일 먼저 '내 자궁은 나의 것' 플래카드를 들고 나간다. 그러면 그 나라의 건장한 남자들은 배를 둘러싸고 떠나라 떠나라 주먹을 흔든다. 여자들의 네덜란드(Nether-Lands)는 파도 위에 있다.

—「중절의 배」 부분

하지만 원피스는 새장 같았다고 말해도 될까
바람이 불면 좀더 풍성한 새장을 걸친 것 같았다고

(중략)

원피스가 유방을 감싸 안고 흐느끼는 밤
원피스가 야했기 때문이야(내탓이었을까) 자책하는 밤
원피스로 무릎을 감싸안고 얼굴을 무릎에 대는 밤

—「원피스 자랑」 부분

소음신고를 받은 경찰관이 와 물었다
여기 몇 년째 살고 계십니까?
여기 안 살아요
그냥 집을 봐주고 있는 거예요
꽃병 물 갈아주고
우편물 받아주고
그림자 닦아주고

아기도 낳아주고

꽃병이 처음으로 말했다

—「흥할 흥」부분

할머니 이제 땅 많아요. 이거 다 할머니 거예요.

할머니 살아생전 땅이라곤 입은 치마밖에 없었는데.

—「할머니랑 결혼할래요」부분

　여성이 남성에 대해 소수자라고, 적어도 '고통'에 대해서만큼은 소수자라고 할 수 있는 것은 도라의 사례에서 알 수 있듯이 여성의 고통이 그 자체로 인정받기란 너무도 어려운 일이기 때문이다. 여성의 몸은 느끼고 생각하고 말하고 권리를 주장할 수 있는 몸으로서 대우받기보다 성적으로 대상화되거나 미래에 임신을 할 수 있는 '자궁' 취급을 받기 일쑤다. 이러한 사회에서 여성이 발붙일 땅은 없다("Nether-Lands"). 여성을 출산의 도구, 혹은 잠재적 범죄자로 만들어 버리는 사회에서 그들의 고통은 부차적인 문제가 되어 버리고 여성은 트라우마에 시달린다. 낙태죄 문제[5]를 다루고 있는 「중절의 배」에 이어 대상화된 여성의 몸에서 벌어지는 혼란을 다룬 「원피스 자랑」,

---

[5] 2019년 4월 11일 낙태죄에 대해 헌법 불합치 판정이 내려졌다. 그렇지만 이는 단순하게 여성이 '내 몸의 주인은 나'라고 주장할 수 있게 되었다는 의미는 아니다. 여성의 몸은 개인이 배타적으로 소유할 수 있는 것이 아니라 인종, 나이, 계급, 장애 여부에 따라 재생산권이 불평등하고 불균등하게 배분되는 일종의 전쟁터라는 점이 중요하다. 이러한 관점에서 낙태죄는 국가주의와 민족주의적 전망에 기초한 인구정책의 실패를 보여 주는 것뿐만 아니라 이성애/정상가족 모델을 공고히 함으로써 차별과 배제의 논리를 강화한다는 문제가 있다. 성과재생산포럼, 『배틀그라운드』, 후마니타스, 2018.

남성 가장의 집을 봐주는 가정부이자 성적 만족을 제공하고 아이까지 낳아 주는 장식품이 되어 버린 여성의 일생을 다룬「흉할 흉」, 마지막으로 그러한 여성의 일생을 살아 낸 할머니의 삶을 애도하고 있는「할머니랑 결혼할래요」를 비롯해 여성의 트라우마가 배, 원피스, 꽃병, 치마 등으로 사물화되어 출현한다.

여성에게는 자신의 고통을 말할 수 있는 입이 없다. 여성이 그들의 입으로 고통을 증언한다고 해도 그것은 증거로 채택되지 않는다. 하지만 더욱 근원적인 문제는 여성 스스로가 자기 입에서 나오는 말을 믿지 못한다는 데 있다. 자기가 피해자일 때조차 '내 탓'은 아니었을지 자책하도록 교육받아 왔기 때문이다. 어쩌면 여성이 글을 쓴다는 것은 검열되지 않은 자기 언어로 입을 떼기 위한 몸부림일지도 모른다. 그것이 누군가에게 읽힐 수 있을지, 자신이 하는 말이 어떤 의미를 지닌 것인지도 모른 채 그녀들은 자기 몸에 새겨진 고통의 흔적을 기록한다. 살아 있는 자기 자신의 목소리로 이야기하기 위해 여성은 그 누구도 아닌 자기 자신의 고통과 대면해야 한다. 김혜순의 시에는 여전히 말하고 싶어 하는 여성이 있다. 말하지 않고는 견디지 못하는, 혼잣말을 중얼거리듯 몸에 새겨진 고문의 기억을 증언하는 여성의 몸이.

2.

하지만 극도의 고통은 언어를 분쇄하여 언어 이전의 상태로 되돌린다. 트라우마를 일으킬 만한 고통 앞에서 언어는 산산이 부서져 버린다. 2016년 4월 한국에서 벌어진 사건이 그러했듯 말이다. 그러니까 그것은 고통을 감지할 수 있는 모든 인간에게 가해진 고문으로 벌어져 닫히지 않는 상처를 만들어 냈다. 김혜순은 이 당시의 상황을 "시인은 이제 은유를 **빼앗겼다**"(「시인은 가라」, 『여성, 시하다』)고 고백한다. 고통이 생생할수록 시인은 자기 자신을 넘어서 '시하는' 데로 나아가지 못한다. "고통의 시달림을 받는 사람이 스스로를 추방된 사람이라고 느끼듯 시인은 스스로를 시의 나라에서 추방된 사람이라고 느"낀다. 그렇게 벗어나고자 해도 벗어날 수 없는 연옥의 시간을 살아 내면서 시인은 자꾸만 '바다'로 끌려들어 간다. 고통에는 "대상도 없고, 이름도 없"고 "의미도 없"다. 그것은 죽어야 멈추는 것, "온전한 부정성"이다. 하지만 "고통을 표현하려 몸부림치는 동안 고통의 휴지기에 어떤 표현이 솟아오"른다.[6] 그것이 시다.

침묵의 목소리. 시인이 죽음으로써만 들을 수 있는 함성. 압도적인 고통을 넘어 파괴되었던 언어가 "추방당한 무한자의 모습으로"(「시인은 가라」) 나타난다. 그리고 시인은 그 무한을 향해 간다. 『날개 환상통』에서 반복적으로 출현하는 새의 표상은 죽음과도 같은 고통에 직면한 주체의 해체와 타자의 도래, 유령적인 것의 출현을 의미한다. 실제로 '새'라는 단어는 타자와의 접신을 의미하는 인류학적 어원을 가지고 있다는 것은 흥미로운 사실이다. "샤만에게 실린 어린이를 太子 또는 明圖라고 하는데 北韓地域에서는 새타니, 새태니, 새티니, 새치니등으로 부른다."[7] 『날개 환상통』에 실린 「새 샤먼」을 비롯해 이 시집에 출몰하는 새의 형상은 귀신, 그러니까 죽음의 이미지와 겹쳐 있다. '새타니', 그러니까 '새 샤먼'은 점을 칠 때 꽃을 사용한다. 점을 치는 샤먼의 입이 아니라 귀신이 꽃을 흔들면서 소리를 낸다. 이 소리를 '새소리' 혹은 '신어(神語)'라고 한다. 김혜순은 새

---

6 김혜순·정용준, 「어느 시간의 맥박들」, 『Axt』, 2019.7/8, p.59.
7 서정범, 『새타니―巫의 배경연구」, 『한국종교사연구』, 1973, p.81.

이미지에 이러한 유령의 이미지를 중첩시킨 후 여기에 다시 버림받은 여성의 이미지를 덧대어 다음과 같이 현대적으로 변용해 낸다.

하이힐을 신은 새 한 마리
아스팔트 위를 울면서 간다

마스카라는 녹아 흐르고
밤의 깃털은 무한대 무한대

그들은 말했다
애도는 우리 것
너는 더러워서 안 돼

(중략)

오늘 밤 나는
이 화장실밖에는 숨을 곳이 없어요
물이 나오는 곳
수도꼭지에서 흐르는 물소리가
나를 위로해주는 곳
나는 여기서 애도합니다

부들부들 떨리는 손으로 검은 날개를 들어 올리듯
마스카라로 눈썹을 들어 올리면

타일에 떨어지는 빗소리가 나를 떠밉니다

내 시를 내려놓을 곳 없는 이 밤에

―「날개 환상통」 부분

김혜순은 바리데기 신화를 통해 남성과 여성의 경계에 서서 그 경계를 지우고 새로운 정체성을 만들어 내는 어머니로서 여성 시인의 존재를 탐구하는 작업을 이어 왔다. 김혜순에게 타자는 '당신'이라는 이름의 '신(神)'으로 바리데기는 이들의 '신 어머니'로서 그들의 텍스트 안으로 파열해 들어가 무수한 이본을 만들어 낸다. 무한한 몸으로 파동하여 "우주를 끌어안았다가 내보내는 고통 속에, 열락 속에" 시의 리듬을 생성해 낸다. 그것은 압도적인 고통에 대한 승리, "언어의 결로 이루어진 파동의 승리"다.[8] 김혜순의 시적 주체의 정체성은 상실한 대상들과의 우울증적 동일시에 의해 형성된 것이기에 더 이상 '나'라고 불리던 것에 머무르지 않는다. 외상적 사태 이후의 '나'는 내가 사랑했지만 떠나보내지 못한 타자들을 닮아 있기 때문이다. '나'라는 정체성은 나 밖의 존재에 의해 '구성'된다. 이것이 버틀러가 『젠더 트러블』에서 설명한 '수행적 동일시(performative identification)'이다.

김혜순의 시적 주체들은 우울증적 동일시를 통해 "타자에 대한 사랑을 통해 나를 타자에게 여는 개방적 행위"[9]를 완수하려고 한다. 「날개 환상통」에서 이 윤리적 멜랑콜리커는 "하이힐을 신은 새 한 마리"로 변신한다. 유랑하는 여성-새의 흔적은 녹아 거리에 흘러내리

---

8 김혜순, 『여성이 글을 쓴다는 것』, p.161.
9 이명호, 『누가 안티고네를 두려워하는가』, 문학동네, 2014, pp.73-74.

며 '나'라는 좁은 형체를 넘어 무한대로 나아간다. 안팎의 경계가 무화되어 섞이는 무한대의 관계를 형성하기 위해 여성-새는 눈물을 흘리며 거리를 배회한다. 이는 여성의 몸을 '더러운' 것으로 치부하며 애도에서 배제해 온 폭력적 질서에 맞서는 방식이다. 시인은 길거리를 배회하는 노숙자가 되어 배제되어 온 자들을 애도하기 위해 가장 낮은 자리로 향한다. 세상의 모든 여성적 존재들을 더럽고 비천한 존재로 끌어내리며 구속하고 모욕하는 자들(「구속복」)에 맞서 시인은 허공중에 노래하며 고통을 시적 제의를 위한 도구로 전환시킨다.

3.

고통이 평등한지를 묻는 첫 번째 질문이 김혜순이 무엇에 대해 노래하는가와 관련된 질문이라면, 두 번째 질문은 김혜순이 어떠한 방식으로 노래하는지 그 방법론을 해명하기 위한 것이었다. 이를 통해 우리는 김혜순이 고통으로부터 소외당한 이들을 위해 대신 노래한다는 것과 그 과정에서 온몸을 뚫고 나오는 고통이 시가 배태될 수 있는 생성의 계기로 작용한다는 것을 알았다. 이제 마지막 질문은 그녀의 노래 자체의 성격에 대한 것이다. 김혜순의 시적 발화에서 중요한 것은 그것이 고통을 전염시키는 리듬을 생성해 낸다는 것이다. 언어화되지 못하는 압도적 고통을 뚫고 나온 여성 시인의 노래는 멜로디가 되지 못한 리듬에 머문다. 리듬은 일종의 증상이다. 증상이 "재현되지 않는 몸, 아니 재현을 거부한 충동의 에너지가 몸으로 직접 옮겨온 것"이며 "기호적 매개를 통하지 않는 직접적 나타남"이라는 의미에서 말이다.[10] 5부에 실린 장시 「리듬의 얼굴」은 단어들의 끝없는 행렬이 만들어 내는 리듬으로만 표현될 수 있는 고통에 대한 것이다.

　　　죽는 게 낫지 싶다가도
　　　갑자기 고통이 멈추면 적막해요
　　　죽는 게 낫지 싶다가도
　　　갑자기 고통이 멈추면 고통이 생각나지 않아요
　　　죽는 게 낫지 싶다가도
　　　갑자기 고통이 멈추면 죽고 싶어요

　　　죽음도 이보다 깊이 내게 들어올 순 없으니까요
　　　　　　　　　　　　　　　　　　　　　—「리듬의 얼굴」부분

　　　엄마가 아프면 내 어린 시절이 다 아프다

　　　내가 아프면 한 번도 가본 적 없는 날들이 다 아프다

　　　나는 고통의 행성의 언어를 배운 적 없는데
　　　그 행성의 나뭇잎들이 자꾸만 말을 걸어온다
　　　그 행성의 신생아들이 자꾸만 말을 걸어온다

　　　고통의 성모여! 악착같은 성모여! 성모님의 이빨이여!
　　　　　　　　　　　　　　　　　　　　　—「리듬의 얼굴」부분

---

10 이명호, 『누가 안티고네를 두려워하는가』, p.111.

고통을 언어화하려고 할 때 우리는 언어가 얼마나 무력한지를 깨닫는다. 그 어떤 언어로도 고통에 정확한 형체를 부여하지 못한다. 그렇게 고통은 죽음을 상상하게 한다. 그럼에도 불구하고 고통이 잦아드는 어느 순간 우리는 그것을 표현하지 않고는 견디지 못한다. 인간성을 말살시키려 드는 고통 속에서도 삶을 놓지 못하는 까닭이다. 고통이 찾아왔다가 사라지는 그 리듬에 맞춰 시가 나온다. 그 리듬 속에서 김혜순의 시적 주체는 '성모'의 얼굴을 발견한다. '나'는 '엄마'의 고통을 알지 못하고, 그것을 나누어 가질 수도 없다. 다만 엄마의 고통으로 인해 나 역시 고통을 받는다. 그렇게 고통의 리듬은 자아를 지운다("내가 고통을 죽일 수 없으니/내가 나를 죽여야 해"). 고통은 압도적이다. 하지만 압도적 고통도 땅에 발붙일 데 없는 자들을 위한 시인의 노래를 막지 못한다.

그리하여 리듬은 우리를 고통에 전염되게 한다. 리듬을 몸으로 느끼며 자신의 몸을 세계를 향해 개방한다. 고통받는 자의 몸을 통과한 그 주술적 목소리는 압도적 고통을 뚫고 쏟아져 나온 무당의 방언과 같다. 김혜순의 시를 난해하다고 비판하는 이들은 이해 불가능한 고통이 있다는 사실을 견디지 못한다. 타자의 고통을 언어로 재현할 수 있다는 순진한 믿음만으로 해결될 수 없는 문제가 있다는 사실을 부정한다. 하지만 고통의 의미를 해독하는 것보다 중요한 것은 그것과 일체가 되어야 한다는 것이다. 고통을 멈춰야 할 대상으로 여기는 것이 아니라 내가 그 고통이 되어야 한다. 그러므로 김혜순의 시는 몸으로 읽어야 한다. 그녀의 시를 읽고 까닭 모를 통증을 느끼지 않는다면 시 읽기는 실패한 것이다. 그것은 내게는 없는 환부에서 비롯하는 고통이기에 환상통일 수밖에 없다. 하지만 그 환상통 덕에 우리는 언젠가 다시 날개가 돋아 올라 날 수 있을지도 모른

다는 기대를 버리지 않는다. 하여 시인은 시하고 우리는 시인과 함
께 고통한다.

제4부 시가 되지 못한 것들의 시

시가 당신을 쓴다

2000년대 이후로 시에서 '시인'의 서명(signature)을 읽어 내는 행위에 대해 낭만주의적 예술관을 벗어나지 못하는 낡은 것으로 취급하는 경향이 두드러졌다. 허나 기존에 시인의 역할이 과대평가되었다고는 비판할 수 있을지언정 시를 쓰는 주체로서 '시인'의 역할을 배제하기는 어렵지 않은가 한다. 시는 결코 익명의 중얼거림인 것만은 아니다. 시를 쓰는 욕망의 일부가 텍스트를 통해 서명을 남기고자 하는 고유명에 대한 욕망을 포함한 것이기에 텍스트 곳곳에 남겨진 서명의 흔적을 외면할 수만은 없을 뿐더러 현실에서 시가 작동하는 방식과도 부합하지 않는다. 하지만 한국 서정시에서 '시인'과 발화 내용의 주체의 간극이 고려되지 않는 상황이 지속되고 있었던 만큼 이에 대한 문제 제기가 요청되었던 것 역시 사실이다. 시가 아니라 '시적인 것'에 대해 이야기하면서 텍스트에 기호학적으로 접근하는 시도는 이러한 간극, 다시 말해 텍스트의 무의식에 대해 접근하기 위함이었다. 다만 문제는 이를 양자택일의 문제인 양 어느 한쪽을 처단하려는 성급한 태도일 것이다.

이 문제는 '미래파'의 움직임이 부상하였던 2000년대 이전에 이미 제기되었다. 시를 쓰면서도 의도와 계획했던 것과는 다른 결과물을 마주하는 것을 통해 '시적인 것'이 실제로 있다고 단언하였던 황지우의 시론을 떠올려 보자. 1985년 발표된 「시적인 것은 실재로 있다」에서 그는 '시적인 것'이 '만들어진' 언어 속에 있지만 언어에 대해 자율적인 것이라는 점에서 그것의 객관적 실재성을 주장한다. 롤랑 바르트는 작가가 만들어 내는 '텍스트'와 저자가 만들어 내는 '작품(work)'를 구분하여 실제로 하나의 글 안에서 일어나는 작가-되기의 욕망과 이를 무화시키는 저자 사이의 작용을 애매하게 만들었지만, 이미 있는 언어를 가지고 담론의 영향에서 자유롭지 못한 역사적 개인이 기록을 만들어 내는 과정에서 자동사적 글쓰기와 타동사적 글쓰기의 경계를 명확하게 구분하기는 힘들다. 오히려 주목해야할 것은 그 두 경계 영역 사이에서 어떠한 '번역'의 작업이 벌어지는가의 문제이며 위 글에서 황지우가 논의하는 것 역시 '시적인 것'을 시인 외부에서 발견하려는 시도였다.

명징한 분석을 위해 텍스트와 작품, 저자와 작가 간의 경계를 공고히 하면 할수록 번역의 생산성은 떨어지게 마련이다. 황지우는 이를 '환원주의'라고 비판한다. 환원주의에 대한 비판을 황지우는 칼 포퍼의 과학철학에서 가져온다. 통제된 실험실에서 사물이 '표상'될 수 있다고 가정하는 과학적 환원주의는 무수한 요소들의 상호작용에 의해 예측할 수 없는 돌발 상황이 일어날 수 있음을 간과한다. 황지우는 환원주의가 과학에서만 작동하는 것으로 보지 않는다. 발화 주체로서의 시인의 의도가 시에서 그대로 '재현'될 수 있다고 보는 태도 역시 환원주의적이다. 그는 "모든 문화적 현상들은 경제적 의미를 갖지만 그렇다고 해서 그것들이 또 경제적 의미로 환원될 수 있는 것도 아니다"라면서 시가 사회과학 차원의 '진리'로 분해될 가능성 역시 경계한다. 그런데 그는 그렇기 때문에 '객관성은 없다'라고 주장하기보다는 객관성에 대한 환상을 통해 만들어지는 진리의 생산성을 전유한다. 과학적 '객관성'의 의미를 탈구축함으로써 '시적인 것'에 덧씌워진 낭만성을 제거하고 시에서 '진리'가 구축되는 방식을 논하려는 것이다.

황지우가 이 글을 썼던 시대, 그러니까 '80년대'로 대표되는 진정성의 시대에 발화 행위 주체와 발화 내용의 주체 사이의 분열을 강조하기 힘들었다는 점은 시사적이다. '진정한 나'에 대한 추구와 '진정한 사회'에 대한 추구를 일치시켜야 한다는 시대적 요구를 받아들인 개인들은 소급적으로 '진정한 나'에 대한 이미지를 반복해서 만들어 내는 데 그쳤다. 그리고 진정성으로부터 자유로워지기 시작한 1990년대 이르러 환원주의에서 벗어나 주체 안의 분열을 이야기할 수 있게 되었다. '진정성 이데올로기'의 압박으로부터 자유로워진 주체들은 기존에 다루어지지 않았던 대상을 시에 끌어들였고 이 과정에서 다른 발화 방식을 택함으로써 '시적인 것'의 영역을 급속히 확장시켜 나갔다. 텍스트를 시인의 내면과 일치시켜야 한다는 요구로부터 벗어남으로써 시인이 텍스트에 대해 지니는 장악력이 느슨해지는 대신 발화 내용의 주체의 발언력이 확보된 것이다.

이후 2000년대의 시들은 양식화되었던 서정적 자아의 권위를 파괴하면서 일인칭의 내면 고백으로서의 시의 관념으로부터 자신들을 해방시킨다. 이때 '시적인 것'을 발화하는 주체의 속성을 어떻게 규정지을 것인지와 관련하여 보충해야 할 지점은 발화 행위 주체로서 '시인'의 위상으로 돌아온다. 가령 2010년대 문학사에 기록될 '시와 정치' 논쟁에서 진은영 시인이 처음 제기하고자 했던 문제를 범박하게 정리하면 발화 행위의 주체와 발화 내용의 주체 사이의 간극이 어떠한 정치적 효과를 지니는가에 대한 물음이라고 생각한다. 의도치 않게 논쟁의 포문을 열면서 진은영은 "사회참여와 참여시 사이에서의 분열, 이것은 창작 과정에서 늘 나를 괴롭히던 문제"라면서 2000년대 도래한 새로운 시적 흐름들에 대해 제기된 질문들에 나름의 답변을 제시하였다. 미래파 시의 정치성에 대해 발화 행위 주체로서 시인의 책임에 대한 정리가 필요하다는 문제 제기였다.

이후 이 논쟁이 어떻게 흘러갔는지를 정리하는 것은 이 글의 성격에 부합하지 않는다. 다만 논쟁의 과정에서 진은영을 비롯해 다수의 논자들에게 인용된 랑시에르가 『문학과 정치』의 첫 문장을 "문학의 정치는 작가의 정치가 아니다"라고 못 박아 두고 시작하고 있다는 점은 꽤나 흥미로운 부분이다. 이어지는 문장에서 랑시에르는 "그것은 작가가 자신이 사는 시대에서 정치적 또는 사회적 투쟁을 몸소 실천하는 참여를 의미하지 않는다"라면서 작가의 사회참여와 '문학'이 해내는 참여의 의미를 명백하게 구분 짓는다. 그럼에도 감각적인 것의 분배가 시인의 특별한 정치적 활동을 통해서가 아니라 발화 행위의 주체로서 시인의 위상을 소거한 지점에서 발생한다는 랑시에르의 주장이 논쟁이 벌어졌던 당시 한국문학장에서 첨예하게 논의되지 못한 것은 아쉬운 부분이다. 어쩌면 이는 발화 행위 주체로서 시인에 대한 낭만적 규정성, 텍스트에 새겨진 서명의 위상이 한국 문단에서 여전히 과대평가되고 있음을 보여 주는 것이 아닐까.

시인과 실제 발화된 내용 사이에서 발생하는 균열, 시인이 통제할 수 없이 텍스트 안에서 벌어지는 어떤 틈새에 대해 이야기하지 않으면 문학의 정치성에 대해 그다지 생산적이지 않은 논의가 재생산될 위험이 있다. 시인이 어떠한 의도를 가지고 시적 실험을 시작할 때 시인은 자기의 의도와는 다른 방향으로 시가 쓰인다고 해서 그것을 폐기하지 않는다. 그것은 황지우가 말한 것처럼 '시적인 것'이란 외부에 있는 것이기 때문이다. 시인의 의도에서 벗어난 텍스트조차 시인 내면에서 발생한 주관성의 산물로 해석하는 것이야말로 환원주의적 해석 방식이다. '시적인 것'은 결코 시인 내면에서 들려오는 목소리가 아니다. 이와 같이 '시적인 것'을 신비화하는 태도를 경계함으로써 우리는 더욱 진전된 논의로 나아갈 수 있다. 발화 행위의 주체와 발화 내용의 주체 사이에 어떠한 균열이 발생할 수 있다는 데서 나아가 둘의 관계가 텍스트 안에서 얼마나 복잡한 자장(磁場)을 형성하고 있는지를 살펴봐야 한다는 것이다.

도대체 시인이란 어떠한 존재인가. 시인을 발화 행위의 주체라고 했을 때 그 주체의 자리 역시 고정되어 있지 않다. 시인이 자신이 기입하는 텍스트를 통제하지 못하는 순간이 발생할 때 그는 어떠한 존재로 변화하는가. 시는 시인에 의해 생산될 뿐 아니라 발화 행위 주체로서의 시인까지도 재생산하는 계기가 될 수 있지 않은가. 이러한 관점은 낭만주의적 예술관과는 구분되는데, 여기서 재생산되는 발화 주체의 주체성은 사후적으로만 규정되는 것이기 때문이다. 발화 주체는 발화 행위 주체로 환원되지 않는 잉여이자 흔적으로서 존재하는 전이적 존재다. 이를 통해 비로소 텍스트의 공백이 분명하게 드러난다. 의미가 발생할 수 있는 공백으로서 '시적인 것'은 이러한 과정에서 출현한다. 새로운 주체가 출현하기 위해 '시적인 것'의 자리는 마땅히 비어 있어야 한다.

플라톤이 아무리 시인 추방론을 주장했다 해도 그것이 어디까지나 불충분한 명령일 수밖에 없는 까닭을 우리는 안다. 시인은 추방할 수 있어도 '시적인 것'은 결코 추방할 수 없기 때문이다.

눈먼 사람들

제프 다이어의 『지속의 순간들』은 눈먼 사람들을 찍은 사진가들에 대해 쓰고 있다. 가령 매체는 사회 개혁이라는 더 큰 계획을 위해 사용되어야 한다고 보았던 루이스 하인(Lewis Hine)과 같은 이에게는 "눈먼 이를 도와주시오"라는 표지판을 목에 건 거지의 얼굴 그 자체보다는 거지를 만들어 낸 조건으로서 그를 둘러싼 유동적인 흐름을 드러내는 것이 중요했다. 해서, 카메라는 뒤로 물러서서 구걸을 하는 거지와 거지 옆에 무심하게 서 있는 중절모의 사내, 그 옆에서 과일을 팔고 있는 시장의 거리를 넓은 구도에서 담아냈다. 객차에서 스스로 길을 만들며 나아가는 눈먼 아코디언 연주가를 찍은 워커 에반스(Walker Evans)는 그들 자신의 운명에 짓눌려 타인에게 무관심한 지하철의 승객들과 그 무관심이 자비로 이어지기를 바라며 손가락으로 건반을 더듬는 눈먼 사내의 모습을 찍었다. 이와 달리 '뼛속까지 좌파'였던 벤 샨(Ben Shahn)은 거리의 눈먼 아코디언 연주자가 그저 자비심에 기대는 것이 아니라는 사실을 강조했다. 그는 건강하고 힘이 넘치는 사진 속 눈먼 사내를 클로즈업해서 자신의 삶과 고집스럽게 싸워 나가는 노동자-예술가의 형상을 투사했다. 아코디언으로 인터내셔널가를 연주하고 있을 것 같은 투사의 아우라까지 불어넣어서 말이다.

눈먼 사람들에 대한 사진가들의 이례적인 관심에 대해 다이어는 그것이 비가시적인 존재가 되어 피사체의 눈이 되려는 사진가의 궁극적인 욕망이 투사된 것이라고 해석한다. 그것은 누구도 본 적이 없는 세계의 일면을 그 자신의 눈을 가려서라도 드러내겠다는 야망에 다름 아니다. 그러니 각자의 고유한 개성이 드러나 있는 이들 사진에서 어떠한 공통된 욕망을 발견할 수 있는 것은 우연이 아니다. 「알레프」에서 보르헤스가 말한 것처럼 문자를 읽는 데는 두 가지 방법이 있다. 눈에 보이는 분명한 것을 읽어 내는 동시에(zahir), 숨겨진(batem) 의미 혹은 비밀의 의미를 찾아야 한다. 신이 사라진 시대에 예술가가 욕망하는 것은 그 자신의 고유한 능력을 벗어난 어떤 것, 자신의 눈이 아니라 카메라를 통해서 재현할 수 있는 또 다른 심연의 차원일지도 모르겠다. 끝내 숨겨진 것으로 남아 있을 심연을 그는 그 자신의 역량을 넘어서는 언어의 힘을 빌려 그 언어의 눈으로 드러내려 한다. 피사체를 보는 것이 사진가의 눈이 아니듯, 시화되는 것은 시인의 언어가 아니다. 어떤 시들을 '현대적'이라 칭할 수 있는 것은 그의 시선이 얼마나 사물의 편에 서 있느냐에 달려 있다.

환자들이 병원 앞뜰에서 볕을 쬐고 있다 청소부는 낙엽을 쓸고 노인들은 은행을 줍고 아이들은 나무 위로 올라간다 환자들이 담배를 피우고 공을 던지고 나뭇잎을 밟고 양손으로 얼굴을 감싸고 울고 있다 우체부가 들어오고 피아노가 나가고 조문객이 들어오고 구름이 나간다

바보가 들어오고 백치가 나가고 오르간이 들어오고 딱정벌레가 나간
다 쥐들은 쥐구멍으로 사라진다 병원 뒤편 숲에서 환자들이 나온다 잠
든 채로 걸어 나온다 환자들이 버스를 타고 멀리 멀리 간다 개가 짖는
다 햇볕이 들어가고 그림자가 나온다
　　　　　　　　　—강성은, 「병원」(『창작과 비평』, 2015.봄) 전문

　예술은 사물을 번역하는 일이다. 사물을 번역하는 작업으로서의
시는 그러므로 더 이상 서정적 자아의 내면을 고백하는 차원에서 만
족할 수 없다. 엘리어트가 말한 객관적 상관물이 충분히 '객관적'이
지 않음을 지적한 김춘수의 말처럼 무의식에는 감정이 없고, 시가
언어라는 기계로서 담아내야 하는 영역 역시 이 비인간성의 영역이
다. 이것은 흔히 말하는 진리의 바깥이며 들뢰즈의 말을 빌리자면
비인칭의 영역이다. 강성은은 그러한 번역가의 자세로 쓴다. 초현실
주의 풍의 몽상적인 풍경이 주의력 깊은 관찰자적인 시선으로 재현
될 때, 그가 얼마나 진정성을 가지고 사물을 있는 그대로 묘사했는
지는 중요하지 않다. 서정적 자아로서 시인이 사물을 대하는 태도와
언어에 종속되어(subjected) 있는 시적 주체가 사물을 대하는 태도는
다를 수밖에 없다.
　근래 강성은의 시들처럼 이 시도 슬픔의 정념에 과도할 정도로 전
염되어 있다. 이는 강성은만이 아니라 현재 한국의 시인들 대부분이
앓고 있는 증상에 다름 아니다. 강성은의 미덕은 이 슬픔의 의미를
되새겨 묻는다는 데 있다. 이 시만 해도 그렇다. 이 시는 사물들의
유한성과 그 풍경을 앞에 두고도 아무것도 할 수 없는 무력감을 일
깨워 준다. 누군가가 슬픔을 느끼든 말든 아랑곳없이 구름은 나가고
쥐들은 사라지며 개는 짖는다. 연관이 없어 보이는 사물들이 상기시

키는 일련의 정서는 누구라도 세계의 슬픔에 대해 초연하지 않을 수 없음을 무방비 상태에서 감각하게 해 준다. 무연해 보이는 사물들의 필연적이면서도 우연적인 연계성을 암시하면서 말이다. 세계가 그렇게 쉽게 바뀌지 않을 것임을 알면서도, 언어 앞에서 번번이 좌절하면서도 한계에 굴복하지 않고 싸워 나가는 법을 그 감각을 통해 배울 수 있다. 분별없이 재촉하거나 혼란을 불러일으켜서는 안 된다는 것을 시인은 알고 있다. 하지만 동시에 냉소와 허무에 빠져서 슬픔에 굴복해서는 안 되는 것은 그보다 더 절박한 과제이다.

손에 들린 사과를 깎는다 시작도 끝도 없이
창밖에는 미수에 그친 여름이 있다

그는 길을 내려 했다 깎을 수 없는 것을 깎으면서
한 시간을 파묻으려 했다 사과는 흠집 하나 나지 않는다

누가 이 싸움을 시작했는가
물을 찢고 나오지 못한 사람들이 차례로 흉상이 되어 간다
토막 나 끊긴 길들
사방이 벽이어서 지킬 수 있는 이름들

내딛으려는 발보다 빠르게 계절은 겨울로 치닫고
이제 폭설은 맨발을 요구한다 마지막까지 칼을 움켜쥐게 한다

그는 언제부터 깰 수 없는 꿈에 들었는가
살아남았다는 얼굴을 하고서

비탈을 지날 땐 비탈의 속도가 되고

밤을 견딜 땐 밤의 기둥이 되는

칼의 기도가 자란다

그럴수록 그가 깎여간다

있지도 않은 사과를 손에 들고
　　　—안희연, 「죽은 개를 기르는 사람은」(『21세기문학』, 2015.봄) 전문

안희연은 영리하게도 시간을 기다릴 줄 안다. 섣부른 희망을 들이밀다가 끝없이 추락하지 않도록 말이다. "물을 찢고 나오지 못한 사람들" "살아남았다는 얼굴을 하고서" 같은 격렬한 표현을 쓰면서도 서두르지 않는다. 죽음의 공포에 맞서기 위해 언어를 도구화하지 않는다. 대신 "칼의 기도"를 들이미는데, 이것은 언어가 그 자신에게 도래할 때까지 기도하는 자세로 "흠집 하나 나지 않는" 세계를 버티겠다는 의지이다. 이 시는 단순한 알레고리로 떨어지지 않는다. 이는 이 시의 언술이 통일된 목소리에 의해 구획되지 않기 때문이다. 여기에는 영상처럼 흐르는 풍경이 있고, 그 영상을 해설해 주는 목소리가 있으며, 아예 그 영상의 밖에서 영상에 대해 논평하는 목소리가 있다. 이때 "누가 이 싸움을 시작했는가", "있지도 않은 사과를 손에 들고"와 같은 시구들은 풍경을 해치지 않으면서 시의 의미를 비틀어 내는 역할을 해낸다.

의미는 자란다. 혹은 깎여 나간다. 어떠한 고정된 의미는 없다. 아니 어쩌면 의미 따위는 아예 없는지도 모른다. 하지만 그렇다고 해서 기도를 그만두어야 하나. 죽은 개를 기르는 사람의 입장에서, '이 싸움'에서 먼저 선동하지도 당하지도, 그렇다고 쉽사리 물러서지도

않을 것이라고 다짐해 볼 수도 있지 않을까. 의미를 보증해 줄 신이 사라진 시대에 주체는 분열될 수밖에 없다. 있지도 않은 사과를 붙잡고, 있지도 않은 길을 내기 위해 누구와 싸우는지도 모르는 싸움을 하지 않을 수 없다. 말로는 기도를 그만두겠다고 하면서 마지막까지 칼을 움켜쥐는 것, 이것은 그녀가 기도하는 자세다. 행위의 무력함을 알면서도 그 행위를 멈추지 않는 자의 자세에는 위대한 것이 있다. 그것은 그저 그런 파스칼식의 내기가 아니다. 그 자신의 인생이 달린 것인데 그리 가벼울 수만 있겠는가. 다만 때를 기다릴 뿐이다.

우리는 준비가 되지 않았고 각자에게 흰 도화지가 배달되었다. 손에 크레파스를 쥐고 차렷 자세로. 아무것도 그리지 않고 있지만 쉬고 있는 건 아니었다.

열두 달 동안 깎은 손톱들이 창틀에 쌓여 있다.

머리 위에서 돌아다니는 발소리가 들렸다. 어디로 가는 것도 아니고 제자리를 맴도는 것도 아닌. 저런 발소리를 내는 발은 하얀색일 거야. 눈이

내렸다. 눈은 흰 발자국을 찍으며 공중을 달렸다. 산은 흰색이 되었고. 생각했다. 흰 산에는 흰 발이 얼마나 많은지.

소금이 물에 녹지 않았다. 아무리 저어도 소금은 소금, 물은 물.

오늘도 투명하고 어제도 투명했다. 투명하고 얇은 것들이 층층이 쌓

여서

불투명하고 딱딱하게 된 것을 보았다. 울고 싶었다. 얼음기둥이 떠올랐지만 얼음과 거리가 멀었다.

눈물이 흘렀는지 아닌지는 중요하지 않다. 울고 싶었고 그렇게 했다. 불투명하고 딱딱한 기둥 같은 것이 녹기 시작했다. 오래 전에

길게 한숨을 쉬었던 기억이 났다. 코트에 붙은 딱딱한 먼지들을 털어내면서 계속 얇고 투명하려고 했다.

투명해지려고 하지 말자. 라고 결심하다가, 투명한 것을 쌓지 말자. 를 떠올렸다. 또 울지 않으려면 어떤 결심을 해야 하는지 사전을 뒤져보아도 소용 없다는 걸 알았다. 아무런 결심도 하지 말자고 결심했고,

눈이 내렸다. 눈은 흰 도화지 위에서 흩날렸다. 우리가 알지 못하는 사이에, 우리가 보지 못하는 곳에서, 눈은 쌓이겠지만 아침에 우리는 눈을 보지 못했다.

아무것도 시작되지 않았으니 아무도 망친 사람이 없었습니다. 눈을 감고

공기 속에 무엇을 만들어 내는 사람의 손을, 울퉁불퉁한 손의 윤곽선을 상상했다.
　　　　　　　　　　　　　　—이성미, 「일월의 밤」(『서정시학』, 2015.봄) 전문

벤야민은 「기술복제시대의 예술작품」에서 사진이 예술이냐는 물음보다는 사진으로 인해 예술의 성격 전체가 바뀌었다는 점이 중요하다는 것을 지적하였다. 사진을 통해 예술이 지녔던 가상으로서의 성격을 긍정할 수 있게 되었다는 것이다. 그는 사진이 사물을 재현하는 순간에 발생되는 소외 현상을 생산적으로 활용하게 만들어 주었으며, 이를 통해 예술의 물신화 가능성을 타파할 수 있을 것이라 전망했다. 하지만 수잔 손탁의 생각은 달랐다. 그녀는 "1871년 6월 파리 경찰청이 파리 코뮌 가담자들을 잔혹하게 검거할 때 처음 사진을 활용한 이래로, 사진은 시간이 흐를수록 종잡을 수 없게 된 인구를 감시하고 통제하려는 현대 국가의 유용한 도구가 되어 왔다"고 했다. 무엇보다 사진은 사람들이 플라톤의 동굴 밖으로 나갈 필요가 없다는 생각을 품게 했다. 사진을 찍거나 본다는 것은 경험을 하지 않고도 그것을 소유하는 것 같은 착각을 일으켰으며, 그것을 찍는 사람이든 찍히는 사람이든 아무런 책임을 지우지 않은 채 도덕적 한계와 사회적 금기를 넘나들게 했다. 그리하여 타인의 고통마저 미학적으로 소비할 수 있게 되어 버렸다는 것이다(『사진에 관하여』).

이성미의 시는 예술에 대한 이러한 대립 구도 앞에서 망설인다. 자신이 그릴 것이 소외를 극복할 계기가 될지 또다시 물신화의 도구가 될지를 확신할 수 없기 때문일까. 아니면 예술이 섣불리 현실을 다그치려 할 때 다치는 것은 그 자신일 수도 있음을 염려하는 것일까. 그러는 동안 눈이 내리고 투명한 것들이 쌓인다. 하지만 여전히 할 수 있는 일이 떠오르지 않는다. 그려야 할 것을 앞에 두고 시인은 무력하다. 언어는 도대체 무엇을 할 수 있나. 하지만 예술이 비재현의 윤리학을 택할 때 그것은 재현을 요청하는 타자의 요구를 무시하며 주체의 윤리적·미학적 보수주의를 공고히 하는 데 이용되기도 한다. '설명 불가능한 상처'를 재현하는 것에 대한 편집증적 태도는 부정(不正)한 현실을 부정(否定)하며, 재현된 이미지를 불신하는 태도로 이어진다. 예술이 윤리를 내세우며 그 스스로에게 내린 금기가 그 자신을 옭아매는 사태로 번지고 마는 것이다.

예술은 이 금기와 싸워야 한다. 예술은 머뭇거려야 한다. 이성미는 이 머뭇거림 자체에 대해 쓴다. 블랑쇼의 말을 빌리자면, "(재난의 시대에) 글을 쓴다는 것—그것은 글쓰기를 거부하는 것 혹은 이 거부의 방식을 통해 글을 쓰는 것이다." 글쓰기를 거부하는 것과 그 거부의 방식으로 글을 쓰는 과정에서 주체는 글쓰기 자체가 하나의 재난임을 알게 된다. 분열된 주체가 그 자신이 무언가를 하지 않으면 안 된다는 것을, 동시에 그것을 해서는 안 된다는 것을 깨닫는 불가능성 속에서 일그러질 때, 그에게 글쓰기는 재난이 된다. 이 시에서 말하는 투명함과 불투명함의 대립 구도는 예술가가 이 세계에서 비참하게 살아남은 자로서 싸워야 하는지 아니면 "우리가 보지 못하는 곳에서" 쌓이는 눈을 바라보는 자세로 싸워야 하는지에 대한 지난한 싸움에 다름 아니다. 그러니 이 싸움은 쉽사리 결론이 나서는 안 될 것이다. 아직 아무것도 시작되지 않았다. 시인은 그 무위인 듯 보이는 투명한 시간을 견디지 않으면 안 된다. 심연에서 무언가를 만들어 낼, "울퉁불퉁한 손"이 드러날 때까지는 말이다.

파편화된 신체와 완성되는 전율

　김수영에게 시적인 것은 해소되지 않는 긴장의 끝에 탄생한다. 시와 산문, 시적인 것과 반시적인 것은 해소되지 않는 긴장을 만들어내며 이 대극적인 것의 싸움이 곧 사랑이라는 것을 알게 된다. 여기서 시를 '쓰는' 것으로 비로소 드러나는 것이 시의 형식이라면 시를 '논하는' 것은 시의 내용을 가리킨다. 그는 시를 쓰는 것이 온몸으로 밀고 나가는 것인데 비해 시를 논하는 것은 하이데거적 의미에서 세계의 개진으로서 의미의 차원에 놓여 있는 것이라 구분한다. 시적인 것이 무엇인지 모조리 기각시킨 상태에서만 가능한 시작(詩作)과 달리 시론(詩論)은 시적인 것을 해명할 수 없다는 불가능성 앞에서 시의 본질을 사유하려는 도전이다. 시적인 것을 구조 지으려는 모험과 그 모험에서 탈출하려는 온몸의 저항이 펼쳐지는 가운데 시적인 것은 가까스로 모습을 드러낸다.

　한데 시작과 시론 사이의 긴장이 최근의 시들에서 위태로워지고 있는 듯하다. 이는 무엇보다 '시'라는 장르적 규정이 그다지 구속력을 발휘하지 않는 텍스트들이 출현하면서 비평적 시각에서 시적인 것의 본질을 논하는 자리가 무용해지고 있는 탓이다. 발화하는 시적 주체의 태도 자체가 중요시되면서 내용 면에서 시의 의미를 논하는 것이 다소 불필요하게까지 느껴지고 있다. 재현에서 비재현으로, 의미에서 감각으로 시적인 것의 자리가 이동하면서 시의 본질에 대해 구조화하는 시론의 모험은 입지를 상실하고 있다. 대신 시적인 것에서 벗어나려 하면서 시적인 것의 본질을 비시적인 방식으로 탐구해 나가는 메타시의 출현이 두드러진다. 문보영, 장수진, 이소호 등 일군의 시인들의 시가 그 범례다. 시인들은 시적인 것의 범주에서 벗어나는 발화들을 시 쓰기에 전면적으로 침투시킴으로써 감응하는 시의 몸을 탄생시키고 있다.

들뢰즈식으로 말해 이 몸은 통합된 유기체가 아니라 기관 없는 신체와 같이 파편화된 양태를 지닌다. 시 쓰기는 더 이상 온몸으로 밀고 나가는 것이 아니다. 그리고 이러한 상황에서 시에 대해 논한다는 것은 여느 때보다 불가능한 행위에 가까워진다. 시의 본질에 대해 사유한다는 것이 과연 가능하기나 한 것인가. 차이의 유희를 향유하는 무수한 시적 발화들에 감응하며 변용되는 신체에 대해 이야기하는 것이 더 생산적인 것은 아닌가. 이럴 때 시론이 해야 하고 할수 있는 일이란 시 쓰기가 그토록 벗어나고자 하는 온몸이라는 것이 실은 불가능하다는 사실을 증명하는 일 이외에 무엇이 될 수 있는가. 시적인 것에 대한 규범이 느슨해질수록 시론의 자리는 위태로워지고 대신 시를 향유하는 새로운 방식에 대해 논해야 할 계기들이 늘어 간다. 이 자리에서 황혜경의 시를 읽는 것은 그 계기와의 또 하나의 마주침을 제공할 것이다. 카오스에 가까운 황혜경 특유의 사변적인 시적 발언이 극대화되어 있는 다음 시에서 시적인 것의 중력을 최소화하려는 몸짓이 감지된다.

어떤 것에도 앞과 뒤가 있다
모든 것에는 잘 보이는 면과 잘 보이지 않는 면도 있고
감추고 싶은 것이 감춰지지 않는 것이 되기도 하고

얇은 거울 두꺼운 낮
작은 이야기 속 큰 사건

숨기는 것이 포근한 것이기도 했지만
것의 완(完)의 내력을 따라가보면
앞면과 뒷면 그리고 분명히 알 수 없는 면도 있다
그것은 보이지 않는 면과 알 수 없는 것이라서

(중략)

초록, 이라고 하면 초록이었던 자리가 먼저 떠오르고
그곳에 무성하게 있던 것을 그리게 되고
것에 음식을 넣고 약을 넣고 먹지 않을 때는 자고
오래된 것으로 인해 이러다 병들겠어
그것들을 살피다가 기분을 망치는 일들이 삶을 망치지 않기를 바라며

입술로 작정하고 뱉고 아침부터 지어먹고 침을 뱉고
저녁과 밤에도 이빨을 쑤시며 기대하는 것의 입
믿는 것의 선한 얼굴과 인상을 말할 때

가장 나쁜 짓을 하는 것은 다람쥐가 아니다 사람이지 토끼도 아니고
사람이야
　너의 것으로 이름이 되고 이름으로 더욱 것이 되어가는 네가 거기
있다가 온전한 너로 만든 자리는 빛나

　나의 것으로 느끼는 것에 대해서
　앞장서는 미혹 당기는 운명
　한 세월 무익하거나 유익하거나 점검을 하는 것은 접어두고
　나의 것은 내 나라의 영토에 살고 있는 것인지
　나의 것은 내 나라의 국민의 것은 맞긴 맞는지

　애초부터 잘못된 지적도(地籍圖) 위에
　엉뚱한 쪽으로 길을 내며
　주춤주춤 지워질 걸음을 내며 가는 것이 있겠지
　고집스런 것이기도 하겠지
　괴로우나 즐거우나 나라 사랑하자고 노래했지만
　다 망가져도 너무 괴로워도
　징검다리를 놓듯 발자국을 받아주는 어둠

　것은 또 오고 있다
　나에게 없을 요일
　것과 지내다가 죽을 나에게
　이것은 기다리던 것이니 묻고 싶었는데 묻지 못할 것이다
　그 요일에 없는 것
　나에게

것에는 앞과 뒤가 있다

것의 앞면과 뒷면에도 볼 수 없는 면과 보이고 싶지 않은 면이 있고

부피를 가지므로 생기는 옆 말고도

입체가 깨져도 끝끝내 분명히 알 수 없는 것의 여러 면이 남아 있다

것은 그것으로 완성되는 전율일 수도 있다

—황혜경, 「것의 앞면과 뒷면과」(『모든시』, 2019.봄) 부분

'것'의 앞면과 뒷면을 사물(object)이 언어화되기 이전과 이후의 상태를 대비하는 것이라고 읽어 본다면 어떨까. 그러니까 '것'이 보이는 것으로 드러날 때 "두꺼운 낯"은 "얇은 거울"이라는 매개를 통하여 나타나는데, 여기서 주의할 것은 "두꺼운 낯"이 선험적으로 존재하는 것이 아니라 "얇은 거울"을 통해서 비로소 존재하게 된다는 것이다. 즉 사물이 먼저 존재하고 언어화된 대상(thing)이 그다음에 출현하는 것이 아니라 언어를 통해 비로소 사물이 존재하게 된다. 앞은 전체이며 뒤는 심연이다. 우리는 그것이 얼마나 가까이 있는지와 무관하게 앞을 볼 수 있을 따름이고 전체를 통해 심연의 존재를 망각한다. 일상적 소통에서 이 간극은 효과적으로 지워지지만 시인은 이 간극에서 생겨나는 의심과 불안의 정동을 동력으로 시를 쓰는 자이다. 그렇게 시는 사물의 부재 혹은 결핍에 의해 생산된다.

이 시에서 '것'은 또한 실체가 모호한 대상이면서 동시에 명사를 움직이게 하는 힘을 지닌 매개체다. 구체적인 사물을 지시하는 기호를 회피하며 오로지 '것'을 사용하고 있는 데는 모종의 의도가 작용하고 있다. 가령 '것'은 그 무엇에게도 자신의 자리를 내어준다. 이

시에서 아침을 지어 먹기도, 침을 뱉기도, 이빨을 쑤시기도 하는 어떤 '것'의 입이 그러하듯 말이다. 다만 그 가운데 어떤 하나의 이름으로 '것'을 고정시켜 버리려는 '선한' 의도가 작용할 때 그것은 시에 있어서는 가장 나쁜 결과를 낳는다. 사물들 사이를 미끄러져 돌아다니는 '것'은 이름으로 포착되지 않는 비인칭적인 것이다. 그러니까 "몸이라는 것 마음이라는 것 나라는 것 너라는 것"[1]은 '몸의 것, 마음의 것, 나의 것, 너의 것'으로 치환되어서는 안 된다. 심지어 "나의 것으로 느끼는 것"조차 나의 소유가 아니다.

황혜경의 시적 주체는 대상과 주체 사이를 섣불리 분리하지 않으며 상호성이 가져다주는 모호함을 유지한다. 이름과 존재는 상호 의존적이다. 해서 "온전한 너"는 사실 언제까지고 완성되지 않는, 되어 가는 존재의 자리를 가리킨다. 시인은 여기다가 국가라는 공동체에 대한 사유를 변주해서 녹여 낸다. 현대 사회에서 개인이 소속된 공동체 가운데 보이지 않는 가장 강력한 구속력을 작동시키고 있는 국가는 과연 누구의 소유이며, 개인이 거기에 소속되어 있다고 할 때 그것의 의미는 무엇인가. "괴로우나 즐거우나 나라 사랑하자"는 애국의 맹세에 슬쩍 어깃장을 놓는다. 이렇게 어디에도 소속되어 있지 않으며 무엇도 소유하지 않는, 불확정적이고 비결정적인 상태가 가져다주는 불안과 공포를 견디는 역량은 시적인 것을 향유하는 행위는 전 개체적이고 비인격적 흐름을 자극함으로써 '무위의 공동체'(장뤽 낭시) 혹은 '아무것도 공유하지 않는'(알폰소 링기스)에 대한 사유를 촉발할 수 있으리라.

들뢰즈에 따르면 예술은 곧 감각의 구현이다. 예술이란 무한한 카

---

1 황혜경, 「핵심」, 『나는 적극적으로 과거가 된다』, 문학과지성사, 2018.

오스 세계를 유한한 질료에 육화시켜 구현한 것으로, 예술가마다 그 것을 고유화하는 작업 방식에 따라 차이가 발생하고 그에 따라 시의 표면에는 고유한 리듬이 형성된다. 그리하여 텍스트를 구성하는 기호와 주체의 만남이 우연성에 의해 결정될 때, 해서 의도치 않았던 결과가 도출되는 순간 시적인 것은 도래한다. 다만 그것이 올 때까지 기다림이 필요하며, 그 시간 동안 시인은 사물을 장악하지 못한 데서 발생하는 무력한 우울과 더불어 기다림을 기다리는 겸손한 설렘의 공존을 맛볼 것이다. "것은 그것으로 완성되는 전율일 수도 있다"는 시의 마지막 문장처럼 적어도 황혜경의 시적 주체는 기다림에 대한 면역력을 충분히 갖춘 것처럼 보인다. 확정적인 의미를 제공하지 않더라도, 안정된 소속감을 안겨 주거나 누구에게도 침범당하지 않을 소유권을 가질 수는 없더라도 그는 불안과 공포보다는 전율을 느낀다. 사물을 소유하지 않았기에 발휘할 수 있는 역량을 긍정하며 시 쓰기를 만끽한다.

황혜경의 시에서 확실한 것은 그가 쓰는 행위를 하고 있다는 사실이다. 이미 쓰는 것이 완료된 것으로서의 텍스트가 아니라 읽고 쓰고 발화하는, 세계를 감각하는 자의 신체에 대한 자의식이 두드러진다. 여기서 쓴다는 것은 시가 완성되어 가는 과정 중에 있다는 사실로 이어진다. 한 편의 시에는 끝이 있을 수 있지만 시를 쓰는 이 몸은 언제까지나 쓰고 쓴다. 한데 이 몸은 앞면과 뒷면으로 분열되어 온몸이 되지 않는다. 앞면과 뒷면으로 특정할 수 있는 것 외에도 여전히 "끝끝내 분명히 알 수 없는 것의 여러 면"이 언제까지나 남아 있을 것이다. 이것은 시 쓰기의 실패이지만 시의 실패는 아니다. 시 쓰기를 통해 기호는 육체와 육체 사이를 침투하고 파고들고 기생하면서 번성하게 하는 보이지 않는 무수한 미생물과 같은 쓸모를 지닌다. 기호는 주체가 '나' 안에 갇히지 않도록 감각을 조정하고 확장해 주는 미세한 떨림으로써 작동할 수 있다.

이에 따르면 김수영의 온몸의 시론조차 지나치게 형이상학적인 것이다. 물론 어쩌면 이는 시론이 애초에 봉착할 수밖에 없는 운명일지도 모른다. 하지만 시론 역시도 시적인 것이 생성해 내는 이러한 감각, 결핍을 일깨우면서 그것에 의해 가능한 생산적 분열을 가동시키는 시적인 것에 대한 사유 없이는 전진할 수 없다. 시적인 것이 도래하는 생성의 순간을 목도하며 시의 본질에 대해 논하는 불가능한 작업을 완수해야 하는 비평가의 신체 역시 어떤 식으로든 변용되지 않으면 안 된다. 시론의 뒷면에서 우글대는, 시적인 것의 본질에서 탈주하려는 기호들의 흐름을 상상하면 전율이 인다. 시론을 추동해 내는 것 역시 결국은 결코 완전하게 유기체로 통합될 수 없는 몸인 까닭이다.

시적 언어와 내파되는 상징

폴 리쾨르에 따르면 상징은 "삶의 세계(bios)와 이성의 세계(logos)를 갈라놓고 있는 분리선에서 망설이고 있"다는 점에서 이미 정화된 로고스의 세계에서 발생하는 은유와 구분된다.[1] 은유들의 집합이 네트워크를 구성하여 체계화될 때 상징에 근접하게 된다고 본 리쾨르는 근원적인 은유(root metaphor)로서 상징의 속성에 주목하였다. 의미의 은유적인 잠재력이 모여서 이룬 저수지로서의 상징체계에 대해 서술하면서 그는 상징을 언어의 기원과 연관 짓는다. 실제로 상징을 의미하는 서구어의 어원은 그리스어의 동사 symballein에서 온 명사 symballein으로, 이는 하나의 사물을 두 개로 나누어 각각의 소유자가 그것을 합쳐서 신원을 파악하는 것을 의미한다. 이는 흡사 소쉬르가 기의와 기표를 설명한 방식을 상기시킨다. 기의와 기표가 하나의 기호로 결합될 때 우리는 기호의 신원을 파악할 수 있다.

---

1 폴 리쾨르, 『해석 이론』, 김윤성·조현범 역, 서광사, 1998, p.107.

'상징'에 대한 설명을 정신분석학 이론과 접합시켜 볼 수 있는 것은 이 때문이다. 다만 이는 소쉬르의 이론과는 조금 다른 방향으로 전개된다. 기표와 기의가 자의적으로 연결되는 이유에 대해 정신분석학은 '억압'의 개념을 가져와 설명하며 이는 한 사회에 잠재된 구조적 무의식과도 관계된다. 가령 라캉은 상징계의 개념을 레비스트로스의 인류학적 개념에서 빌려 온 것을 밝히면서 서로의 차이를 규정함으로써 기표의 세계가 성립됨을 시사했다.[2] 마찬가지로 기표들 사이에서 발생하는 차이의 연쇄는 의미를 발생시키는 전제가 된다. 상징은 세계를 구조적으로 파악하는 신화적 사고(무의식)와 관련되며 말할 수 없는 것으로서의 실재에 대한 상상을 가능하게 하는 매개의 역할을 수행한다.

이는 라캉이 말한 누빔점으로서 '주인기표'와 관련된다. 주인기표는 기표의 연쇄를 소급적 방식으로 확정시킨다. 문장이 완성된 후에야 소급적으로(retroactively) 의미를 확정할 수 있다. 물론 누빔점은 다른 기표의 도착으로 언제든 해체될 수 있다. 기표가 기의로부터 분리될 수 있다고 보는 라캉의 관점은 프로이트, 융과 분별된다. 수도꼭지, 연필과 같은 물건들을 남성의 성기를 상징한다고 분석하며 성적으로 응고된 상징(symboles sexuels figés)으로서 파악했던 프로이트와 달리 융은 상징을 살아 움직이는 현상으로서 이해했다. 상징이 그 속에 숨어 있는 의미가 완전히 노출되면 죽은 상징, 혹은 소진된 상징(extinct symbol)으로서의 기호가 된다. 해서 융의 경우 상징적 의미와 기호적 의미를 서로 다른 것으로 구분하면서 상징의 일정 부분을 여전히 신비의 영역에 남겨 두려 했다.

---

2 딜런 에반스, 『라캉 정신분석 사전』, 김종주 외역, 인간사랑, 1998, p.179.

이와 달리 라캉은 대타자에 의해 강제된 것으로서 기표의 속성에 주목한다. 이것이 사물로서의 언어의 차원이다. 라캉은 기의로부터 분리되는 기표의 차원, 즉 기의 없는 기표의 차원이 있다는 것을 보여 주었다. 기표는 의미의 질서로 환원될 수 없는 어떤 물질적인 차원을 가지고 있는 것으로 파악된다. 무의식은 기의 없는 기표의 차원에서 조직된다. 라캉이 말하는 기의 없는 기표는 단일한 의미로 환원되지 않는다는 점에서 상징의 속성을 연상시킨다. 상징이 단순한 기호로 전락하고 있는 이유를 과학과 이성주의, 실용주의적 사고에 의해 신비와 경외가 사라져 버렸기 때문이라고 본 융과 달리, 라캉은 신비와 경외야말로 상징이 작동하고 있는 증거로 본 셈이다.

상품의 물신성이 대표적 예다. 여기서 상품의 물신성을 가능하게 하는 것은 주체를 대신해서 사고하고 행동하는 외적 사물들로서의 시장과 같은 사회적 제도들, 즉 대타자이다. 때문에 『이데올로기의 숭고한 대상』에서 지젝이 지적한 대로 상품의 물신성을 주체의 환상으로 비난하는 일은 아무 소용이 없다. 돈에 대한 물신주의적 믿음은 사물들이 대신해서 가져 주는 객관적 믿음인 것이다. 여기서 사물로서의 기표가 주체에게 그가 이해할 만한 어떤 의미도 생성해 주지 않는다는 점은 상징을 파악하기 불가능한 비합리적인 요소를 지닌 것으로 이해하는 것과 마찬가지 맥락에서 이해된다. 사물로서의 기표가 지니는 강제성이란 그것이 이해할 수 없고 이해되지 않는 한에서 주체에게 강제된다.

이러한 강제를 통해서만 은유의 '체계'가 성립되는바, 상징은 기표의 사물성, 그러니까 기의가 지니는 권위의 비밀스러운 원천을 보여 준다고 할 수 있다. 이런 점에서 상징을 유기적 전체가 가진 총체성을 목표로 삼는 초역사적인 것으로 보면서 알레고리와 대비시켜 온 기존의 관점을 정신분석학적으로 비틀어 볼 수 있다. 그러니까 유기적이고 총체적이고 초역사적인 것처럼 보이는 상징이 언제든 알레고리로 떨어질 수 있으며 그 역 역시 성립한다는 것이다. 상징은 하나의 체계를 만들어 내는 힘을 지니는 것으로 보이지만 그것은 동시에 외부에서 도래하는 기표의 침입에 취약하여 언제든 알레고리로 떨어질 수 있다. 가령 십자가라는 상징이 누군가에게는 풍부한 형이상학적 함의를 지니는 것일 수 있지만 다른 누군가에게는 세속화된 의미에서 그저 '교회 건물'을 의미하는 알레고리에 불과하다.

예를 들어 김수영의 '풀'이나 김춘수의 '꽃'에 대해 살펴보자. 이들 시인은 기존에 있던 기표를 새로운 의미의 연쇄 속에 집어넣음으로써 이미 있던 '기표+기의'의 결합을 해체하고 새로운 누빔점을 만들어 냈다. '풀'은 '민중'이라는 원관념과, '꽃'은 존재의 의미라는 원관념과 결합하여 새로운 의미를 창출하였다. 허나 이들의 시를 단일한 의미로 해석하는 관점이 굳어질 때 상징은 삶과 이성의 세계 사이에서의 망설임을 끝내고 상징이 기호로 떨어질 수 있다. 누구나 김수영의 '풀' 혹은 김춘수의 '꽃'을 말할 때 한 치의 오차도 없이 같은 것을 떠올린다는 환상이 오히려 이 시들의 생명력을 소진시키고 만다. 데리다는 이를 음성중심주의, 그러니까 의사소통을 할 때 발화 행위 주체가 말하고자 하는 바가 음성언어를 통해 어떤 오염도 없이 즉각적으로 상대방에게 전달된다는 현전의 환상과 관련지은 바 있다.

현전의 환상에 사로잡혀 텍스트를 콘텍스트 안에 가두어 환원적으로 해석해 버리는 것은 살아 있는 상징을 죽은 상징으로 전락시키는 행위라 할 수 있다. 의미로 환원되지 않는 언어의 에크리튀르적 차원이 말소됨으로써 기표와 기의는 종이의 앞면과 뒷면처럼 결합되어 버린다. 데리다에 따르면 텍스트는 환원 가능하고 소진 가능한

다양성으로서의 다의성(polysémie)이 아니라 환원 불가능하고 소진 불가능한 다양성으로서, 그 모든 콘텍스트로부터 스스로를 분리할 수 있을 때 생겨나는 산종(dissémination)의 풍부함을 가지고 있다.[3] 김수영의 '풀'이 무수한 방식으로 해석될 수 있는 것은 그 안에 다양한 콘텍스트들을 담고 있기 때문이 아니라 그것 자체가 하나의 기록(에크리튀르)으로서 그것이 그 후에 오는 다양한 콘텍스트들과 마주치기 때문이다. 즉 기표가 기의로부터 분리될 수 있는 가능성을 텍스트에도 마찬가지로 적용할 수 있다.

이와 같이 김수영의 「풀」을 독해할 때, 이후에 도래한 사건들과의 마주침 속에서 어떠한 의미를 발생시키는지에 주목하는 것이 바로 산종에 해당한다. 하나의 텍스트가 그것이 생산된 콘텍스트와 분리되어 다른 콘텍스트와 접속할 수 있는 가능성은 상징에 소진 불가능한 생산성을 부여한다. 데리다는 산종의 모태(matrix)로서 에크리튀르를 이야기하면서 '코라(chōra)'에 대해 설명하는데, 이는 에크리튀르의 생산성을 비유적으로 이해하는 데 적절한 개념이다. 코라는 질서가 부여되지 않은 공간임에도 내재적인 생산성을 지닌 것으로 가정된다. 플라톤은 『티마이오스』에서 이를 처음으로 언급하며 "(자기의) 소멸은 허용하지 않으면서도 생성을 갖는 모든 것에 자리(hedra)를 제공하는 것"이라고 설명한다.[4]

코라는 어떤 하나의 형상과 연관되지 않고 그 안에서 생성되는 것들을 우연히 절합하기 때문에 코라의 의미는 계속 지연된다. 데리다가 코라를 공간적 차이(differ)이자 시간적 지연(defer)인 '차연'과 연

3 아즈마 히로키, 『존재론적, 우편적』, 조영일 역, 도서출판b, pp.30-31.
4 플라톤, 『티마이오스』, 박종현·김영균 역, 서광사, 2000, p.146.

결 지은 것은 이 때문이다. 의미가 생성되기 위해서 코라로서의 과잉, 그러니까 산종이 필연적으로 요구된다. 이름이 붙여지는 순간, 곧 다른 이름으로 미끄러짐으로써 기호가 되는 것을 필사적으로 거부하는 것이 상징을 살아 있게 한다. 의미를 초과하고 전복하는 것으로서 상징을 '내파(implosion)'하는 힘에 주목하지 않는다면 시에서의 상징은 죽은 상징으로 전락하고 말 것이다. 상징을 단순히 폐쇄적인 총체성으로 정의할 수 없는 이유가 여기에 있다.

　데리다와 함께 '코라'에 대해 언급한 크리스테바 역시 『시적 언어의 혁명』에서 코라의 생산성에 주목한다. 크리스테바에 따르면, 언어의 주체는 규범적 사회관계와 담론의 형식에 따르는 '생볼릭(le symbolique)'과 주체의 이질적 에너지와 충동의 방출을 포함하는 '코라-세미오틱(sémiotique)'의 영역에 동시에 걸쳐 있는 존재이다. 세미오틱은 이미 정립되어 있는 생볼릭에 대한 부정성을 통해 산출되며 세미오틱을 산출하는 대표적 언어 장치가 바로 '시'이다. 생볼릭이 지닌 내적 모순으로서의 코라-세미오틱을 스스로 노정시키는 내파에 의해 생볼릭이 지속된다. 생볼릭의 기저에 항상 코라-세미오틱이 유령처럼 떠돌고 있다. 생볼릭이 코라-세미오틱과 함께 의미화 작용을 수행하는 한, 기호와 의미들은 항상 또는 필연적으로 다른 자리에 절합될 가능성을 갖는다.[5]

　시적 주체는 세미오틱을 산출하는 과정 중에 놓여 있다. 대표적으로 2000년대 시들은 생볼릭의 불완전한 봉합을 뚫고 다기하는 목소리들의 출현을 보여 주었다. 환유적 누빔점이 형성되었다고 생각했

---

5 이현재, 「플라톤의 코라 공간에 대한 포스트구조주의적 접근」, 『공간과 사회』 26-3, 한국공간환경학회, 2016, p.169.

는데, 뒤이어 도착하는 기표들에 의해 누빔점이 해체되어 버리는 사건들이 연달아 벌어진 것이다. 발화 내용 주체와 발화 행위 주체가 봉합되는 지점에서 상징적 '나'가 출현하지만 이는 다른 기표의 침입으로 언제나 해체될 수 있다는 점에서 불완전한 봉합이라 할 수 있다. 이쯤에서 2000년대 이래 이러한 흐름을 주도해 온 김행숙의 시한 편을 읽어 보자.

　낮의 해변으로부터 계속 그 길인 줄 알고 밤의 바다로 걸어 들어갔습니다. 찬물이 밤이었습니다. 물질적 변용이 밤의 성질이었습니다. 한걸음, 한 걸음, 점점 깊어지는 것이 밤이었습니다. 어느덧 깊이를 모르겠는 것이 밤이었습니다. 아아, 내게서 길이 사라집니까…… 길에서내가 사라집니까……

　노래를 부르는 그 입술은 누구의 것입니까? 나는 당신의 노래를 따라 부르며 무한히 좇았습니다. 그 입술에 드디어 드디어 나는 닿을 듯, 닿을 듯한데, 한 번만, 한 번만, 이 어두운 눈을 등잔처럼 밝혀주세요. 당신을 보고 싶어요. 나는 당신을 비추는 전신 거울처럼 서 있겠어요. 제발 눈을, 눈을, 좀 뜨세요. 내가 호소하면, 당신은 모든 것을 빨아들이고 영원히 뱉지 않는 검은 귀.
　　　　　　　―김행숙, 「낮부터 아침까지」(『문학과 사회』, 2016.여름) 부분

　김행숙이 시가 표면의 글쓰기를 행하고 있다는 것은 두루 지적되어 왔다. 그것은 김행숙의 시에서 상징이 기표의 차원, 혹은 그보다 더 심층에 있는 음소의 차원에서 발발한다는 것으로도 이해될 수 있다. 김행숙 시에 나타나는 특유의 리듬감은 이후에 출현할 시적 흐

름을 예비하고 있다. 그녀의 시에서 리듬은 기존의 상징이 만들어 놓은 에피스테메 안에서 이질성의 힘을 일으킴으로써 기표와 기의의 결합을 해체시키고 다른 기표의 도래를 알리는 사건을 현시(顯示)한다. 초월적인 것, 즉 말할 수 없는 것에 대해 어떻게 말할 것인가의 문제에서 김행숙은 매번 말할 때마다 다른 방식으로 무수한 목소리들이 내부에서 들려옴을 보여 준다. 그녀의 시에서 다수의 중심성을 지니는 발화 주체의 목소리는 그에 따른 결과일 뿐이지 선험적으로 결정되어 있는 배치에 따른 것이 아니다.

시적 주체는 가장 자명한 것처럼 보이는 낮과 밤에 대해서조차 그 자신의 리듬으로 부딪히는 순간에 이르러 비로소 실감한다. 그리고는 그 실감의 풍경을 노래하듯 읊는다. "아아, 내게서 길이 사라집니까…… 길에서 내가 사라집니까……". 그렇게 아직 노래가 되지 못하고 떠도는 것들을 자기 안에 가짐으로써 그녀의 노래는 자신을 구성한다. 이어서 노래를 통해 변용된 자신의 존재를 확인해 줄 누군가를 요청한다. 당신을 보기 위해서가 아니라, 당신을 거울처럼 비추는 자신 자신을 확인하기 위해서. 에로스와 푸시케의 사랑 이야기가 떠오른다. 밤에만 자신을 찾아오는 연인의 정체를 확인하기 위해 등잔을 밝혔다가 연인을 잃어버리고 마는 푸시케. 푸시케는 어둠을 밝히면 사라져 버리는 '당신'에게, "모든 것을 빨아들이고 영원히 뱉지 않는" 약탈자로서 자신의 연인에게 편지를 보낸다. 그것이 결코 배달되지 않을 편지(dead letter)가 될 것임을 알면서도 말이다.

이와 관련해서 '포스트'가 지니고 있는 두 가지 의미에 주목하고 싶다. 하나는 '이후에, 뒤에'라는 의미를 지니는 접두사 'post-'이다. 그리고 이와 더불어 이것이 명사로 사용될 때는 '우편'이라는 의미를 지닌다. 라캉과 데리다는 모두 언어의 문자적/우편적 차원, 곧 lettre

의 차원에 대한 이론화를 시도하며 상징의 뒤에 은폐되어 있는 '실재'로서의 구체적인 기표 또는 문자의 차원에 주목하였다. 억압으로 인해 배달이 지연되어 고통받고 있는 편지/문자를 배달하기 위한 정신분석학적 치료의 필요성을 주장한 것이다.[6] 죽은 상징, 즉 실패한 억압에 의해 배달이 지연되고 있는 문자들을 어떻게 다시 배달시킬 것인가라는 문제는 시에 있어서도 긴요한 문제다. 이후에(post-) 배달(post)되는 문자/편지(letter)로서의 시.

데리다의 경우에는 우편적 달구축, 그러니까 문자의 오배 가능성에 주목하였다. 동일성으로 환원되지 않는 배후의 목소리가 있을 우연적 가능성을 항상 생각해 보는 것이다. 가령 소크라테스의 뒤에서 복화술을 하고 있는 플라톤의 목소리를 소거시키지 않는 것. 모든 커뮤니케이션은 그것이 어떠한 매체를 경유하지 않을 수 없는 이상 항상 자신이 발신한 정보가 잘못된 곳에 전달되거나 그 일부 혹은 전부가 도달하지 않거나 역으로 자신이 받은 정보가 실은 발송인과는 다른 사람으로부터 보내진 것이었을 가능성에 노출되어 있다.[7] 현전의 환상에서 벗어나 우편적 탈구축을 실천하기 위해서는 남/여, 현전/부재, 파롤/에크리튀르의 이항 대립에 내재한 위계질서를 '전도'시키고 위계질서의 장(場)의 전위라는 두 단계의 작업을 거쳐야 한다. 이를 통해 양자 투쟁적 대립의 위계질서가 재구성될 수 있다.[8]

최근 이러한 우편적 탈구축이 발생한 장소로 강남역 10번 출구와 구의역 승장강 9-4번 스크린 도어를 꼽을 수 있다. 이 두 공간에서

6 최원, 「라캉 또는 X」, 『한국 프랑스철학회 2017년 여름 학술대회 발표문』, 2017.6.24.
7 아즈마 히로키, 『존재론적, 우편적』, p.102.
8 아즈마 히로키, 『존재론적, 우편적』, p.356.

는 두 개의 죽음이 있었고 이들의 죽음에서 '우연히도' 어떠한 상징성을 발견한 이들이 하나둘 모여들어 형형색색의 포스트-잇(post-it)을 해당 장소에 붙여 게시했다. 이를 통해 주로 유흥과 소비의 공간이었던 '강남역'이 여성 혐오에 반대하는 정치적 공간으로 전유됨으로써 역사적 지층을 갖는 장소로, 평소에는 아무 생각 없이 지나쳤을 '구의역'은 식사할 시간도 부족해 컵라면으로 끼니를 때웠을 비정규직 청년 노동자의 죽음을 상기시키는 공간으로 탈구축되었다. 강남역처럼 번화한 곳에서도 여성이라는 이유로 살해될 수 있다는 것, 구의역처럼 일상적인 장소에서 발생하는 비정규직 노동자의 허망한 죽음……. 본래 이 공간들이 지니고 있던 의미 위에 이질적인 역사적 지층이 쌓이면서 이 공간들은 새로운 상징적 의미를 지니게 되었다.

포스트-잇 주체들은 이 공간들을 단순히 트라우마적 공간으로 추모하는 데 그치지 않는다. 자신이 죽을 수도 있었을 것이라는 가능성, 그 무서움을 회피하지 않았기 때문이다. 그들은 자신의 죽음을 마주 보고 자신이 추모하려는 대상과 자신을 공속적 존재로 인식하였고, 죽은 자에게 말을 거는 행위를 통해 이들은 타자의 고통에 접속하고 근본적 변화를 촉구하는 '몸-정동의 정치'를 보여 주었다.[9] 무엇보다 이들의 발언은 하나의 목소리로 수렴되지 않았다. 언제든 붙였다가 뗄 수 있는 포스트-잇에 자신들의 견해를 표현함으로써 언제든 다른 기표가 도착할 수 있는 가능성을 열어 둔 것이다. 어딘가에서 행방불명된 우편이 도착하기를 염원하면서, 누군가가 확인하지 않더라도 떠돌고 있을 그 편지의 도래를 기다리면서, 그들은 그것을 부친다(post it).

---

9 정원옥, 「재난 시대 청년 세대의 문화 정치」, 『문화과학』, 2016.12, p.173.

'슬픔의 근원'을 횡단하기
—이수명론

1. 표면의 시학

벤야민은 의미가 "슬픔의 근원"이라고 말한다.[1] 문자에서 나타난 의미는 대상의 정신적 본질에 걸맞게 이름 불리는 것이 아니라 단지 불확실하게 읽힌다는 점에서 슬픔을 불러일으킨다는 것이다. 그는 기표와 기의 사이에서 철저한 불일치를 발견했기에 문자에 하나의 정해진 의미를 부여하지 않았다. 오히려 의미가 발화된 말과 대상 사이의 균열의 산물임을 인식함으로써 언어를 폐허나 흔적처럼 파편화된 것으로 바라보았다. 이에 따라 언어는 단순히 의사소통에 기여하는 수단으로서 기능하기를 그치고 자신의 심연을 들여다보게 하는 거울로 변신한다. 그리고 언어의 심연에 대한 인식 속에서 새로운 의미를 찾고자 하는 시도가 출현하게 된다. "씌어지지 않은 것을 읽"[2]어 냄으로써 문자에 숨겨진 지식의 영역으로 들어가는 열쇠

---

1 발터 벤야민, 『독일 비애극의 원천』, 최성만·김유동 역, 한길사, 2009, p.312.

를 얻고자 하는 것이다.

　이런 점에서 이수명은 벤야민의 후예이다. 이수명은 의미가 언제나 불확실하게 읽힐 수밖에 없다는 데 대한 인식을 기반으로 소통을 추구한다. 그녀에게 시란 "소통하지 않음으로써 소통하는 것"[3], "한밤중에 날개를 접고 있는 거대한 산이나, 그 위에서 빛나는 별을 비로소 자신의 안에서 발견하는 것"[4]이다. 일곱 번째 시집 『물류창고』에 이르기까지 이수명 시의 기조는 약간의 변주를 거치면서도 여전히 유지되고 있다.[5] 조재룡의 말을 빌리면 이수명의 시는 "세계 속에서 끊임없이 영향을 주고받으며 존재하는 대상을, 감정을 덧입혀 왜곡하는 화자-자아의 시선에서 탈취해내고, 오롯이 대상을 중심으로 세계를 비끄러매는 언어의 고안으로, 새로운 지평을 열어" 보인다.[6] 계속해서 언어의 한계를 실험하면서 언어가 결코 재현을

---

2 발터 벤야민, 「미메시스 능력에 대하여」, 『언어 일반과 인간의 언어에 대하여 번역자의 과제 외』, 최성만 역, 도서출판 길, 2008, p.215.

3 이수명, 『횡단』, 민음사, 2019, p.42.

4 이수명, 『횡단』, p.103.

5 이 글은 이수명의 첫 시집 『새로운 오독이 거리를 메웠다』로부터 『물류창고』에 이르기까지 7권의 시집을 대상으로 한다. 시집은 발간 순서대로 『새로운 오독이 거리를 메웠다』(세계사, 1995), 『왜가리는 왜가리놀이를 한다』(세계사, 1998), 『붉은 담장의 커브』(민음사, 2001), 『고양이 비디오를 보는 고양이』(문학과지성사, 2004), 『언제나 너무 많은 비들』(문학과지성사, 2011), 『마치』(문학과지성사, 2014), 『물류창고』(문학과지성사, 2018)가 있다. 하지만 이 글은 이수명 시 세계를 그저 시간 순으로 정리하는 데 그 목표를 두지 않는다. 이수명이 한국 시단에서 일정 지분을 지니고 있다면 이는 그녀의 확고한 시론에 힘입은 바가 크다. 이수명은 두 권의 시론집과 1990년대 현대시사를 정리한 『공습의 시대』(문학동네, 2016)를 상재하며 한국시가 걸어온 궤적을 통찰하는 작업을 이어 가고 있다. 이는 그 안에서 자신의 위치를 끊임없이 점검하려는 고투를 증명한다. 이 글은 이수명의 시집과 더불어 시론집과 연구서를 모두 참조하며, 이 시인이 얼마나 끈질기게 한 가지 문제의식을 밀고 나가고 있는지를 이야기해 보려 한다.

위해 복무하는 것이 아니라는 문제의식을 변형·확장해 나가고 있는 셈이다.

한데 이수명 시의 내력은 그녀만의 전유물은 아니다. 이 점은 그녀의 시론이 어디에 입지점을 두고 있는지를 살펴볼 때 명확해지는데, 앞당겨 설명해 두자면 이수명은 문학의 정통성('아버지 찾기')을 대신할 수 있는 것으로서 시인들 간의 우정을 통해 소위 '시적인 것'이 형성되어 온 지반을 탐구해 나감으로써 자신의 입지를 다져 왔다. 『공습의 시대―1990년대 한국시문학사』가 그 결과물이다. 어째서 1990년대인가. 이수명에게 1990년대는 형이상학에 대한 공고한 믿음이 무너지기 시작한 시기다. 이수명이 주목하고 있는 1990년대 시들은 당시 발표된 소설과 달리 '내면'에 천착하는 움직임을 보이지 않는다. 오히려 그들은 표면으로 달려갔다. 다만 이수명은 표면에의 집착을 허망한 종말이나 불가지의 허무로 단정 지었던 1990년대 시에 대한 평가를 반박하며, 1990년대 시에 나타나는 헛것과 가짜에 대한 탐구야말로 세계의 유일한 존재 방식이라고 평가한다. 그러니 만일 누군가 이수명에게 '세계는 어디에 있는가'라는 질문을 한다면 이수명은 그것은 어디에도 없으며, 다만 홀로 있을 뿐이라는 대답을 내놓을 것이다.

내가 돌아가 생각해보고 싶은 것은 시이다. 시는 어디에 있는가 하고 질문을 던졌을 때, 많은 부분을 블랑쇼에 공감하면서도 나에게 남아 있는 문제는 시는 사실상, 진리인지 비진리인지로 그 자리를 영역화시키기 어렵다는 점이다. 그리고 여기서 내게 중요한 것은 이 어려

---

6 조재룡, 「'끝없는 끝'의 세계에 오신 것을 환영합니다」, 이수명, 『물류창고』, p.110.

움을 해소하지 않으려는 것이다. 나는 이 전제를 극복하는 것이 극복이 아니라 투항 같이 여겨진다. 오히려 시가 진리라기보다는 진리인 듯이 보이는, 또 항상 비진리라기보다는 비진리인 듯이 보이는, 이 한 발짝의 거리, 이탈에서 나는 시라는 것을 느낀다. 시는 항상 무언가로 귀속되기보다는 거기서 떨어져나간다. 그것은 시가 이 세계가 제시하는 정합적인 구획 속에서 놓이지 않는 탓이지만, 그보다는 어느 한 편으로의 편입과 완성 속으로 소멸되지 않는 시의 혼자 있음을 말해주는 것이다.[7]

이수명은 자신의 시론에 '표면의 탈환'이라는 이름을 붙이고 블랑쇼를 따라 '바깥'을 말하는 대신 '표면'이라는 수평항을 출현시킨다. 이수명의 시론은 표면의 시론이다. 표면과 이면, 진리와 비진리를 제조하며 오히려 드러나 있는 것을 감추는 역할을 해 온 것이 형이상학의 작동 방식이었다면, 시는 감추어진 진리를 드러내려는 것도 진리를 감추는 비진리에 머무는 것도 아니다. 시는 그 사이를 횡단한다. 시적인 것에 갇히지 않고 표면을 찾아 움직이는 것, 표면을 탈환하고 표면으로 탈출하는 것, 그것이 시다. "요컨대 표면은 알 수 없는 영원한 사물의 세계이며, 여기서는 인간도 사물인 것이다. 사물은 진리를 모른다. 사물은 원래 의미가 없다."[8] 오히려 이수명에게 의미를 만들어 내는 행위는 사랑의 행위와 유사하다. '나'와 '너'가 '사랑'을 통해 서로에게 무언가를 증여하며 계속해서 다른 '나'와 '너'로 거듭나듯, 의미 역시 교환이 아닌 증여의 과정을 통해 다른 의미

7 이수명, 『표면의 시학』, 난다, 2018, pp.38-39.
8 이수명, 『표면의 시학』, p.42.

로 계속해서 이동해 나간다. 의미를 불확정하게 만드는 근원으로서 상상적인 것은 이수명이 말하는 소통의 가능성을 슬며시 암시한다. 이에 대한 구체적 분석은 조금 미뤄 두고, 1990년대에 대한 이야기를 조금 더 해 보자.

2. 사물의 낯선 얼굴과 마주하기

이수명에게 1990년대 문학사는 여전한 현재이다. 이수명은 심지어 2000년대 '미래파'의 성공이란 실패에 다름 아니라고 단언하기까지 하면서 1990년대 시의 위상을 격상시킨다.[9] 1980년대 시의 실패에 대한 반발로서 1990년대 시를 보는 '낡은' 관점을 대신해서 이수명은 1990년대 시를 2000년대 시의 대타항으로 위치시킨다. 과장해서 말하면 1990년대 시는 2000년대 시조차 이루지 못했던 시의 잠재태를 내재하고 있다. 이수명은 말한다. "탈주의 일차성을 넘어서 탈주를 탈주하는 데까지 나아가야 한다. 탈주에 매달리지 않아야 한다. 그러기 위해서는 교체나 변형, 단순한 이탈이 아니라 새로운 요소, 새로운 힘을 발견해야 한다. 벗어나는 것이 아니라 판을 쓸어버리는 불명의 침입자, 이 괴물을 포착해야 한다."[10] 이는 2000년대 시에 대한 비판의 맥락에서 제출된 것이다. 그러니까 2000년대 이후 출현한 '미래파' 시의 문제는 탈주의 일차성에 머물러, 미성년 혹은 귀신, 여장남자, 트랜스젠더 등의 비주류 주체를 출현시켰다는 사실 자체에 만족하고 그 자리에 주저앉아 버렸다는 점이다.

미래파 시의 비주류성은 이수명이 보기에 특기가 아니라 그들의

---

9 이수명, 『횡단』, p.117.
10 이수명, 『횡단』, p.117.

취약점일 따름이다. 분열적이고 비인칭적이고 혼종적인 주체 그 자체가 탈주일 수는 없다. 이수명은 2000년대 미래파 시와는 조금은 거리를 두고 다른 방식으로 기호를 증식시킨다. 미지의 세계의 의미망을 확장하는 방식으로 암흑 혹은 카오스라고 통칭하고 보아 넘기는 것들을 응시하며 이를 통해 사물의 지극히 낯선 얼굴과 마주하려는 것이다. 이에 따라 그녀의 시는 기호의 역량에 충실하려는 시의 본질에 가까워진다. 의미를 실체로 전환시키기 위해 시는 그 자체가 사물 자체로 돌아간다.

순식간에 얼굴은 이루어지기에 지상에 거처를 가지지 않는다. 몇 개의 면이 서로 닿았는가, 너는 관심을 보이지 않고 사랑한다. 입술이 없이 말이 흘러나오는 밤이어서 밤 대신 목소리를 저지를 것이다. 나무에 녹는 나뭇잎이 적절하다. 나뭇잎을 덧붙이기 위해 나무의 무관심이 적절하다. 미리 잠드는 버릇이 이렇게 환하다. 머리맡이 가늘게 찢어진다. 어쩌면 이런 문턱, 다른 표시에 베일 것이다. 너라는 표시에 연루될 것이다. 내가 베어 물었을 때 너는 썩으려 한다. 단 한 차례의 생애에서 우리가 의인화되는 순간이다.

　　　　　　　　　　　　　　　　　—「의인화」(『언제나 너무 많은 비들』) 전문

잠에서 천천히 깨어났다. 울면서 깨어났다. 잠의 안에서 밖으로 영문 모르는 눈물이 흘렀다. 어깨가 흩어져 있다. 누가 울고 있었던 걸까 누가 잠시 숨어 있었나 내가 소녀일 때도 있고 아침이 뚫려 있을 때도 있다. 아침이 나타날 때 아침을 다오. 잘 알려진 의상들이 변함없이 성립되었고 계속해서 너의 의상이 되고 싶어. 미래는 최초에 지나갔기에 우리는 미래를 계속해서 사용했다. 비치볼을 던지며 소녀들은 되풀이되고 누가 잠시 숨어 있었나 누가 울고 있었던 걸까 텅 비어 있는 너의 비치볼이 되고 싶어. 오늘은 잠을 잃었다. 나는 어디에나 잘 들어맞았다.

　　　　　　　　　　　　　　　　　　—「누가 잠시」(『마치』) 전문

공이 어지럽게 날아다니는 밤

위험해요

밤이 오면 눈썹이 사라져서
나는 운다.

네가 죽은 줄 알고
나는 운다.

밤에 나는 녹슬고
어딘가로부터
똑바로 날아드는 공이 무서워

뛰어오르며 my ball 외치는 상상을 해본다.

밤이 너무 빨리 찾아와
밤에는 나쁜 공기
움직이지 않는 구름

하던 일을 멈추고

계속하지 않아도 돼요

우리는 밤이다.

―「밤이 날마다 찾아와」(『물류창고』) 부분

이수명 시에서 밤의 문턱을 넘는다는 것은 카이로스(kairos)로의 진입을 의미한다. 그것은 '마치'의 시간 혹은 한 사물이 다른 사물로 변용되는 시간이다. 하지만 변용은 매끄럽고 깔끔하게 진행되지 않는다. 잠재적인 것이 현실화되는 순간은 분열과 탈구의 순간이기도 하다. 이수명은 자신의 시론에서 이러한 시간을 "사물들이 한껏 부풀어 오른" "시간이라기보다는 한 정점, 한 순간이며, 그것도 비등점의 순간"이라고 설명한다.[11] 「의인화」에서의 밤 역시 카이로스의 시간이 열리는 때이다. 밤의 문턱을 넘어서서 "입술이 없이 말이 흘러 나오는 밤이" 오면 마치 영혼이 있는 것처럼 사물들이 변화하고 우리의 세계는 이전보다 신성해지고 또 아름다워진다. 이 순간 우리는 의지에 따라 행위하는 것이 아니라 수동적으로 "너라는 표시에 연루"되어 다만 밤으로부터 증여받은 사물의 낯선 얼굴에 영향을 받는다. 신성한 수동성에 의해 객체는 주체가 되고 원인은 결과가 된다. 이제 우주는 인간이 아니라 밤의 문턱을 넘어선 사물들에 의해 구성되기 시작한다.

「누가 잠시」와 「밤이 날마다 찾아와」에도 밤이 출현한다. 밤은 개별 생명체가 아니라 영혼을 가진 모든 존재의 역량이 충만하게 발휘되기 시작하는 순수한 시간이다. 이러한 시간을 배경으로 이수명은 사물과의 새로운 관계 맺음을 암시한다. 사물에 잠재되어 있는 상상

---

[11] 이수명, 『횡단』, p.57.

적인 것의 힘을 끄집어내어 얼마든지 새로운 관계 방식이 가능하다는 것을 보여 주는 것이다. 위의 두 시에서 밤은 시적 주체가 잠에서 깨어나지 않은 시간으로 그려진다. 크로노스의 시간에 속해 있다는 믿음이 시적 주체에게는 희미하다. 그래서 잠에서 깨어났을 때 그는 "영문 모르는" 눈물을 흘리게 된다. 신기루처럼 사라져 버린 사물의 흔적을 부여잡고 미래, 그러니까 자신이 도달해야 할 맨 처음의 자리로서 카이로스의 시간을 꿈꾼다. 하지만 동시에 이 시간에 영원히 도달하지 못할지 모른다는 불안이 시적 주체를 잠식하기도 한다. 누군지 모르는 비인칭의 존재가 자신을 방문하듯이 밤은 날마다 나를 찾아오지만 동시에 불안도 엄습한다.

> 아침에 눈을 떴을 때 몸이 얼어붙어 있었다. 충분히 잠들지 못한 탓이야, 어제 저녁을 먹으러 나가지 않았을 뿐이니 아무 문제도 없을 거야,
> 한 시간 뒤에 다시 눈을 떴을 때 몸에서 나갈 수 없는 것을 느꼈다. 아직 잠에서 깨어나지 않은 거야, 아래층 사람들과 위층 사람들을 꿈에서 보았다. 그들은 너무 늦었다고 빨리 잠자리에 들어야 한다고 했다. 당신들은 언제 내 꿈에 들어왔나요 물었는데 담배를 빨리 끄라고 했다. 연기를 따라가고 있었을 뿐이니 아무 문제도 없을 거야,
>
> —「저속한 잠」(『물류창고』) 부분

이 시는 탈주의 어려움에 대한 고백이다. 혹은 시의 부재를 앞에 두고 그 앞에서 짓는 당혹스러운 표정이다. 이 시는 '나'의 발화로 구성되어 있지만 '나'의 발화를 통해 확실해지는 것은 없다. "아무 문제도 없을 거야"라고 스스로를 달래 보지만 이 말은 오히려 어떠한 일이 있는 것은 아닌가 하는 의문만을 증폭시킨다. 나의 허락도 받

지 않고 내 꿈에 들어온 사람들이 나에게 명령을 한다. 내가 넘어서려는 문턱을 가로막고 통행을 허락하지 않는 이들은 나에 의해 지배되지 않는 자리를 가리킨다. 꿈과 현실의 경계가 애매해진다는 것은 세계의 부조리함을 이중적으로 고발하기 위한 장치이다. 우리가 아무리 깨어나려 한다고 해도 결코 이 꿈에서 깨어날 수 없다는 사실, 하지만 동시에 이미 우리는 깨어 있다는 사실을 말이다. 이것이 표면의 시학으로 요약되는 이수명 시의 부조리한 진실이다. 그러니 세계 바깥으로의 탈주가 어려울 수밖에 없지 않겠는가. 어차피 이 세계는 안과 바깥으로 딱 떨어지게 나뉘는 것이 아니라면 말이다. "바깥에 섰을 때 바깥은 단칼에 베어진다."(「시소의 시선」, 『마치』)

3. 닮는 놀이

이수명은 섣불리 탈주를 단언하지 않을 뿐 사물과 인간, 그러니까 '우리'가 무관심하게 떠 있는 그 세계 자체를 사랑한다. "끝없는 불확실을 끝없이 늘려가고/불확실과 한편이 되고/무엇을 향한 것인지 도대체 알 수 없는 시위를"(「팔을 들고」, 『마치』) 하며 사물 자체의 결정 불가능성을 적극 옹호할 따름이다. 여기서 '우리'의 관계가 사랑스러운 것은 그것이 "합이 도출되지 않는" "끝없는 연산"(「비의 연산」, 『언제나 너무 많은 비들』)이기 때문일 것이다. 사물들과 '나'의 관계 혹은 사물들 간의 관계는 교환관계를 넘어선 것이기에 합이 도출되지 않으며, 그렇게 불확실한 관계에 들어섬으로써 "끝없는 연산"을 불러일으킨다. 다만 그녀는 그 관계들을 미지의 것으로만 보지는 않는다. 미지의 관계들 안에 내재한 무수한 잠재성 역시 응시한다.[12] 그러니 이수명의 시에 무수한 '누군가', '무엇'과 같은 미지칭 표현이 등장하는 것은 우연이 아니다.

이 무엇을 그냥 '무엇'이라고 놔두자. 아직은 무엇이다. 그리고 어쩌면 영원히 무엇이다. 우선 무엇은 아무것도 아닌 것, 존재하지 않는 것이라고 나는 썼다. 하지만 어쩌면 존재할지도 모른다. 나는 존재하지 않는 것들이 존재하지 않으면서 존재하는 어느 불성실한 미분의 세계를 떠올려본다. 어쩌면 무엇은 비존재에 도사리고 있는 존재일 것이다. 얼굴 없는 도사림일 것이다.

나는 우선 무엇이라고 놔둔, 이 '그냥 무엇'의 흘러다님과 함께 있다. 나는 '그냥 무엇'을 비존재로 숨겨두지 않으며, 존재로 만져보지 않으려 한다. '그냥 무엇'은 부재의 심연 속에 있는 것이 아니라 부재의 명랑한 감각 속에 있다. 존재의 슬기 속에 있는 것이 아니라 존재의 무지 속에 있다. 어디선가 까르르 웃는 소리가 들린다. 무심한 얼굴로 사람들이 지나간다.[13]

시인은 무엇에 섣불리 이름을 붙이지 않는다. 그 "얼굴 없는 도사림"을 그 자체로 인정한다. 거기에 "부재의 명랑한 감각"이라는 표식을 붙이고 거기에서 웃음소리를 듣는다. 이수명은 그 이름 없는 '그냥 무엇'에 대해 사랑을 느낀다. 사물은 그것 자체로 시인의 사랑

---

12 '잠재성'을 논하는 철학자들은 가능성과 잠재성을 다음과 같이 구분한다. 가능성이 현실태가 생산됐을 때 과거로 그것의 이미지를 되던짐으로써 사후적으로 구성되는 것인 반면, 잠재성은 생명체가 그 자체로 가지고 있는 역량이다. 이때 가능성은 현실태의 수단이라고 할 수 있으며, 현실태가 되거나 되지 않거나 둘 중 하나가 되지 않을 수 없기에 필연적이다.(양창렬, 「장치학을 위한 서론」, 조르조 아감벤·양창렬, 『장치란 무엇인가?/장치학을 위한 서론』, 난장, 2010, pp.157-158.) 이수명의 경우 특정한 목적을 위해 필연적으로 현실태가 되는 과정을 그리고 있지 않다는 점에서 '가능성'보다는 '잠재성'에 주목하고 있음을 알 수 있다.
13 이수명, 『표면의 시학』, p.25.

을 받는다. 결정할 수 없는 사물의 이름 앞에서 망설이는 감각으로 시가 작동한다. 잠들지도 깨어 있지도 않은 표면의 시간 속을 거니는 것이다. 시인은 그저 사물을 재현하기 위해 존재하지 않는다. 시인은 언어를 자신의 도구로 사용하지도 않는다. 이 단순한 법칙은 너무 자주 쉽게 위배되어 왔다. 이수명은 언어가 얼마나 성긴 것인지를 체득하고 있다. 하지만 언어는 완전히 무능하지도 않다. 그것은 사물을 밀어내면서도 그것에 다가가게 한다. 계속해서 사물에 근접하려는 미분화된 언어 감각은 언제나 시인을 사물로부터 한발 물러서게 하면서도 사물을 앞지르게 만든다. 이수명의 시력은 20여 년이 넘어가지만 그녀의 시는 일관되게 사물과 '닮는' 감각을 어떻게 즐길 수 있는지 그 방법을 이리저리 창안하려는 데서 크게 벗어나지 않는다.

집에 돌아오면 늘 이가 빠졌다. 그는 빠진 이빨들을 화장실 물컵에 넣어두고는 거울을 보며 텅 빈 입으로 웃었다. 아침이면 그것들을 하나씩 차례로 끼고 외출을 했다.

어느 날인가 몹시 피곤하여 돌아온 날 밤 그는 화장실에서 이상한 소리가 들려 잠을 깼다. 일어나 가보니 이빨들이 컵에서 나와 똑딱거리며 몸을 부딪쳐가면서 춤을 추고 있었다. "참 재미있겠구나. 나도 끼워줘." 그의 말에 이빨 하나가 대답했다. "어서 들어와." 그는 춤을 추었다. 그러자 이빨들이 컵 속으로 모두 들어가 버렸다.

그는 가방 가득 물건을 팔려 다녔다. 언제나 열심히 일했지만 그의 물건을 사려는 사람이 별로 없었고, 가방은 아침이나 저녁이나 무거웠다.

그가 죽었을 때 그의 가방과 가방 속에 있던 물건들은 이리저리 흩어졌지만, 화장실에 있던 이빨들은 그와 함께 묻혔다. 그는 밤마다 이빨들과 함께 춤을 추었다.

　　　　　　　　　　—「이빨들의 춤」(『고양이 비디오를 보는 고양이』) 전문

　우리는 이 시를 틀에 갇힌 의미에서 해방되어 놀이를 하듯 읽을
수 있다. 벤야민이라면 이를 미메시스적인 것이라고 불렀을 것이다.
대상에 "호기심"을 갖고 "아첨"을 하듯 밀착하여 관찰하고 또 그것
을 생생하게 재현함으로써 그 대상과 자신의 자아를 감싸고 있던 마
법적 껍질을 벗겨 내는 것, 이것이 프루스트에게서 벤야민이 발견한
미메시스적 글쓰기와 읽기의 유용성이었다.[14] 이는 이수명에게도 실
천적 의미를 지닌다. 미메시스적 태도를 통해 프루스트가 자기만족
에 빠진 부르주아지의 세계를 폭로했듯, 이수명은 고단한 삶을 살아
가고 있는 사내의 모습을 통해 사회의 위기를 읽어 내고 나아가 그
위기를 극복할 수 있는 실마리를 알레고리적으로 풀어낸다. 그 실마
리란 이 시에서 사내가 그랬듯 "존재들이 서로 마주치고 반응하고
경사하는, 이 닮는 놀이"를 즐기는 데 있다.[15]
　이수명이 마그리트에게서 서로 '닮는 놀이'에 열중해 있는 오브제
들을 발견했듯, 이수명의 시에서 우리는 춤을 추는 과정에서 서로
닮아 가는 사내와 이빨이라는 오브제를 발견할 수 있다. 이 놀이의
법칙은 자기동일성에서 벗어나 다른 사물로 이동하는 것이다. 이 때
문에 의미는 불확실해진다. 다만 이 불확정성을 슬픔으로 인식하지
않고, 축제를 하듯 즐기는 과정에서 우리는 의미의 무거움에서 해방

---

14 발터 벤야민, 「프루스트의 이미지」, 『발터 벤야민의 문예이론』, 반성완 편역, 민음
사, 2006, p.111.
15 이수명, 『횡단』, p.308.

될 수 있으리라. 가령 위의 시에서 사내를 몹시도 피로하게 만든 것은 존재의 고립과 독단으로 인해 폐쇄화 된 의미가 아닐까. 그 무거움에서 벗어나기 위해 이빨들의 춤에 동참하였던 사내처럼, 우리는 의미의 족쇄에서 벗어나기 위해 지금 오는 중인 '비인칭'의 '나'를 마중해야 한다.

떨어져 나간 자물쇠가 저 혼자 열리는 꿈을 꾸고 있으니까

양말이 발을 실현하듯 나는 오는 중이다. 양말을 뒤집어보자. 목소리가 없다. 목소리 없이 아주 길게 시동이 걸린다. 한꺼번에 춤을 추자. 거기에서 여기로 솟구치는 동안
— 「비인칭 그래프」(『언제나 너무 많은 비들』) 부분

이 시에서도 이수명은 "저 혼자 열리는 꿈을 꾸고" 있는 사물의 세계로 걸어 들어감을 마다하지 않는다. 왜냐하면 그 길은 곧 축제의 현장이기 때문이다. 이것은 사물들의 축제이자 '나'의 축제이다. 물론 '나'는 언제나 아직 오는 중인 존재이기에 단일한 '목소리'를 지닌 '나'를 찾을 수는 없다. 비인칭의 '나'를 솟구치게 하려는 '시동'만 걸려 있을 뿐이다. 이때 이수명은 이 시동을 걸기 위해 한꺼번에 춤을 추며 사물과의 놀이를 즐기자고 제안한다. 이 '닮는 놀이'는 서로가 유사해지는 결과를 낳지는 않는다. 이들은 서로의 이질성을 즐기며 그 이질적인 것의 힘을 보존하면서 새로운 관계 방식을 솟구치게 할 뿐이다. 그렇게 솟아난 관계 방식들은 비인칭으로서의 '나'와 '사물의 수직적인 관계를 깨뜨리고 수평의 관계로 나아가게 한다. 닮는 놀이는 그 대상과 동등해진다는 것을 의미하기도 하는 것이다("나는

한없이 어딘가에 동등해지고 있다.", 「유리병」, 『언제나 너무 많은 비들』).

놀이는 연대와 의존이 결합된 사회적 관계를 생산하려는 비자발적이고 비인격적인 필요성이라는 숨겨진 힘, 즉 상상적인 것의 힘에 의해 추동된다. 이러한 관계 방식은 아무도 손해를 입지 않으려 하는 자본주의의 적대적인 관계와는 완전히 다른 것이다. 이수명의 시는 전위적이다. 다만 그것은 오직 질서를 무질서로, 비주류를 주류로 대체시킴으로써 전복을 꾀하지 않는 방식으로만 그러하다. 그녀는 질서와 무질서, 비주류와 주류에 대한 개념을 상상적인 것을 통해 교란시킨다. 이를 통해 사물에서 구원을 발견할 수 있다는 것, 그리고 그 구원은 생의 언젠가가 아니라 바로 지금 찾아올.수 있다는 것을 이야기한다. 이수명의 소통은 여기에서 시작된다. 그리하여 '슬픔의 근원'은 횡단될 수 있다.